Vor die Füße gefallen

Gay-Romance

von

Kay Monroe

Eine Anmerkung vorweg!

Die nachfolgende Geschichte spielt in Irland. Die genannten Ortschaften gibt es, nicht aber die im Buch genannte Handlungsstätte und die dazugehörige Umgebung. Diese sind – ebenso wie die Personen - frei erfunden.

Dinosaurier und Wölfe

Lesley

„Scheiße! Scheiße! Scheiße!“

Und das im wahrsten Sinne des Wortes. Mein rechter Fuß parkt nämlich in den Hinterlassenschaften irgendeines Viechs … der Menge nach stammt es von einem Dinosaurier. Oder von einem Mammut.

Tja, hier stehe ich also in meiner angeblich Wind und Wasser abweisenden, sauteuren Jacke, bin bis auf die Haut durchnässt und bis ins Knochenmark hinein durchgefroren. Von einer anständigen Frisur kann von dem Desaster, das meinen Kopf klatschnass umgibt, schon längst keine Rede mehr sein. Den Friseurbesuch hätte ich mir schenken und somit 35,- € sparen können.

Und dass ich nun auch noch mein einziges Paar fester Schuhe – ich besitze natürlich wie jeder anständige junge Kerl fast ausschließlich Chucks – in die Tonne treten kann, lässt mich zwar nicht zum ersten Mal an diesem Tag, diesmal jedoch ziemlich intensiv an meinem Verstand zweifeln.

„Warum habe ich mich gleich noch hinreißen lassen, in der Dunkelheit durch die Wildnis zu irren?“

Ach ja, stimmt: Weil ich nicht einen einzigen müden Cent in der Tasche habe und mir ein Motelzimmer zwecks Übernachtung aus diesem Grund nicht leisten kann. Die fünfunddreißig Euro wären jetzt echt hilfreich.

Und warum bin ich pleite? Weil mein Chef – jetzt Ex-Chef – mich hochkant gefeuert hat, als er mich dabei erwischt hat, als ich Jeremy aus der Personalabteilung im Kopierraum gerade einen blasen wollte. Dabei habe ich hierfür sogar die Mittagspause genutzt, also nicht mal bezahlte Arbeitszeit vertrödelt.

Wie hätte ich denn auch ahnen können, dass der Alte plötzlich dort auftaucht, um höchstselbst das Papier im riesigen Industriekopierer aufzufüllen?! Ebenso wenig wäre ich darauf gekommen, dass der smarte Praktikant, der für die von mir erwartete Sonderbehandlung bereits eifrig seinen Schwanz aus seiner Hose befreit hatte, der Sohn vom Boss ist.

Diese nicht zu vernachlässigende und mir dummerweise entgangene Information ist mir dann allerdings erst zu Ohren gekommen, als ich mit meinen wenigen Habseligkeiten das Verlagsgebäude *Brightning & Son* verlassen habe, und Erika, die wasserstoffblonde Empfangsdame, davon gerade in lautstarkem Flüsterton von der klatschsüchtigen Mrs Kendrick aus der Verwaltung in Kenntnis gesetzt wurde, dass der neue, vor zwei Wochen erst eingestellte Lektor – also ich – den Sohn des Chefs genagelt hat.

Davon mal abgesehen, dass ich Jeremy lediglich einen blasen wollte, was Mr Brightning erfolgreich verhindert hat, funktioniert der Flurfunk im Verlag extrem gut. Seit meinem unrühmlichen Abgang waren bis dato keine zehn Minuten vergangen. Schenkt man dem Prinzip der *Stillen Post* Glauben, hieß es am Ende des Tages bestimmt, dass ich Drogen konsumiere und der Vorfall nicht im stillen Kämmerlein, sondern öffentlich in der Kantine stattfand, wobei ich splitternackt auf den Tischen getanzt und mir einen runtergeholt habe, ehe ich den armen, wehrlosen Jeremy vergewaltigt habe.

Dabei war er derjenige, von dem die Initiative ausging. Ich selbst hätte mich das niemals getraut. Das feige Schwein hat es sogar noch so aussehen lassen, als hätte ich ihn dazu genötigt.

Tja nun, wie auch immer. Ich verlor nicht nur meinen Job, sondern auch gleich das kleine Appartement, das mir vom Verlag zur Verfügung gestellt worden war. Immerhin ließ man mir sieben Tage Zeit, etwas Neues zu finden … was wie durch ein Wunder sogar geschehen ist.

Im Internet fand ich unter den Stellenanzeigen ein wie auf mich zugeschnittenes Angebot, bewarb mich sofort per Mail und bekam innerhalb von vierundzwanzig Stunden die Zusage. Okay, ist zwar zeitlich begrenzt, aber ehe ich mein Lager auf einer der unzähligen Brücken in Dublins Innenstadt aufschlagen muss, zu denen ich ohnehin ein gestörtes Verhältnis habe, griff ich zu.

Ein adliger Knabe, dessen Namen ich noch nie zuvor gehört habe, schreibt an seinen Memoiren und benötigt einen Lektor. Autobiografien von alten Knackern sind eigentlich nicht so mein Ding, aber erstens brauche ich diesen Job unbedingt und zweitens hat sich mit der Stelle auch gleich mein Wohnsitzproblem in Luft aufgelöst. Der ehrenwerte Lord wünscht nämlich die dauerhafte Anwesenheit seines Lektors und bietet neben einem ansehnlichen Gehalt auch noch freie Kost und Logis.

Und aus genau diesem Grund irre ich nun durch die grüne Pampa Irlands.

Okay, gut, ich gebe zu, dass dies eigentlich nicht sein müsste, da ich erst in zwei Tagen erwartet werde und mir zugesagt wurde, dass man jemanden schicken würde, der mich vom Bahnhof abholt, da das hochherrschaftliche Anwesen etwas außerhalb liegt. Dieses Angebot hätte ich auch gerne angenommen, wenn die Sieben-Tagesfrist meines Ex-Arbeitgebers nicht heute abgelaufen wäre und man mich ohne Wenn und Aber auf die Straße gesetzt hätte. Immerhin hatte mir der gute Lord bereits eine Fahrkarte zukommen lassen, die ich auf meinem Smartphone abgespeichert habe – ein Hoch auf die modernen Kommunikationsmöglichkeiten. Die nette Angestellte am Bahnhof machte nach einer Runde Süßholzraspeln eine Ausnahme und schrieb das Datum meines Tickets um. So gondelte ich also von Dublin aus durch halb Irland und kam schließlich nach guten sechs Stunden und mehrmaligem Umsteigen von Bahn in Bus und wieder zurück in Skibbereen in der Grafschaft Cork an.

So weit, so schlecht. Denn leichtsinnigerweise habe ich angenommen, dass der alte Lord zwar außerhalb, aber dennoch irgendwo nahe des Städtchens eine schicke Villa bewohnt. Dass der feine Herr ein eigenes Schloss – oder war es eine Burg? - irgendwo im Nirgendwo besitzt, wäre mir im Traum nicht eingefallen. Auch nicht, dass kein Bus, nicht mal einer der unzähligen Touristenbusse, nach Brandonburry-Castle fährt, wo Lord Brandon, oder wie auch immer der Kerl nun tatsächlich heißt, haust.

Dabei hätte es mir klar sein müssen. Irland ist eine Republik und … ganz ehrlich? … wir Iren haben's nicht so wirklich mit den Adligen im Allgemeinen und gekrönten Häuptern im Besonderen. Dass man sich da als Lord, Earl, Duke oder Gott weiß was weit abseits vom ländlichen Pöbel niederlässt, ist vermutlich besser und eine reine Vorsichtsmaßnahme. Denke ich mal. Hoffe ich jedenfalls. Damit, dass eine Horde wilder Bauersleute mit Mistgabeln und Fackeln bewaffnet die Burg stürmt und in der Nacht niederbrennt, ist in der heutigen Zeit eher nicht zu rechnen.

Tja nun, ich komme vom Hundertsten ins Tausendste. Aber mit was lenkt man sich nicht alles ab, wenn man in der Dämmerung umher irrt, bis auf die Haut durchnässt ist – natürlich hat es vor zwanzig Minuten angefangen zu regnen -, vor Kälte bibbert, mit einem Fuß in Dinosaurierscheiße steht, und keinen blassen Schimmer hat, wie man auf die Burg kommt, die man vor nicht mal einer halben Stunde noch, zwar gut versteckt hinter riesigen Eichen, aber immerhin erblickt hat.

Mein Handy hat kein Netz und selbst wenn, würde es mir nichts nützen, denn nachdem ich es eine Weile als Taschenlampe missbraucht habe, ist dem Teil der Saft ausgegangen.

Scheiße, Mann, ich hätte echt in Dublin bleiben sollen. Dort hätte ich vielleicht im Bahnhof ein Plätzchen gefunden, an dem ich die Nacht hätte verbringen können. Nicht gerade schick, aber wenigstens trocken und mit Sicherheit um einige Grade wärmer als mein jetziger Aufenthaltsort.

Ein Jaulen – oder ist es ein Heulen? - lässt mich vor Schreck zusammenfahren … und ausrutschen. *Na prima, ganz großes Kino, Les! Jetzt bist du nass, dreckig und stinkst nach Dinokacke!*

Ich überlege gerade, ob jetzt so ein Zeitpunkt ist, zu dem *Mann* weinen darf, als zwei riesige Schatten hinter den Bäumen auftauchen und hechelnd auf mich zuflitzen. Wölfe! Scheiße, hier gibt's Wölfe! Wo sind die Dinosaurier, wenn man sie mal braucht?

Okay, die Überlegung mit dem Flennen hat sich erledigt. Vorrangig ist jetzt, dass ich mir nicht in die Hose mache. Wobei es darauf nun wahrhaftig auch nicht mehr ankommt, wo ich doch eh schon in der Scheiße hocke.

Ich strecke die Arme nach vorne und spreize meine Finger in einer abwehrenden Geste wie ein Dompteur. Das habe ich mal im Zirkus gesehen. Nur dass der Tierbändiger nicht auf dem Hintern in der Scheiße saß. Egal!

„Stopp! Gaaaanz ruhig, okay? Ich tu euch nichts, wenn ihr mir auch nichts tut“, fasele ich mit brüchiger Stimme.

Die Wölfe bleiben tatsächlich auf Abstand. Die Zungen hängen aus ihren Mäulern. Wenn ich nicht wüsste, dass sie mich fressen wollen, würde ich glatt annehmen, dass sie mich freundlich anlächeln. Oder auslachen, was weiß ich schon. „Ich schmecke nicht, ganz bestimmt nicht. Na gut, ich gebe zu, dass ich das nicht wirklich weiß, weil ich noch nicht an mir geknabbert habe“, plappere ich weiter, als die beiden Wildtiere es sich wohl anders überlegt haben und sich mir nähern. Ihnen jetzt zu verraten, dass es da durchaus mal jemanden gab, der darauf stand, mich von Kopf bis Fuß abzulecken, weil er meinen Geschmack so geil fand, ist wohl kontraproduktiv. „Wobei ich zugeben muss, dass ich mein Blut schon mal probiert habe“, rutscht es mir raus. „Als Kind habe ich mich nämlich mal mit dem Gemüseschäler geschnitten. Das hat geblutet wie Sau, sag ich euch. Bevor Schwester Clarabella mir ein Pflaster auf den Finger geklebt hat, hab ich mal daran geleckt. Ihr müsst nämlich wissen, dass ich ein armes Waisenkind bin, und ihr mich schon aus Mitleid nicht auffressen dürft.“ *Geht's eigentlich noch?* „Und wisst ihr was? Blut schmeckt eklig. Wirklich! Ich bin sicher, dass ihr es auch nicht mögen werdet.“

Aber sicher doch! Jeder weiß schließlich, dass Wölfe vegan leben und alles meiden, was auch nur annähernd mit blutigem, frischem Fleisch zu tun hat.

Mit jedem Schritt, den die Wölfe auf mich zukommen, weiche ich, auf dem Hintern durch Matsch und Scheiße rutschend, nach hinten aus. Bis ich mit dem Rücken an einen Baum stoße, der sich mir frech in den Weg stellt, und ich praktisch gefangen bin. Ich bin ja sowas von im Arsch.

„Hey, Vorschlag! Wenn ihr wirklich hungrig seid, lauft doch zur Burg hoch. Ich könnte mir vorstellen, dass es dort eine Menge für euch zu fressen gibt. Na ja, der Burgherr selbst dürfte vielleicht ein bisschen zäh sein. Noch habe ich ihn nicht kennengelernt, wisst ihr. Doch ich denke mal, wenn einer seine Memoiren schreibt, muss er schon mindestens hundert Jahre alt sein. Oder wenigstens siebzig. Allerdings könnte ich mir durchaus vorstellen, dass er eine Menge knackiger junger Hausmädchen beschäftigt. Vielleicht auch eine lecker-knusprige Pflegerin, die ihm den adligen Arsch abwischt. Na, was denkt ihr?“

Mein Verstand hat sich schon verabschiedet, sonst würde ich einen solchen Schwachsinn nicht mal denken, geschweige denn laut aussprechen.

Die Wölfe stehen inzwischen so dicht vor mir, dass ich mehr als nur Schemen ausmachen kann. Wieder stehe ich kurz davor, mir in die Hosen zu machen. Diesmal jedoch vor Erlcichtcrung.

„Scheiße“, quieke ich, „ihr seid ja gar keine richtigen Wölfe.“

Einer der beiden, der etwas Kleinere, Helle, stupst mich mit der Schnauze an und leckt mir dann einmal quer über mein Gesicht. Toll! Zu Nässe, Matsch und Dinosaurierscheiße kommt jetzt auch noch Hundesabber. Im Doppelpack! Denn auch der große Schwarze hat sich nun dazu entschlossen, mich auf Hundeart zu begrüßen.

Ja, genau, Hunde! Meine Wölfe sind irische Wolfshunde. Riesige Viecher, die sich durch Gutmütigkeit auszeichnen und …

„Hey, ihr seid doch gewiss keine Streuner“, fällt es mir da wie Schuppen aus den Haaren. „Ihr gehört doch sicher dem ehrenwerten Lord auf der prächtigen Burg, oder?“

Ich bin gewiss kein Fan der Kirche, aber in dieser Sekunde bete ich, dass ich Recht habe mit meiner Annahme, dass die beiden Tiere nach Brandonburry-Castle gehören.

„Könnt ihr mich vielleicht dorthin bringen? Versteht ihr mich überhaupt? Ich entschuldige mich, aber ich spreche kein hündisch. Wenn ich versuche, zu bellen, könntet ihr das eventuell falsch verstehen und glaubt am Ende noch, ich will euch angreifen“, plappere ich weiter. Ich bin alles andere als locker und kann nur hoffen, dass die beiden Riesen nicht nur so tun, als seien sie harmlos.

Mühselig rappele ich mich auf und suche nach meinem Trolley, der all meine Habseligkeiten, bestehend aus einem Laptop, einigen Paaren Schuhen, drei Stoffhosen, vier Hemden, fünf Jeans, ein paar Sweat- und T-Shirts, vier Pullover sowie Socken und Unterwäsche, enthält, - okay, und ein paar *Spielsachen* - und der mir bei meinem Sturz in die Hinterlassenschaft des T-Rex vorhin abhanden gekommen ist.

Genau genommen steckt in dem Koffer mein gesamtes Leben. Mehr habe ich nicht.

Die Stelle bei *Brightning & Son* war die erste nach meiner Ausbildung. Während meines Studiums habe ich als Kellner gejobbt, um finanziell über die Runden zu kommen. Sparen war da nicht drin.

Der alte Brightning hat mir zwar anteilig für zwei Wochen mein Gehalt ausbezahlt, das ist allerdings für den Friseurbesuch, zwei Paar elegante Schuhe, die Hemden und die Hosen draufgegangen. Und da habe ich bei den Hosen schon einen Kompromiss geschlossen, da ich zuvor ernsthaft überlegt habe, mir einen Anzug zu kaufen. Allerdings hasse ich Anzüge. Wobei: Das stimmt so nicht ganz. Ich finde Typen in Anzügen total heiß. Der einzige Anlass, zu dem ich selbst jedoch ein solches Teil tragen würde, ist meine Beerdigung. Na gut, vielleicht noch meine Hochzeit. Aber da hoffentlich beides noch eine ganze Weile auf sich warten lässt, steht dieses Thema auch nicht zur Debatte.

So sind es dann eben eine schwarze, eine silbergraue und eine dunkelblaue Stoffhose geworden, die zusammen sogar noch billiger waren, als ein einziger Anzug.

Meine beiden neuen Freunde beäugen mich freundlich hechelnd, als ich über den Koffer mit meinen irdischen Gütern stolpere und mich so eben noch abfange, ehe sie sich in Bewegung setzen und dabei immer mal wieder einen Blick über ihre Schultern werfen. Vermutlich, um sich davon zu überzeugen, dass ich ihnen folge. Hoffentlich zur Burg und nicht zu ihrer geheimen Futterstelle.

Keine Sorge, Jungs! Selbst wenn ihr mich in irgendeine Höhle schleppt ... ich klebe an euch wie Kaugummi.

Vor die Füße gefallen

Brandon

„Haben Seine Lordschaft noch einen Wunsch?“

Ich verbiete mir energisch, mit den Augen zu rollen. Wie oft schon habe ich meinen Butler gebeten, mich bei meinem Namen zu nennen. Ich kann es kaum noch zählen. Dabei hat er mich als kleinen Knirps schon auf seinen Knien geschaukelt, kennt mich, seit ich in die Windeln geschissen habe und weiß, dass ich keinen Wert auf den ererbten Adelstitel und das damit verbundene Gedöns lege. Irgendwann habe ich es aufgegeben. Vermutlich werden Menschen, die diesen Beruf ergreifen, bereits als Butler geboren und saugen dieses steife Gehabe bereits mit der Muttermilch ein.

Herrgott, ich habe ihm sogar schon angeboten, endlich in den verdienten Ruhestand zu gehen. Das Alter hierfür hat er vor Jahren bereits erreicht. Er ist sozusagen ein Erbstück meines Großvaters, der vor zwei Jahren im Alter von 73 Jahren an Krebs verstarb. Soweit ich mich entsinne, dürften die beiden alten Knaben gleichaltrig gewesen sein. Was nichts anderes bedeutet, als dass der Mann, der mich tagtäglich umsorgt, 75 Jahre alt ist. Nicht nur, dass mir dieser Umstand wirklich unangenehm, um nicht zu sagen peinlich ist, darf man doch eigentlich erwarten, dass er sich einen ruhigen Lebensabend wünscht, oder?

Aber nein! Nie werde ich den Blick vergessen, den er mir nach meiner vorsichtigen Anfrage diesbezüglich zuwarf. Als ob ich Babyhunde getreten oder ihm ein unmoralisches Angebot unterbreitet hätte; woraufhin ich sofort zurückgerudert bin.

Obwohl ich einen Butler wahrhaftig nicht nötig habe, bin ich dennoch froh, nicht alleine zu sein. Erst recht, seit ich aufgrund meines nun zweieinhalb Jahre zurückliegenden Unfalls meine große Liebe verloren und mich gänzlich aus dem sogenannten öffentlichen Leben zurückgezogen habe. Um es gleich vorweg zu nehmen: Meine große Liebe, die Person, von der ich glaubte, sie liebe mich ebenso sehr wie ich sie, ist bei dem Unglück nicht gestorben.

Sie kam nur mit einigen Nachwirkungen, die das Unglück mit sich brachte, nicht zurecht und hat sich schnöde nach Australien abgesetzt – nicht, ohne mich zuvor um ein paar Tausend Euro zu erleichtern.

Wobei, wenn ich ganz ehrlich bin, fing die Sache schon vor dem Unfall an, war sozusagen der Auslöser für diesen.

Rasch verdränge ich die schmerzlichsten meiner Gedanken und wende mich dem weißhaarigen Mann zu, der noch immer auf eine Antwort wartet.

„Das ist alles für heute, Gilderoy, du kannst dich dann zurückziehen."

„Sehr wohl, Mylord, ich warte nur noch auf die Jungs", erklärt mir mein Butler.

Ah, die Jungs! Ein unverfängliches Thema, von dem ich mich nur allzu gerne ablenken lasse. *Qhuinn und Blay!* Ich habe mir die beiden treuen Seelen vor fünfzehn Monaten angeschafft. Sie sind der einzige Grund, warum ich wenigstens einmal am Tag für zwei, drei Stunden vor die Tür gehe. Zwar nur in den angrenzenden Wald, der zu meinem Privatbesitz gehört, und zu dem Unbefugte keinen Zutritt haben, aber immerhin an die frische Luft. Was einen enormen Fortschritt für mich bedeutet. Die beiden Riesenbabys haben es tatsächlich geschafft, mich aus dem Sumpf –

in dem ich, bildlich gesprochen, bis Unterkante Oberlippe versunken war – wieder herauszuziehen. Noch nicht ganz, aber gemeinsam arbeiten wir daran.

Manchmal frage ich mich, wozu ich mir überhaupt einen neuen Wagen angeschafft habe, wenn ich doch nicht damit fahre. Wenn es mich dann überkommt, packe ich die Hunde in den Jaguar und kutschiere damit durch das Gelände.

Erbärmlich, nicht wahr?

Ich habe mir jedoch geschworen, spätestens an meinem dreißigsten Geburtstag wieder ganz der Alte zu sein. Um dieses Vorhaben in die Tat umzusetzen, bleibt mir noch ein knappes Jahr. An guten Tagen glaube ich fest daran, es zu schaffen. An weniger guten, so wie heute, wünsche ich mir, bei dem Unfall gestorben zu sein. Nur Qhuinn und Blay schaffen es dann, mich mit ihrer lieben, ruhigen und oftmals verspielten Art daran zu erinnern, dass das Leben vielleicht doch noch etwas für mich bereit hält, das es wieder lebenswert macht. Mit ihrem tollpatschigen Wesen gelingt es ihnen, mich vor dem freien Fall in eine tiefe Depression zu bewahren; ein Zustand, von dem ich hoffe, ihn niemals wieder durchleben zu müssen. Denn ganz tief da unten war ich schon und ich will niemals wieder dorthin zurück.

„Wo treiben die sich denn wieder herum?“, frage ich gerade, als aufgeregtes Hundegebell die beiden irischen Wolfshunde ankündigt. Recht ungewohnt, denn für gewöhnlich ist es Qhuinn, der nur einmal kurz Laut gibt, wenn sie von ihrer Streiftour durch die Wälder Brandonburrys zurückkommen, und wartet dann brav mit seinem Bruder, bis die Tür geöffnet wird.

„Was ist denn heute mit den beiden los?“ Auch Gilderoy ist verwirrt, als die Kläfferei kein Ende nimmt, verzieht jedoch nur für den Bruchteil einer Sekunde sein Gesicht. Als Butler hat er es von der Pike auf gelernt, quasi mimiklos durchs Leben zu gehen. Trotzdem sehe ich ihm an, wenn er sich Sorgen macht. Hauptsächlich um mich. Immer noch … obwohl es mir in letzter Zeit wieder besser geht. Nur heute nicht.

„Mit Ihrer Erlaubnis werde ich nachsehen, Sir!“

Das könnte ich durchaus auch selbst tun, damit aber meinen treuen Helfer aufs Gröbste verletzen.

„Natürlich, Gilderoy, geh nur!“

Mein Butler zieht sich nach einer leichten Verbeugung zurück und ich schaffe es irgendwie, nicht sofort wieder in diese semidepressive Stimmung zu verfallen, die mich an solch trüben Tagen wie heute noch immer in ihren Klauen hält. Am ehesten gelingt mir das mit Schreiben.

Zunächst war es Teil der Therapie, welcher ich schließlich zustimmte, nachdem ich ganz tief unten angekommen war. Ich sollte mir quasi alles von der Seele schreiben, was mich bedrückt. Blöd nur, dass mich genau das nur noch tiefer herunterzog. Ich suchte in meinen Erinnerungen nach Erlebnissen, die mich erfreuten, mich glücklich gemacht hatten. Die lustigsten Dinge, deren ich mich entsann und bei denen ich schmunzeln musste, lagen in meiner Kindheit. Immer öfter notierte ich mir witzige Anekdoten – zumindest ich finde sie witzig - in einer Art Tagebuch, nur um festzustellen, dass es diese Erinnerungen waren, die mich zwar nicht wirklich zu erheitern vermochten, aber immerhin aufzumuntern in der Lage waren. Irgendwann setzte sich der Gedanke fest, meine Memoiren zu schreiben. Nicht unbedingt für die breite Masse einer mir unbekannten Leserschaft, sondern für mich.

Also begann ich damit, mein Leben sozusagen von meiner Geburt an zu rekonstruieren. Da ich jedoch ein Perfektionist bin, reichte mir das handschriftliche Gekrakel nicht mehr. Ich übertrug meine Notizen in eine Datei im PC, wobei mir auffiel, dass ich zwar eine hervorragende Bildung genossen habe und auch Rechtschreibung sowie Interpunktion beherrsche, diese Fähigkeit mir in diesem besonderen Fall jedoch nicht wirklich nützlich war. Meine schriftstellerischen Ergüsse waren mit der Wortgewandtheit, wie ich sie von meinen Lieblingsautoren gewohnt bin, so weit entfernt wie die Erde von der Venus.

Nun gut, ich habe nicht wirklich vor, ein zweiter Shakespeare oder gar ein Charles Dickens zu werden, aber flüssig soll sich das Buch, so es denn irgendwann einmal fertig werden sollte, dann doch lesen.

Was lag also näher als ein Lektorat? Nun wäre es gewiss einfacher und in gewissem Sinne auch anonymer gewesen, aus dem reichlichen Angebot des WWW zu schöpfen und sich nach dem Zufallsprinzip jemanden auszusuchen, der Ordnung in meine Aufzeichnungen bringt. Aber – und hier kommt das große Aber – die Vorstellung, jemanden um mich zu haben, jemanden Fremdes, Unbekanntes, jemanden, der weder bellt noch mit dem Schwanz wedelt beziehungsweise mich behandelt wie ein rohes Ei, weil er sich um mich sorgt … der Gedanke daran, dass ich mich auf diese Weise wieder langsam und vorsichtig an Menschen gewöhnen könnte … ja, dieser Gedanke war ausschlaggebend für meine Stellenanzeige. Sollte es nicht passen, kann ich immer noch eine Kündigung aussprechen. Selbstverständlich verbunden mit einer ordentlichen Abfindung.

Geld ist ohnehin nicht das Problem. Ich habe mehr davon, als ich in den nächsten fünfzig Jahren auszugeben imstande bin. Weshalb mich der Umstand, um einige Tausender erleichtert worden zu sein, auch nicht in Tränen ausbrechen oder auf die Idee kommen ließ, meine einstmals *große Liebe* strafrechtlich verfolgen zu lassen.

Auch wenn ich aufgrund meiner psychischen Verfassung in absehbarer Zukunft meinen Beruf nicht ausüben kann – ich habe Jura studiert und hatte eine eigene Kanzlei – werde ich nicht am Hungertuch nagen müssen.

Das Wissen, dass in zwei Tagen eine weitere Person in meinem Haushalt sein wird, erfüllt mich gleichermaßen mit Panik wie mit Freude. Ich werde es auf mich zukommen lassen, welche Seite schlussendlich überwiegt.

Lautes Hundegebell und Stimmen – eine davon gehört definitiv nicht zu meinem Butler - dringen bis in mein Arbeitszimmer und unterbrechen meine Gedankengänge. Jetzt bin ich doch neugierig. Ich öffne die Tür meines Arbeitszimmers einen Spalt, gerade weit genug, um zu hören und gehört, aber nicht gesehen zu werden.

„Gilderoy? Was ist denn da los?"

„Sir, hier steht ein, ein, ein Vagabund, ein Landstreicher …"

Wie bitte? Sollte das *Privatgrundstück – Betreten verboten-Schild* nicht vor genau solchen Überraschungen schützen? Ich sollte die Möglichkeit einer Stacheldrahtumzäunung in Erwägung ziehen. Oder einer Selbstschussanlage. Wobei, Letzteres ist dann doch ein bisschen zu krass.

Zu weiteren unsinnigen Überlegungen komme ich nicht, denn Gilderoy teilt mir soeben etwas mit, das ich, wenn ich ehrlich bin, nicht erwartet habe.

„... und er besitzt die unerhörte Dreistigkeit, zu behaupten, er sei Miss Lesley O'Connell."

Lesley ist kein Mädchenname

Lesley

Was ist das denn für ein ulkiges Fossil? Und was, bitteschön, hat er da gerade gesagt?

Nachdem mich meine beiden tierischen Führer, eigentlich sollte ich sagen: meine Retter!, nach einem weiteren zwanzigminütigen Fußmarsch tatsächlich auf Brandonbury-Castle abgeliefert haben, öffnete ein antiquarisch anmutender Butler die Tür, nur um mich mit hochnäsiger Miene von oben bis unten abzuchecken.

Okay, verdenken kann ich es ihm nicht. Ich sehe nun wirklich reichlich, hm, gewöhnungsbedürftig aus. Bestimmt dufte ich auch nicht besonders frisch. Allerdings regt sich nach seiner Bemerkung, meinen Namen betreffend, der heilige Zorn in mir. Schon zu Schulzeiten verging kein Tag, an dem ich nicht mit irgendwelchen hirnlosen Idioten konfrontiert wurde, die, sobald sie mich entdeckten, in diesem dämlichen Ätsch-Bätsch-Singsang intonierten: *Lesley is'n Mädchenname, Lesley is'n Mädchenname!* Gott, wie ich es gehasst habe.

Und nun steht dieser Pinguin vor mir und redet so ein Blech daher. Mit Schmackes lasse ich meinen Trolley, den ich bis eben an mich gepresst habe, um nicht noch mehr Dreck zu verteilen als ohnehin schon, auf die blitzblanken Dielen knallen.

„Ich habe zu keiner Zeit behauptet, *Miss* Lesley O'-Connell zu sein", blaffe ich ihn an, „Lesley ist ..."

„... ein geschlechtsneutraler Name schottisch-gälischen Ursprungs, der auch in unseren Breiten vorkommt“, unterbricht mich eine tiefe Stimme, die mir direkt in den Magen – und auch noch ein Stückchen tiefer - fährt. „Lesley war sogar vormals ein traditioneller Familienname in Irland, kommt von *leas*, der Garten und *cuileann*, die Stechpalme, und bedeutet soviel wie 'Garten mit Stechpalme'“, wird die Herkunft meines Namens absolut korrekt rezitiert, was mich alleine schon zum Staunen bringt.

Der wahre Grund dafür, dass mein Mund offensteht, ist jedoch der Mann, der die Worte ausgesprochen hat und der soeben durch eine Tür am Ende des weitläufigen Flures tritt und sofort von den beiden Hunden, die bis dato brav auf der Schwelle der Eingangstür hockten, schwanzwedelnd begrüßt wird.

Der Gott – ein niederes Geschöpf kann er auf gar keinen Fall sein – tätschelt den Wolfshunden liebevoll den Schädel, wobei ich die Möglichkeit nutze, ihn mir schamlos anzuschauen.

Seine endlos langen Beine stecken in einer weich aussehenden, dunkelblauen Stoffhose. Unter einer dicken, ebenfalls dunkelblauen, herrlich warm aussehenden Strickjacke, bei deren Anblick ich mich augenblicklich erinnere, wie sehr ich friere, blitzt ein blütenweißes Hemd hervor. Alles in allem nicht unbedingt meine Vorstellung von gemütlichen Klamotten am Feierabend, aber ich bin ja auch kein Lord; denn um diesen dürfte es sich hier zweifellos handeln. Na, immerhin trägt er keine Krawatte. Im Gegenteil. Die oberen Knöpfe seines Hemdes stehen offen und lassen mich einen Blick erhaschen auf blasse Haut und den Ansatz dunkler, jedoch nicht übertrieben wuchernder Brustbehaarung.

Scheiße, ist das geil!

Ich setze meine Bestandsaufnahme fort und lande bei einem sinnlichen Mund, der sich soeben zu einem Lächeln verzieht, welches leider Gottes nicht mir, sondern eindeutig den Hunden gilt.

Eine gerade Nase, darf man sie als aristokratisch bezeichnen?, thront über den vollen Lippen und als es mir endlich gelingt, meinen Kopf noch ein Stück anzuheben, begegne ich einem Blick aus den wohl ungewöhnlichsten Augen, die ich jemals zu Gesicht bekam: Wie flüssiges Quecksilber schimmern die von einem dunklen Ring umgebenen Iriden, verstärken durch ihre ungewöhnliche Helligkeit noch die tiefe Schwärze der Pupillen.

Ich bin zwar noch nicht sooo alt, aber ich kann mit Fug und Recht behaupten, dass ich in meinem ganzen Leben noch keine solch wundervollen Augen gesehen habe und vermutlich auch nicht mehr werde. Die Guggelchen des Burgherrn sind ohne Frage einzigartig ... einzigartig schön.

„Heilige Scheiße!“, entkommt es mir und ich spüre, wie mir ungewollt Wärme in die Wangen steigt, als die fleischgewordene Götterstatue mich mit einem undefinierbaren Blick mustert und dabei die rechte Augenbraue in die Höhe zieht. Die Wärme wird zur Hitze, als der Pinguin, der noch immer vor mir steht, sich räuspert.

„In der Tat, *Mister* O'Connell“, meldet er sich in steifem Ton zu Wort, wobei er das 'Mister' geradezu übertrieben betont, „jedoch bezweifle ich, dass die Hinterlassenschaften unserer Hochlandrinder anbetungswürdig oder gar göttlicher Natur sind.“

Er rümpft die Nase; das ist aber auch die einzige Gefühlsregung, die er zeigt. *Geht's noch peinlicher?*

„Gilderoy ...“

Gilde... what? Hieß so nicht dieser eingebildete Professorenschönling bei Harry Potter?

„... würdest du Mr O'Connell bitte sein Zimmer zeigen! Ich bin sicher, er möchte sich gerne etwas … hm … frisch machen, ehe ich ihn dann zu einem Gespräch in meinem Arbeitszimmer erwarte."

Frisch machen klingt gut. Aber kann der arrogante Gott mir nicht selbst sagen, dass er mit mir reden will? Schließlich stehe ich in meiner ganzen, hm, ziemlich ramponierten Pracht keine fünf Meter von ihm entfernt. Muss ich mich daran gewöhnen, dass unsere künftigen Unterhaltungen sozusagen über diesen Gilderoy stattfinden werden? Und falls ja, wie muss ich mir das vorstellen und … Scheiße nochmal … was soll das überhaupt?

Ich habe tausende von Fragen, doch die müssen warten.

„Wenn Sie mir bitte folgen wollen, Mr O'Connell!", wendet sich der Pinguin an mich, während *Seine hochwohlgeborene Arroganz* sich sang- und klanglos zurückgezogen hat. „Oh, und wenn Sie so gut wären, Ihre Schuhe auszuziehen, ich werde mich später darum kümmern."

Er wendet sich ab und stolziert wie ein Storch davon, sodass ich mich beeilen muss, ihm zu folgen. Wenn ich ihn aus den Augen verliere, verlaufe ich mich womöglich noch.

„Das kann ich selbst tun", widerspreche ich, beschämt über seine letzte Äußerung, während ich aus meinen Schuhen schlüpfe, dabei ins Taumeln gerate und der Länge nach auf die Schnauze falle. Bei allem was recht ist: Aber irgendwann reicht's! Habe ich mich noch nicht genug blamiert?

Gilderoy, der Butler, der seinem Herrchen, was die Arroganz betrifft, in nichts nachsteht, bemerkt zum Glück nichts von dem peinlichen Vorfall, also rappele ich mich hastig wieder auf.

Während ich dem dienstbaren Geist die breite Treppe hinauf folge und versuche, dabei so wenig Dreck wie möglich zu hinterlassen, frage ich mich, ob es wirklich keine Alternative gegeben hätte, als mich so blauäugig in diese Arbeitsstelle zu stürzen. Nun gut, jetzt bin ich schon mal da, also lasse ich es auf mich zukommen. Allerdings werde ich das Angebot, sich um meinen eigens verursachten Schmutz zu kümmern, rigoros ablehnen.

Wäre ja noch toller, wenn ich mich bedienen lasse. Außerdem habe ich vor, meine Treter zu entsorgen, anstatt sie zu reinigen, was ich ihm jedoch gewiss nicht auf die hoch erhobene Nase binden werde. „Wenn Sie mir sagen, wo es draußen eine Möglichkeit gibt, mich vorerst notdürftig zu säubern, werde ich das nur allzu gerne tun. Ich möchte Ihnen keinesfalls Umstände bereiten, zumal Sie mich heute noch gar nicht erwartet haben."

Eine Antwort bekomme ich nicht. Gilderoy ist inzwischen an unserem angepeilten Ziel angekommen und öffnet eine hohe, mit geschnitzten Jagdszenen kunstvoll verzierte Tür.

„Ihre Suite, Mr O'Connell", verkündet er und bittet mich mit einem Wink seiner weiß behandschuhten Hände hinein. „Sie werden entschuldigen, dass es noch etwas frisch hier ist. Aber wir haben Sie erst in zwei Tagen erwartet."

Den Seitenhieb nehme ich mit geröteten Wangen und einem schlechten Gewissen hin. Gerade will ich mich entschuldigen, als der seltsam anmutende Butler ein kleines Kästchen neben der Tür anvisiert – verblüfft identifiziere ich es als Aircondition, was ich nun wirklich als letztes in einer mittelalterlichen Burg erwartet hätte - und mit flinken Fingern darauf herumtippt. Dies gibt mir die Möglichkeit, mich in meiner neuen Behausung umzuschauen.

Also, ich weiß nicht, was ich erwartet habe. Sicherlich keine Rumpelkammer, aber auf gar keinen Fall das, was sich meinen müden Augen darbietet.

Der Raum ist riesig, zumindest für meine Verhältnisse. Die kleine Wohnung, die mir vom Verlag gestellt wurde, passt hier mindestens dreimal, wenn nicht gar viermal hinein. Schwere moosgrüne Vorhänge verdecken eine ganze Wand und ich muss an mich halten, um nicht sofort hinzustürzen, sie beiseite zu schieben und nachzuschauen, ob sich dahinter, wie von mir erhofft, eine riesige Fensterfront mit Blick auf die herrliche Natur verbirgt. Selbst bei dem Pech, das mich in den letzten Tagen verfolgt hat, kann ich mir nicht vorstellen, auf einen schmutzigen Hinterhof mit Mülltonnen zu blicken. Nicht an einem solchen Ort wie diesem.

Rechter Hand befindet sich auf einem flauschig aussehenden Teppich eine kleine, aber gemütliche Sitzecke, bestehend aus einer Zweisitzer-Couch und zwei Sesseln aus dunkelbraunem Leder. Davor steht eine uralt aussehende Truhe, die zu einem Tisch umfunktioniert wurde. Darauf liegt … eine Fernbedienung?

Als habe der Butler, der seine Arbeit an der Klimaanlage beendet hat, meinen verständnislosen Blick bemerkt, geht er zur Wand, wo ein riesiger Ölschinken mit einem Jagdmotiv hängt. Keine Ahnung, was Gilderoy dort tut, aber wie durch Zauberhand gleitet das Gemälde zur Seite und zum Vorschein kommt ein mindestens 55 Zoll messender Flatscreen-Fernseher, dessen Anblick mich überrascht nach Luft schnappen lässt.

Grundgütiger, ich bin im Himmel gelandet. Fehlt nur noch ein weiches … oh, oooh … das ist kein Bett, das dort an der gegenüberliegenden Wand steht, das ist eine verdammte Spielwiese. Ich habe zwar keine Ahnung, mit wem ich dort spielen soll, aber – Scheiße auch – das riesige Teil aus dunklem Holz, dessen Kopfstück massiv aussehende Streben aufweist, lässt mich gedanklich geradezu schreien: Bitte fessele mich mit Seidentüchern und dann fick mich in den Himmel!

Zum Glück bemerkt Gilderoy nicht, welch lüsterne Gedanken mich beim Anblick des Bettes durchzucken; oder, was wahrscheinlicher ist, er ist viel zu wohlerzogen, um sich dazu zu äußern. Er zeigt auf eine gleich neben dem Kamin - ja, auch einen Kamin gibt es hier und ich hoffe, er ist nicht nur Zierde - befindliche Tür, geht darauf zu und öffnet sie.

„Das Badezimmer."

Ich bin immer noch zu perplex von all dem verschwenderischen Reichtum, der mich fast zu erschlagen droht. Dennoch ist mir klar, dass ich auf gar keinen Fall so dreckig und nass wie ich bin, quer durch den Raum latschen werde.

„Ist es in Ordnung, wenn ich es mir gleich ansehe?", frage ich und bin mir durchaus im Klaren, dass man meiner Stimme anhört, wie überwältigt ich bin. „Ich … möchte nur ungern für noch mehr Unordnung und … äh … Dreck sorgen." *Und mich keinesfalls vor dir ausziehen!*

„Selbstverständlich, Mr O'Connell. Reichen Ihnen dreißig Minuten, um sich frisch zu machen?"

Gerne würde ich mehrere Stunden unter einem angenehm heißen Wasserstrahl verbringen, mich dann ins Bett fallen lassen und vierundzwanzig Stunden am Stück schlafen; allerdings muss ich das aufgrund des noch ausstehenden Gespräches mit *Seiner aufgeblasenen Hoheit* wohl auf später verschieben, also nicke ich.

„Gut, dann werde ich Sie in einer halben Stunde abholen und zu Seiner Lordschaft bringen. Um Ihr Gepäck kümmere ich mich dann, während ..."

„Nein!", quieke ich hastig. Auf gar keinen Fall werde ich zulassen, dass dieser bereits deutlich in die Jahre gekommene Mann meinen Koffer auspackt. „Ich … ich habe nicht viel dabei und das wenige, das ich habe, kann ich durchaus selbst in den Schrank räumen."

„Wie Sie wünschen", kommentiert Gilderoy meinen Ausbruch mit versteinerter Miene. „Dann werde ich Sie jetzt alleine lassen und Seine Lordschaft davon in Kenntnis setzen, dass er Sie in dreißig Minuten erwarten darf."

Eine Antwort scheint er nicht von mir zu erwarten, denn noch bevor ich mir eine zurechtgelegt habe, höre ich die Tür hinter mir leise ins Schloss fallen.

Mit einem erleichterten Aufatmen schäle ich mich bibbernd aus meinen klatschnassen Klamotten, lasse sie einfach auf den Boden fallen und trete mir an einer nicht ganz so feuchten Stelle meines T-Shirts die nassen Füße ab, um nicht den – ohne Frage – Echtholzboden zu verschandeln. Überrascht stelle ich fest, dass dieser sich unter meinen kalten Füßen wunderbar warm anfühlt. Airconditi-on und Fußbodenheizung? Ich bin überwältigt.

Meine Finger zittern so sehr, dass ich mehrere Anläufe benötige, um den Trolley zu öffnen und meine Duschsachen herauszufummeln. Als ich es schließlich geschafft habe, husche ich, am ganzen Körper klappernd, ins Badezimmer, um endlich ein bisschen Wärme zu tanken.

Dass auch im Bad auf die in der Suite allgegenwärtigen Jagdmotive nicht verzichtet wurde – in einige der Kacheln sind Pferde, Reiter, Gewehre, Jagdhörner und ähnlicher Firlefanz eingebrannt – schockt mich beim Anblick der Hightech-Dusche schließlich auch nicht mehr. Ich mache mich bibbernd mit der Technik vertraut und nach wenigen Sekunden fließt perfekt temperiertes, herrlich weiches Wasser aus dem breiten Duschkopf, unter den ich mich mit einem tiefen Seufzer stelle und mir gestatte, für ein paar wohltuende Minuten die Augen zu schließen und an nichts und niemanden zu denken.

Beinahe wäre ich unter dem sanften Geplätscher eingepennt. Dann erinnere ich mich jedoch daran, dass ich den wahren Luxus einer ausgedehnten, stundenlangen Wohlfühldusche auf später verschieben muss, da man mich in wenigen Minuten zum Rapport erwartet. Wenigstens hat mein Körper nun annähernd Betriebstemperatur erreicht und so greife ich mir eines der superflauschigen Badehandtücher aus dem Regal, um mich trocken zu rubbeln.

Zurück in der Suite stelle ich fest, dass meine nassen und verdreckten Klamotten inzwischen verschwunden sind. Die Panik, die mich sofort überfällt, ist unnötig, denn ein Blick auf meinen achtlos daliegenden Koffer zeigt mir, dass Gilderoy sich an meinen Wunsch gehalten hat und meine Klamotten, sowie alles andere, nach wie vor auf dem dunkelblauen, seidigen Stoff ruhen, der den Trolley auskleidet. Daran, dass für die Zeit meines Aufenthaltes auf Brandonburry-Castle meine Wäsche gewaschen wird, werde ich mich in Anbetracht des Nichtvorhandenseins einer eigenen Waschmaschine wohl oder übel gewöhnen müssen. Es sei denn, es besteht die Möglichkeit, nach Skibbereen zu fahren und dort einen öffentlichen Waschsalon zu finden. Nicht sehr wahrscheinlich, aber man wird ja noch hoffen dürfen.

Jetzt wird es aber Zeit. Rasch entscheide ich mich für die graue Stoffhose und einen dünnen, blauen Pullover. Gerade bin ich in meine Schuhe geschlüpft, als Gilderoy nach einem kurzen Klopfen den Kopf zur Tür hereinsteckt, um mich abzuholen.

Gespräche und Erkenntnisse

Brandon

Was für ein Auftritt!

Ich gebe zu, auch ich war der irrigen Ansicht, dass es sich bei Lesley O'Connell um eine weibliche Person handelt. Darüber nachgedacht habe ich nicht wirklich. Um ehrlich zu sein, war es mir egal. Sollte es auch sein, da sie – nein, er – für mich arbeiten soll und diese Tätigkeit nicht geschlechtsabhängig ist.

Womit ich nicht gerechnet habe, war der Eindruck, den Mr O'Connell innerhalb von Sekunden bei mir hinterließ.

Als Gilderoy behauptete, Lesley habe sich als *Miss* O'-Connell vorgestellt, hörte ich für einige Sekunden die Wut und Trauer aus dessen Stimme heraus. Oh ja, ich kann mir vorstellen, dass er in seiner Kindheit unter seinem Namen gelitten hat und ihn die unüberlegte Aussage meines Butlers ziemlich getroffen haben muss; dabei ist er bei weitem nicht der einzige männliche Lesley. Es gibt sogar Politiker und Schauspieler mit diesem Namen. Dennoch hat die Betroffenheit, mit der er Gilderoys Äußerung kommentierte, ja abstritt, etwas in mir berührt. Deshalb habe ich mich so schnell aus dem Schutz meines Arbeitszimmers herausgewagt, anstatt mich noch eine Weile seelisch und moralisch darauf vorzubereiten, einem fremden Menschen gegenüberzutreten. Nun, er ist ohnehin zwei Tage zu früh dran, da kommt es auf die paar Minuten auch nicht mehr an.

Ich muss sagen, dass ich nicht wirklich wusste, wie ich reagieren soll, als er triefnass und vor Schmutz starrend in der Diele stand. Dass es ihm wohl genauso erging, half mir, meine Unsicherheit zu verbergen. Jedoch nur so lange, bis mir klar wurde, dass er mich geradezu scannte. Sein 'Heilige Scheiße' entging mir ebenso wenig wie Gilderoy.

Verfügte ich noch über dieselbe Menschenkenntnis wie damals, wäre ich zumindest in der Lage, einzuschätzen, was genau ihn zu dieser Aussage verleitet hat. War er lediglich erstaunt, weil ich die Herkunft seines Namens so perfekt herzuleiten wusste? Oder betraf sein überraschter Spruch mich? Mein Aussehen? Aber, das würde bedeuten, dass er … Nein, gewiss nicht. Auch heterosexuelle Männer erkennen an, wenn sie einen gutgebauten, gutaussehenden Geschlechtsgenossen sehen. Ich selbst finde mich zwar nicht gerade hässlich, aber ich vertraue schon lange niemandem mehr, der behauptet, ich sei schön wie ein griechischer Gott. Ein Mal bin ich darauf hereingefallen und musste am eigenen Leib erfahren, dass all die angebliche Schönheit nichts mehr wert ist, wenn es zu seelischen Belastungen kommt, die gewisse körperliche Probleme nach sich ziehen, mit denen ein Mann im besten Alter absolut nicht rechnet.

Ich zwinge mich dazu, meine belastende Vergangenheit als das zu betrachten, was sie ist: Vergangen!, und widme mich wieder dem geistigen Anblick meines künftigen Angestellten.

Als der hübsche junge Mann – zumindest war eine gewisse Schönheit unter all dem Schmutz zu erahnen – über seine Füße gestolpert und der Länge nach hingefallen ist, wäre ich ihm am liebsten zu Hilfe geeilt. Damit hätte ich jedoch verraten, dass ich ihn durch den winzigen Spalt, den ich nach meinem Abgang in der Tür offen gelassen habe, beobachtete.

Klatschnass, wie ein ertränktes Kätzchen sah er aus.

Ein tiefer Seufzer entweicht mir, als ich auf meine Armbanduhr schaue, die mir unmissverständlich anzeigt, dass ich in fünf Minuten all diese Gedanken zur Seite schieben und Mr O'Connell als der Mann gegenübertreten muss, der ich für die nächste Zeit sein werde: Sein Arbeitgeber.

Ich werfe nochmals einen Blick auf den Lebenslauf, den er mir als Anhang seiner Mail geschickt hat.

Lesley O'Connell, 23 Jahre alt und damit 6 Jahre jünger als ich, Eltern unbekannt, aufgewachsen im Saint Mary & Joseph, einem unter katholischer Leitung geführten Waisenhaus, Schulbildung klassisch – zunächst Primary School, anschließend Voluntary Secondary an einer Single Sex School, also einer reinen Jungenschule, welche er mit dem Leaving Certificate abgeschlossen hat. Danach Studium der Sprachwissenschaften und Anglistik. Dies wurde vor drei Monaten mit einem wirklich hervorragenden Abschluss beendet. Ein einziger Arbeitgeber ist angegeben. Das Verlagshaus *Brightning & Son*. Die Dauer dieser Anstellung kann ich nicht erkennen, allerdings kann es nicht allzu lange gewesen sein und mich interessiert brennend, was dazu geführt hat, dass ein junger Mensch die Anstellung in einem angesehenen Betrieb aufgibt, um bei einem Eremiten wie mir seine Zeit zu vergeuden.

Nun, das werde ich in einem Gespräch gleich herausfinden, denn in diesem Augenblick klopft es an der Tür. Ich klappe meinen Laptop zu, erhebe mich, atme noch einmal tief durch und fordere mit einem vernehmlichen 'Herein' dazu auf, einzutreten.

Als Gilderoy mir meinen neuen Lektor bringt, muss ich unverzüglich meine Meinung revidieren. Nein, nicht wie ein ertränktes Kätzchen sieht er aus, sondern wie ein Engel. Ein gefallener Engel. Etwas kleiner als ich, nicht sehr, vielleicht drei oder vier Finger breit, schlank, so steht er da und lässt meine ungenierte Musterung über sich ergehen. *Gleiches Recht für alle, nicht wahr?*

Seine Haare – vorhin ist mir gar nicht aufgefallen, welche Farbe sie haben – sind noch etwas feucht, dunkelbraun mit einem wunderschönen rötlichen Schimmer gleich einer Kastanie, die soeben glänzend aus ihrer stacheligen Hülle ins Sonnenlicht geplumpst ist, und vermutlich gewollt zerzaust. Seine Augen, die mich erwartungsvoll ansehen, sind so grün wie das Moos, das auf den Steinen am Ufer des Flusses *Ilen* wächst. Eine kecke kleine Nase sitzt über einem hübschen Mund, über den jetzt eine rosa Zungenspitze huscht. Das, was ich vorhin für Schmutz auf seinen Wangen hielt, entpuppt sich nun als Drei-Tage-Bart. Vielleicht hat er sich auch nur länger nicht rasiert und erhofft sich, dadurch sein doch recht jugendliches Alter etwas zu kaschieren. Was auch immer dahintersteckt: Es gibt ihm einen verwegenen Touch.

Verdammt, Lesley O'Connell ist ein wunderschöner junger Mann.

Qhuinn und Blay, die bis eben dösend unter meinem Schreibtisch lagen, traben schwanzwedelnd auf unseren neuen Mitbewohner zu. Der lässt es sich nicht nehmen, die beiden Hunde ausgiebig hinter den Ohren zu kraulen, was alle Beteiligten offensichtlich genießen.

„Haben Seine Lordschaft noch einen Wunsch?"

Zum Glück bewahrt mich Gilderoy mit seiner Frage davor, mich gnadenlos lächerlich zu machen, indem ich anfange zu sabbern, als ich Lesleys gelösten Gesichtsausdruck bemerke, während er meinen Wolfshunden seine zärtliche Aufmerksamkeit schenkt.

„Das ist alles, Gilderoy, danke! Du kannst dich zurückziehen.“

Mit einer knappen Verbeugung und einem „Gute Nacht!“, das sowohl von mir als auch von meinem künftigen Lektor erwidert wird, schließt mein Butler die Türe hinter sich und ich bin alleine mit Mr Lesley O’Connell … und den Hunden.

Ich warte, bis mein zukünftiger Lektor bemerkt, dass ich seine Aufmerksamkeit fordere. Dann deute ich auf den Stuhl vor meinem Schreibtisch. „Nehmen Sie bitte Platz!“

Lesley stolpert beinahe über Qhuinn, der es sich der Länge nach auf dessen Füßen gemütlich gemacht und nicht vor hat, sich auch nur einen Zentimeter zu bewegen. Erst auf einen leisen Pfiff von mir räumt er seinen Platz und huscht gemeinsam mit Blay auf das extra für die Hunde dort liegende Fell unter meinem Schreibtisch.

„Danke, S... Sir.“

Ich warte, bis er sich gesetzt hat, dann lasse auch ich mich zurück auf meinen Stuhl sinken und überlege, wie ich unser Gespräch beginnen soll. Lesley nimmt mir die Entscheidung ab.

„Wenn es Ihnen recht ist, würde ich gerne morgen bereits mit meiner Arbeit anfangen.“ Er blinzelt mich unter einer vorwitzigen Locke heraus an. „Schließlich bin ich zwei Tage früher angekommen als ausgemacht und ...“

„Was mich zu meiner ersten Frage bringt“, unterbreche ich ihn nicht sehr höflich. „Darf ich den Grund dafür erfahren?“

Mr O’Connell rutscht ein bisschen auf dem Stuhl herum, ehe er mich anschaut und antwortet.

„Der Mietvertrag für meine Wohnung war … an meine Tätigkeit im Verlag gebunden. Es … also … die Wohnung wurde mir von *Brightning & Son,* meinem Arbeitgeber, zur Verfügung gestellt."

Für eine Weile sieht er unter sich, seine Hände sind in Bewegung, ebenso wie seine Beine, was ich am Wippen seiner Knie erkennen kann. Er scheint mit sich zu ringen, dann jedoch spricht er weiter.

„Völlig überraschend habe ich nach nur vierzehn Tagen die Kündigung erhalten und somit auch die Wohnung verloren. Mir wurde keine Verlängerung meines Aufenthaltes gestattet und für ein Hotelzimmer habe ich kein Geld."

Wie aus der Pistole geschossen kommen die Worte aus seinem Mund. Es ist ihm sichtlich unangenehm, doch er hält Blickkontakt. Er ist ehrlich, was mich beeindruckt. Dumm scheint er auch nicht zu sein, denn dass seine Antwort eine weitere Frage meinerseits nach sich zieht, ist ihm klar. So kommt er mir zuvor.

„Ich kann Ihnen versichern, dass ich nichts Unrechtes getan habe, Sir. Ich habe mich weder aus der Kaffeekasse bedient, noch habe ich dem Verlagshaus durch Unachtsamkeit Schaden zugefügt", beantwortet er meine nicht gestellte Frage. „Ich …" Jetzt wird er bezaubernd rot. „Ich war nur so dumm, mich von meinem Chef in … sagen wir … kompromittierender Situation … erwischen zu lassen."

Oh! So interessant das klingt und, ich gebe es unumwunden zu, so neugierig ich auch bin, so sicher weiß ich auch, dass ich nicht nachfragen werde, wenn er es mir nicht von sich aus erzählt. Die Vermutung liegt nahe, dass er sich mit einer jungen hübschen Kollegin vergnügt hat.

Ich erspare Mr O'Connell die Peinlichkeit, mir in diesem Punkt weiterhin Rede und Antwort stehen zu müssen, denn so seltsam es auch klingen mag: Aus mir nicht näher bekannten Gründen vertraue ich ihm und weiß, dass er die

Wahrheit sagt. Also nicke ich und gebe ihm auf diese Weise zu verstehen, dass die Sache damit für mich erledigt ist.

„Dann werde ich Ihnen die ersten Kapitel meiner Biografie für morgen bereitstellen", setze ich ihn in Kenntnis, nicke gleichzeitig zu der offenen Tür zu meiner Rechten und warte, bis Lesleys Blick meiner vorgegebenen Richtung folgen. „Nebenan wird Ihr Büro sein. Ach, folgen Sie mir doch soeben, dann kann ich Ihnen alles weitere zeigen."

Gleichzeitig erheben wir uns uns gehen nach nebenan. Hier habe ich in einem ehemals ungenutzten Raum ein kleines Büro errichten lassen. Nichts Großartiges. Ein Schreibtisch, auf dem ein Laptop steht, ein Schreibtischstuhl davor. In der Ecke eine kleine Couch mit einem Beistelltischchen. Zwei Grünpflanzen, damit es nicht gar so trostlos wirkt. Auf Gemälde an den Wänden habe ich verzichtet, dafür jedoch ein hübsches Bücherregal aufgestellt, welches eine Auswahl an Literatur der letzten fünfzehn Jahre enthält. Krimis in der Hauptsache, aber auch, um es etwas gewählter auszudrücken, leichtere Kost.

„Hübsch", kommentiert Lesley und ich entnehme sowohl der Modulation seiner Stimme als auch seinem Lächeln, dass er es ernst meint. Warum mir das so wichtig ist, hinterfrage ich nicht. Jedenfalls nicht jetzt.

„Ich werde Ihnen meine Niederschriften jeweils kapitelweise auf den Laptop überspielen, damit Sie etwaige Rechtschreibfehler und Kommasünden korrigieren und im Übrigen meine Schreibweise lektorieren können", teile ich ihm mit, während wir wieder in mein Arbeitszimmer zurückgehen. „Danach werden Sie es mir zurückschicken, ich sehe es mir an und gegebenenfalls werden wir eine gemeinsame Lösung finden, sollte ich mit Ihrer Korrektur nicht ganz einverstanden sein."

„Das ist eine wohlüberlegte Arbeitsweise“, bestätigt er mir und zögert einen Moment. „Darf ich Sie auch etwas fragen, Sir?“

Kopfnickend fordere ich ihn dazu auf, seine Frage zu stellen.

„Wie hatten Sie sich das eigentlich vorgestellt? Ich, ähm, habe ich feste Arbeitszeiten, oder ...“

Lesleys Frage verwirrt mich etwas. „Was genau meinen Sie?“

„Nun, da ich hier wohnen werde ...“

„Ah, ich verstehe.“ Ich lächle, als mir klar wird, worauf er hinauswill. „Sie werden mir keinesfalls 24/7 zur Verfügung stehen müssen, falls das Ihre Sorge ist, Mr O’-Connell.“

Ich genieße kurzzeitig den Anblick seiner sich rosarot färbenden Wangen.

„Natürlich haben Sie geregelte Arbeitszeiten. Ich dachte an acht Stunden täglich, aber ich werde nicht mit der Stoppuhr hinter Ihnen stehen. Wenn Sie das von mir angedachte Arbeitspensum erledigt haben, steht es Ihnen frei, die restliche Zeit anderweitig zu nutzen. Im Übrigen poche ich auch nicht auf eine bestimmte Uhrzeit, zu der Sie Ihren Arbeitstag beginnen müssen. Sie können sich Ihre Zeit frei einteilen. Ich denke jedoch, dass nach dem gemeinsamen Frühstück ein geeigneter Zeitpunkt ist, mit der Arbeit zu beginnen.“

„Ich … wir … frühstücken gemeinsam?“, stammelt er.

Gott, ist er hinreißend.

„Das beinhaltet 'freie Kost und Logis', Mr O’Connell“, kläre ich ihn auf und verbiete mir energisch, darüber nachzudenken, dass das gemeinsame Frühstück mit dem Chef gewiss nicht den Standards entspricht.

„Ja schon, ich dachte nur ..."

„Dass Sie Ihre Mahlzeiten alleine einnehmen müssen? Nein, wir werden gemeinsam im kleinen Speisezimmer essen", teile ich ihm mit. Ich habe mir, ehrlich gesagt, darüber zuvor keine Gedanken gemacht, obwohl ich die letzten Jahre immer alleine gespeist habe. Gilderoy lehnt es strikt ab, gemeinsam mit seinem Herrn zu essen. Natürlich könnte ich dies auch weiterhin so halten, aber seit ich Lesley kennengelernt habe, habe ich kurzfristig und äußerst spontan umentschieden und werde darüber keine Diskussion führen. „Das ist auch für Gilderoy einfacher", versuche ich mich an einer Erklärung für meine Forderung, die ich meinem guten Hausgeist im Übrigen noch beibringen muss.

„Selbstverständlich, Sir."

„Und um Ihre Frage endgültig zu beantworten, Mr O'-Connell ... Wie Sie unschwer übersehen haben dürften, hat man nicht gerade einen kurzen Anfahrtsweg nach Brandonburry-Castle. Sie würden, wenn Sie in der Stadt eine Unterkunft hätten, sehr viel früher aufstehen müssen, als wenn Sie sozusagen direkt aus dem Bett an den Schreibtisch fallen."

Nach meinen Worten grinst Lesley mich an und mir stockt der Atem bei diesem Anblick. Er ist wirklich ein wunderschöner Mann. Ich räuspere mich.

„Nun denn, Mr O'Connell, ich denke, fürs Erste haben wir alles geklärt. Haben Sie noch Fragen?"

„Nein, Sir. Außerdem sehen wir uns morgen und wenn mir noch etwas einfällt, sind Sie ja nicht aus der Welt."

Lächelnd reiche ich ihm die Hand, die er zögernd ergreift.

„Dann wünsche ich Ihnen eine gute erste Nacht auf Brandonburry-Castle und sehe Sie dann morgen früh um 7:30 Uhr zum Frühstück."

Lesley nickt mir zu und entzieht mir dann seine Hand, die ich noch immer halte. „Ähm, wo ..."

„Gilderoy wird es sich nicht nehmen lassen, Sie in den ersten Tagen abzuholen, Mr O'Connell", teile ich ihm mit und schmunzele über sein kurzes Aufatmen. „Außerdem werde ich mit Ihnen gerne eine Führung durch die Burg unternehmen." Eigentlich war diese Aufgabe für Gilderoy vorgesehen, aber irgendwie werfe ich seit Mr O'Connells Erscheinen minütlich meine ursprünglich gefassten Entscheidungen über den Haufen. „Wenn das Wetter besser wird, können wir diese gerne auch auf die Umgebung ausdehnen. Das sollten wir dann spontan entscheiden. Als Ire wissen Sie ja nur allzu gut, wie schnell sich das Wetter auf unserer grünen Insel ändert."

Sein Gesicht verzieht sich zu einer Grimasse. Mir ist klar, dass er an seine eigene peinliche Situation denkt und kann nicht anders als laut zu lachen. Zum Glück sieht Lesley es nicht als überheblich oder schadenfroh an, sondern fällt in mein Lachen mit ein. Für die Dauer eines Lidschlags bewundere ich seine perlweißen Zähne.

Als er sich mit einem 'Gute Nacht, Sir' von mir verabschiedet, sitze ich noch lange an meinem Schreibtisch. Was hat dieser unbekannte, junge Kerl nur an sich, das mich dazu gebracht hat, in den vergangenen Stunden mehr zu lächeln, ja sogar laut zu lachen, als in den letzten beiden Jahren?

Dies ist nur eine der vielen Fragen, die mich auch dann noch beschäftigen, als ich längst im Bett liege.

Ein neuer Anfang

Lesley

Das lief ja besser als befürchtet.

Ich habe, nachdem ich zweimal falsch abgebogen und quasi in einer Sackgasse gelandet bin, den Weg zurück in meine Suite gefunden, die inzwischen mollig warm ist, was mich ziemlich beruhigt.

Der Tag war lang und rückblickend betrachtet echt anstrengend. Ich bin hundemüde und will nur noch ins Bett. Deshalb – und weil ich vorhin erst geduscht habe – ziehe ich mich rasch bis auf Shirt und Pants aus, erledige die Abendtoilette in kürzester Zeit und schlüpfe unter die Bettdecke. Herrlich!

An Schlaf ist jedoch trotz bleierner Müdigkeit nicht zu denken. Zu präsent ist noch das Gespräch mit meinem neuen Arbeitgeber.

Dass die beiden Hunde mich begrüßt haben, als sei ich ein lange vermisster Freund, hat mir ein bisschen der Spannung genommen. Na gut, dass ich mich beinahe wieder auf die Schnauze gelegt habe, weil … äh, Qhuinn war es glaube ich … also, weil Qhuinn es sich auf meinen Füßen bequem gemacht hatte, war nicht so prickelnd. Blöd, dass ich es gar nicht richtig wahrgenommen habe, weil ich damit beschäftigt war zu verdrängen, dass der Mann der mir gegenüberstand, kein hundertjähriger Greis, sondern ein verdammt attraktiver Typ ist.

Ich tippe mal, dass er allerhöchstens Anfang 30 ist. Wenn überhaupt. Da ich noch nie gut lag, wenn ich jemandes Alter schätzen soll, kann man meiner Bewertung nicht wirklich vertrauen. Möglicherweise ist es die Art und Weise wie der Herrscher über Brandonburry-Castle sich bewegt, wie er spricht. Vielleicht liegt es auch an den kleinen Fältchen um seine sagenhaften Augen, die, und das wiederum könnte ich beschwören, nicht vom Lachen kommen.

Unsere Unterhaltung lief dann ganz gut. Jedenfalls nach dem holprigen Anfang. Oh Mann, als Lord Brandon mich fragte, weshalb ich nur so kurz bei *Brightning & Son* beschäftigt war, dachte ich, mein Herz hört auf zu schlagen.

Was, wenn er etwas gegen Schwule hat, wenn ich ihm beichte, was passiert ist?

Was, wenn er mich wieder auf die Straße setzt?

Was, wenn ich noch in derselben Nacht wieder durch den dunklen Wald zurück in die Stadt muss?

Würde er das tun? Mich rausschmeißen? Wäre er so grausam, mich bei Nacht und Nebel auszusetzen wie einen unerwünschten Streuner?

All diese Fragen schossen mir in jenem Moment in Sekundenschnelle durch den Kopf und trotzdem gab es für mich nur eine Antwort: Die Wahrheit!

Nun ja, ein bisschen geschönt, weil ich nicht alles verraten habe. Aber ich habe nicht gelogen. Ich lüge niemals! Ich sage nur nicht immer alles und was die Leute daraus machen, ist dann ihre Sache. Seine hochwohlgeborene Lordschaft schien mir allerdings zu glauben, jedenfalls hoffe ich das. Denn nachdem das weitere Gespräch ziemlich gut verlaufen ist, freue ich mich auf meine künftige Tätigkeit hier. Ich bin neugierig, was ein Mensch, der kaum zehn Jahre älter ist als ich, schon alles erlebt hat, um darüber ein Buch schreiben zu können. Mein eigenes Leben würde nicht mal den Inhalt eines Vokabelheftchens füllen. Okay, ein bisschen aufgemotzt würde zur Not ein Groschenroman daraus werden. Aber wer will schon etwas über mein langweiliges, beschissenes Leben lesen?!

Irgendwann schafft es der Sandmann dann doch noch zu mir. Ich schlafe ein und träume wirres Zeug, bei dem Werwölfe, Dinosaurier und ein stolzer Edelmann auf einem edlen Pferd vorkommen. Der Ritter, seine glänzende Rüstung weist ihn als solchen aus, zieht mich mit einem Speer, der große Ähnlichkeit mit einem Kran hat, aus der Scheiße, in der ich hocke, und irgendwo tief in meinem Inneren verspüre ich den brennenden Wunsch, dies möge eine besondere Bedeutung haben.

Erstaunlich ausgeruht und irre hungrig wache ich auf. Außer einem pappigen Sandwich, das ich mir gestern Morgen am Bahnhof genehmigte, habe ich nichts mehr gegessen. Allerdings war ich tatsächlich zu aufgeregt, um später Hunger zu verspüren. Jetzt rumort es jedoch heftig in meinem Magen. Gut, dass es gleich was zwischen die Zähne gibt.

Es ist noch dämmerig draußen, denn durch die dichten Vorhänge dringt nur spärlich Helligkeit. Trotzdem springe ich voller Elan aus dem warmen Bett und laufe zu der Fensterfront. Bin neugierig, mit welchem Ausblick ich belohnt werde.

Aufgeregt bahne ich mir einen Weg durch die massigen Falten der dicken Samtvorhänge und drücke meine Nase an einem der bodentiefen Fenster platt.

Wow! Was für ein Anblick!

Auch wenn ich nicht wirklich mit einem Blick auf den Hinterhof gerechnet habe, bin ich hin und weg von dem riesigen Wald, der sich in allen möglichen Grüntönen meinen Augen darbietet. Das Gelände ist riesig. Skibbereen ist von hier aus nicht mal zu sehen. Und diesen ganzen weiten Weg bin ich gestern zu Fuß marschiert?

Ich bin sicher, dass man irgendwo in der Ferne auch das Blau eines Lochs ausmachen kann. Oder wenigstens den Fluss Ilen. Vielleicht auch ein paar Hügel. Dafür ist es zu dieser Stunde allerdings noch zu dunkel, daher werde ich mich wohl gedulden müssen, bis es heller ist. Vielleicht besteht sogar die Möglichkeit, einen kleinen Ausflug in die Umgebung zu unternehmen. Da die Gefahr, mich mit dem nicht vorhandenen Sohn des Hauses in einem der gewiss hundert Zimmer zu vergnügen, vernachlässigbar gering bis nicht vorhanden ist, werde ich dazu hoffentlich noch in den nächsten Tagen Gelegenheit haben.

Es sei denn, dieser Gilderoy-Pinguin hat einen Enkel, der zufällig Interesse am männlichen Geschlecht zeigt, und nicht in jungen Jahren bereits aussieht wie sein Großvater. Der könnte mit seinen schneeweißen Haaren nämlich glatt den Santa in der Werbung für diese ungesunde, aber sauleckere dunkle Brause mimen. Oder doch nicht, er hat nämlich keinen Bart. Und überhaupt: Was, zur Hölle, denke ich mir eigentlich zusammen?

Seufzend reiße ich mich von dem sagenhaften Anblick, den die Natur mir bietet, los. Ich sollte mich langsam fertig machen, wenn ich dem in die Jahre gekommenen dienstbaren Geist des Hauses nicht in Unterhosen gegenübertreten will. Außerdem drückt meine Blase, was einen Gang in die Keramikabteilung meiner Suite unumgänglich macht.

Nach Beendigung meiner Morgentoilette, räume ich meinen Koffer aus, da ich das gestern Abend nicht mehr geschafft habe. Ordentlich hänge ich die Hosen und Hemden auf Bügel und verstaue Pullis, Shirts und Unterwäsche in den seitlich angebrachten Regalen. Meine Socken packe ich – ebenso wie das Kästchen mit meinen Spielsachen – in die Schublade des Nachtschränkchens. Den leeren Trolley hieve ich schließlich auf den Schrank, damit er aus dem Weg ist.

Nachdem ich mein Bett gemacht habe – auf keinen Fall werde ich mich hier bedienen lassen - sehe ich mich schließlich der Aufgabe der Klamottenwahl gegenüber. Allzu groß ist die Auswahl sowieso nicht, was es mir leicht machen sollte. Ich würde nur allzu gerne Jeans anziehen, traue mich das aber nicht. Ich sollte Lord Brandon später fragen, ob es für ihn in Ordnung ist, wenn ich nicht so aufgebrezelt herumlaufe. Schließlich gibt es hier niemanden, den ich mit meinem Anblick beleidigen könnte. Jedenfalls glaube ich, dass hier niemand außer Seiner Lordschaft, dem Butler, seinem möglicherweise vorhandenen Enkel, und den beiden Hunden lebt. Eine Lady of Brandonburry scheint es auch nicht zu geben. Sonst hätte ich sie doch gestern Abend gesehen. Oder hält er die holde Maid in einem Verlies versteckt?

Kopfschüttelnd angesichts meiner überbordenden Fantasie schlüpfe in dieselbe Kleidung, die ich bereits gestern Abend trug. Schließlich habe ich sie nicht mal zwei Stunden angehabt und zudem vorher noch geduscht. Die Gefahr, zu stinken wie ein Iltis, ist also kaum gegeben. Sollte Lord Brandon jedoch darauf bestehen, dass ich meine Arbeit in *anständiger* Kleidung verrichte, werde ich, sobald ich mein erstes Gehalt bekommen habe, wohl einen Ausflug in die Stadt unternehmen und mir noch zwei, drei Hosen und einige Hemden besorgen müssen.

Ich öffne soeben die Tür meiner Suite, als Gilderoy mit erhobener Hand davorsteht und wohl gerade klopfen wollte. Eine seiner Augenbrauen hebt sich für eine Millisekunde, ehe er wieder seine etwas hochnäsige Butlermiene aufsetzt.

„Guten Morgen, Mr O'Connell. Wie ich sehe, sind Sie bereits fertig. Sehr löblich", begrüßt er mich in dieser seltsam gesteltzten Aussprache, an die ich mich wohl oder übel gewöhnen muss.

„Guten Morgen, Mr ...äh … Gilderoy."

„Gilderoy genügt", werde ich sofort aufgeklärt.

Obwohl es keine Rüge war, spüre ich, wie mir angesichts seiner Zurechtweisung Hitze in die Wangen steigt. Aber hey! Ich werde auf überhaupt gar keinen Fall niemals nicht einen Mann, der locker mein Großvater sein könnte, mit dem Vornamen ansprechen. No Chance! Ich habe zwar nicht die geringste Ahnung, wie man sich auf dem Parkett der Reichen und Schönen bewegt, da ich weder reich noch schön bin. Ich bin ebenso nur ein Angestellter in diesem Haus und deshalb werde ich den Teufel tun und einen Quasiarbeitskollegen, den ich nicht mal zwölf Stunden kenne, einfach so beim Vornamen nennen. Wenn er mir schon seinen Nachnamen nicht verraten will, dann muss er eben damit leben, dass ich ihn *Mr Gilderoy* nenne. Basta!

Das spreche ich allerdings nicht laut aus, sondern nicke nur brav. Fürs Erste!

Probleme sind dazu da, um gelöst zu werden

Brandon

Qhuinn und Blay laufen mit schnuppernd auf den Boden gerichteten Nasen vor mir her. Auch ihnen ist der Duft, der aus der Küche heranweht, nicht entgangen. Und sie wissen ganz genau, dass das eine oder andere Bröckchen den Weg vom Tisch auf den Boden und von dort in ihre Mägen finden wird. Ja, ich weiß, das spricht nicht gerade für eine Hundeerziehung aus dem Lehrbuch. Aber ich habe die beiden gutmütigen Hunde ja auch nicht angeschafft, um mit ihnen auf Ausstellungen zu gehen, sondern damit sie mir Gesellschaft leisten. Und das tun sie nunmal auch beim Frühstück. Wie gute Freunde eben.

Ich kann es kaum erwarten, meinen neuen Mitarbeiter zu sehen. Auch wenn unsere gestrige Unterhaltung lediglich ein erweitertes Einstellungsgespräch war, habe ich mich, entgegen meiner Befürchtung, aufs Angenehmste unterhalten gefühlt und seine Anwesenheit sehr genossen.

Gilderoy hat bereits den Tisch im kleinen, angenehm familiär wirkenden Speisezimmer neben der Küche gedeckt und zum ersten Mal seit langer Zeit – ehrlich gesagt, kann ich mich gar nicht erinnern, *wann* zuletzt – verspüre ich beim Anblick all der Speisen Hunger … und gleich darauf ein schlechtes Gewissen.

Lesley muss hungrig sein. Wir haben ihm bei seiner Ankunft gestern Abend gar nichts angeboten. Nicht mal ein Glas Wasser. Da hilft auch die Ausrede nicht, dass wir ihn noch nicht erwartet haben. Die Gastfreundlichkeit und der gesunde Menschenverstand hätten dies voraussetzen müssen. Dass ich, was beides anbelangt, ziemlich eingerostet bin, mag mit etwas gutem Willen noch zu entschuldigen sein. Dass aber auch Gilderoy sich dieser Pflichten nicht erinnerte, stimmt mich nachdenklich. Sollte er doch langsam zu alt werden?

Ehe ich noch länger grübeln kann, erscheint Letztgenannter mit meinem Gast … nein, meinem Lektor, verbessere ich mich rasch. Seine Ankunft erfreut nicht nur mich, sondern auch Qhuinn und Blay, die sich ihm sofort schwanzwedelnd auf der Suche nach Streicheleinheiten in den Weg stellen. Beinahe warte ich darauf, dass er einmal mehr über die trotteligen Kälber stolpert, aber Lesley ist vorbereitet. Er lernt schnell, wie es scheint.

„Guten Morgen, Mr O'Connell", begrüße ich ihn mit einem hoffentlich glaubwürdigen Lächeln und deute auf den Stuhl mir gegenüber. „Ich hoffe, Sie haben gut geschlafen und einen anständigen Hunger mitgebracht. Gilderoy hat es einmal mehr viel zu gut mit mir … Verzeihung … mit uns gemeint."

Gilderoy zieht eine Augenbraue hoch, rückt Lesley, der sich nuschelnd bedankt, den Stuhl zurecht, und verschwindet so lautlos wie ein Geist.

„Guten Morgen, Lord Brandon", schafft es Lesley endlich, meinen Morgengruß zu erwidern. Seine Augen kleben förmlich auf dem Angebot auf dem Tisch zwischen uns. Was auch immer Gilderoy gestern Abend veranlasst hat, seine Pflichten zu vernachlässigen, heute Morgen kann davon nicht die Rede sein.

Auf dem Tisch türmen sich Cereals, Cornflakes und Porridge. Weiße Bohnen in Tomatensoße, kleine Bratwürstchen, Bacon & Eggs und Black Pudding fehlen ebenso wenig wie die gesalzene Butter, eine kleine Auswahl verschiedener Konfitüren, Toast- und Vollkornbrot. Auf unseren Tellern liegen bereits, ordentlich aufgeschnitten, jeweils eine halbe Grapefruit. Ein Glas Orangensaft steht in Reichweite. Eine große Kanne Tee ruht auf einem Stövchen in der Mitte zwischen uns.

Ich verkneife mir ein Grinsen, werde dann jedoch nachdenklich. Ob Lesley O'Connell überhaupt jemals ein solch reichhaltiges Frühstück eingenommen hat? Dann erinnere ich mich jedoch wieder an meinen Verdacht, dass er großen Hunger haben muss.

„Greifen Sie zu, bitte!"

Um ihm ein wenig seiner offensichtlichen Befangenheit zu nehmen, mache ich den Anfang, greife nach dem Löffelchen und beginne damit, meine Grapefruit zu löffeln.

Lesley greift nach dem Glas Orangensaft und stürzt es in einem Zug hinab, was das schlechte Gewissen, ein miserabler Gastgeber zu sein, erneut in mir aufflackern lässt. Ich tue so, als hätte ich es nicht bemerkt, schenke ihm stillschweigend eine Tasse Tee ein und freue mich seltsamerweise darüber, dass mein Gegenüber nach einer kurzen Pause damit beginnt, sich eine kleine Schale Porridge einzuverleiben, ehe er Bohnen, Rührei und Würstchen auf seinem Teller anhäuft, eine Scheibe dickes Weißbrot in zwei Hälften bricht und damit in die Tomatensoße stippt. Die Grapefruit ignoriert er.

Ich vergesse glatt zu essen, als ich Lesley dabei beobachte, wie er die Augen schließt und genießerisch den ersten Happen auf seiner Zunge zergehen lässt. Himmel, habe ich jemals einen Menschen gesehen, der auf geradezu erotische Art ein Stück Toastbrot isst?

Bis eben war mir gar nicht bewusst, wie faszinierend es ist, jemandem beim Essen zuzuschauen, der jeden Bissen, den er sich in den Mund schiebt, zu würdigen weiß und dies auch genießt. So sehr bin ich damit beschäftigt, Lesley so unauffällig zu beobachten wie möglich, dass ich gar nicht bemerke, dass auch ich viel mehr esse als in letzter Zeit.

Beinahe zeitgleich legen wir das Besteck auf die leer gegessenen Teller, greifen nach den Teetassen und lehnen uns mit einem genüsslichen Seufzen zurück. Ehe mein nun gesättigter Lektor sich seines guten Appetits schämen kann, grinse ich ihn an und tätschele meinen nicht vorhandenen Bauch.

„Das war gut“, keuche ich nur ein bisschen übertrieben, ehe ich laut lache.

„Gut?“ Lesley schaut mich mit kaum verhohlenem Vorwurf an. „Das war sensationell“, verbessert er mich. „Das beste Frühstück, das ich jemals gegessen habe“, schiebt er leise und mit roten Wangen hinterher.

„Nun, dann werden Sie erfreut sein zu hören, dass Sie dies nun für die Dauer Ihres Aufenthalts auf Brandonbury-Castle immer bekommen werden, Mr O'Connell“, verrate ich ihm mit einem Zwinkern. „Und ich kann Ihnen versichern, dass Gilderoys Kochkünste, was das Abendessen anbelangt, ihresgleichen suchen.“

Lesley starrt mich mit weit aufgerissenen Augen an und ich muss erneut lachen. Zum Glück ist er darüber nicht erbost, sondern fällt in mein Lachen mit ein.

Gilderoy erscheint und nach einem kurzen Blick auf unsere leergeputzten Teller, schleicht sich ein freudiges Lächeln in sein Gesicht. Für etwa eine halbe Sekunde.

„Eigentlich hatte ich vor, Sie heute früh mit den ersten Kapiteln meines Buches zu füttern“, eröffne ich Lesley, während Gilderoy den Tisch abräumt, „aber ich denke, ein wenig Bewegung kann uns nach diesem fantastischen Frühstück beiden nicht schaden.“

Ich betrachte fasziniert, wie Lesleys Wangen sich zartrosa färben.

„Also ...“ Ich erhebe mich und mein neuer Mitarbeiter tut es mir sofort gleich. Ebenso meine beiden vierbeinigen Freunde. „Was halten Sie davon, wenn wir zuerst einen Rundgang durch Brandonburry-Castle machen. Ich bin sicher, Sie werden sich noch wohler fühlen, wenn Sie sich ohne Navigationsgerät durch das Haus bewegen können und nicht immer um Hilfe ersuchen müssen, wenn Sie von A nach B wollen.“

„Aber die Arbeit ...“

„Läuft uns nicht davon. Sie wird auch nachher noch da sein“, unterbinde ich sofort seinen Einwurf. „Und um erst gar keine Missverständnisse aufkommen zu lassen: Sie werden die vereinbarten acht Stunden heute nicht erbringen müssen, Mr O’Connell. Und ich gestatte keine Widerrede!“

Erfreut stelle ich fest, wie Lesleys Wangen sich zwar weiterhin verfärben, seine zuvor peinlich berührte Miene sich jedoch in ein freudiges Lächeln wandelt. Ich kann selbst kaum fassen, wie sehr ich mich darüber freue. Verdammt, ich war viel zu lange alleine, habe mich hinter meinem Elend versteckt und außer Gilderoy niemanden an mich herangelassen. Erst jetzt fällt mir auf, wie sehr ich es vermisst habe, jemanden um mich zu haben. Jemanden, der annähernd in meinem Alter ist. Jemanden, der mich anhand meiner Biografie demnächst kennenlernen wird, wie mich noch niemand zuvor kannte. Nicht einmal …

„Mr O'Connell hat sein Bett selbst gemacht."

Gilderoys vorwurfsvolle Stimme unterbricht meine Gedanken und ich glaube, mich verhört zu haben, als Lesley mit verkniffener Miene zischt: „Olle Petze!"

Dass ich nichts mit den Ohren habe, verrät mir Gilderoys hochgezogene Augenbraue. Ehe ich hierzu etwas sagen kann, wendet Lesley sich an mich.

„Bitte, Lord Brandon ..."

„Das heißt Euer Lordschaft", mischt sich Gilderoy ein.

„Wie auch immer."

Lesley lässt sich nicht beeindrucken und ich grinse still in mich hinein. Das kann ja noch lustig werden. Hier prallen wahrhaftig Welten aufeinander.

„Lord Brandon … Sir", setzt Lesley erneut an und ignoriert meisterhaft den vorwurfsvollen Blick meines Butlers, „ich bin ebenso ein Angestellter wie Mr Gilderoy und ..."

„Gilderoy! Nur Gilderoy!", erfolgt umgehend der Einwurf desselben.

„... wie Mr *Nur* Gilderoy", fährt mein junger Mitarbeiter mit neckischer Modulation in der Stimme fort und ich spüre, wie mir erneut ein Lachen in die Kehle steigt. Nur das brummige 'Ist es denn zu fassen?' meines treuen Dieners hindert mich daran, laut loszuprusten und eine neugierige Miene aufzusetzen, um Lesley aufzufordern, weiterzusprechen.

„Und ich bin sehr wohl in der Lage, mein Bett selbst zu machen und mein Zimmer in Ordnung zu halten. Außerdem ..."

„Außerdem?", insistiere ich.

„Außerdem ist es mir unangenehm, mich von einem … mich bedienen zu lassen. Bitte Lord Brandon ..."

„Euer Lordschaft!“

Lesley bedenkt den wie versteinert dastehenden Gilderoy mit einem Rollen seiner moosgrünen Augen. „Bitte, Sir, es macht mir wirklich nichts aus und ...“

„Also gut.“ Ich entscheide mich, dem nur allzu witzigen Wortgefecht ein Ende zu bereiten, auch wenn ich mich köstlich amüsiere. „Wenn Ihnen so viel daran liegt, können Sie Ihr Bett natürlich gerne selber machen.“ Ich ignoriere Gilderoy, der soeben scharf einatmet. „Um die Ordnung und Sauberkeit müssen Sie sich allerdings nicht kümmern“, bescheide ich meinem Lektor. „Zwei Mal pro Woche erscheint eine drei Personen umfassende Reinigungstruppe aus der Stadt, die sich um sämtliche anfallenden Arbeiten kümmert, wozu auch die Sauberhaltung der Räume gehört.“

Dass dies mein Arbeitszimmer ausschließt – hier darf tatsächlich Gilderoy seinem Putzfimmel frönen, weil ich keine fremden Personen in diesem Raum dulde – verschweige ich wohlweislich. In der Tat ist es so, dass Lesley O’Connell der erste Fremde ist, den ich nicht nur in diesem Raum empfangen habe, sondern der in nächster Zeit auch ständig in meiner Nähe sein und somit Zugang zu meiner Zufluchtsstätte haben wird.

„Desweiteren wird alle vierzehn Tage die Wäsche abgeholt, in eine Wäscherei und Reinigung in Skibbereen verbracht, sodass Sie sich auch hier um nichts kümmern müssen.“

Beinahe wären mir die bleichen Wangen meines Lektors entgangen. Meiner fehlenden Sozialkompetenz der vergangenen Jahre ist es zuzuschreiben, dass ich einige Sekunden benötige, um zu begreifen, was in ihm vorgeht. Dann jedoch wird es mir klar.

Bei seiner Ankunft trug Lesley lediglich einen Koffer bei sich. Darin sollten sich, soviel ist sicher, all seine irdischen Besitztümer befinden, was, der Größe des Trolleys nach zu urteilen, nicht besonders viel sein kann. Niemals werden seine Kleidungsstücke für einen Zwei-Wochen-Turnus ausreichen. Nicht mal, wenn er wenigstens seine Unterwäsche und seine Socken täglich wechselt.

Die spontane Idee, ihm einen meiner PKW anzubieten, um in die Stadt zu fahren und sich zusätzliche Kleidung zu kaufen, verwerfe ich im selben Augenblick, als mir einfällt, dass er erwähnte, sich kein Hotelzimmer leisten zu können.

Mr O'Connell ist pleite. Woher soll er auch Geld haben? Er wuchs in einem Waisenhaus auf, hat studiert und lediglich ein paar Tage gearbeitet. Ich kenne ihn noch nicht allzu lange und auch meine Menschenkenntnis lässt sehr zu wünschen übrig. Aber dass ich ihm keinen Vorschuss anbieten kann, ist selbst mir bewusst. Er mag pleite sein, aber stolz. Niemals würde er mein Angebot annehmen.

„Euer Lordschaft", vernehme ich Gilderoys Stimme, „wenn ich einen Vorschlag unterbreiten dürfte ..."

„Bitte!", fordere ich ihn verblüfft auf.

„Wenn es Mr O'Connell unangenehm ist und er es wünscht, sich um seine privaten Dinge selbst zu kümmern, dann wäre da noch die Waschküche im ehemaligen Bedienstetentrakt."

Sowohl Lesleys als auch mein Kopf rucken zu Gilderoy.

„Ich war auch schon lange nicht mehr dort, aber ich glaube mich zu erinnern, dass es dort neben einer Waschmaschine auch einen Trockner und sogar eine Wäscheleine für die Kleidungsstücke gibt, die man nicht in den Trockner stecken darf.“ Er räuspert sich kurz. „Wie, zum Beispiel, Krawatten.“

Nicht nur mir bleibt die Spucke weg. Hat mein Butler tatsächlich gerade einen Witz gemacht?

„Sie … waschen Krawatten?“ Lesley ist gelinde geschockt.

Gilderoy nickt erhaben. „Selbstverständlich.“

Nun kann ich ein Lächeln nicht mehr zurückhalten und auch mein Lektor begreift, dass man ihn auf den Arm genommen hat. Allerdings nimmt er es nicht übel und grinst still in sich hinein. Ein weiterer Pluspunkt für ihn.

„Ich darf also echt meine Wäsche selber waschen?“ Lesley hakt vorsichtshalber noch einmal nach.

„Ja, Mr O’Connell, echt“, bestätigt mein dienstbarer Geist und ich beiße mir auf die Innenseite meiner Wangen, um nicht doch noch laut zu lachen, so sehr genieße ich das Duell der beiden.

„Klasse“, stößt Lesley erleichtert aus. „Wenn es dann auch noch ein Bügeleisen gibt, damit ich meine Hemden und Hosen bügeln kann, bin ich wunschlos glücklich.“

„Damit kann ich dienen.“ Gilderoy macht eine winzige bedeutsame Pause. „Selbstverständlich erst, nachdem ich die Tageszeitung für Seine Lordschaft gebügelt habe.“

Lesleys Miene ist nicht mit Geld zu bezahlen, doch als er merkt, dass mein Butler ihn auf den Arm genommen hat – was einem Jahrhundertereignis gleichkommt – kann er ein Grinsen ebenso wenig unterdrücken wie ich.

Allerdings war mir nicht sein Blick entgangen, der sich bei der Erwähnung seiner Hemden und Hosen etwas verfinstert hatte. Hier braucht es keine besondere Menschenkenntnis, um zu erraten, was dahinter steckt.

„Ich möchte Ihnen anbieten, dass Sie diese Kleidungsstücke gerne mit in die Reinigung geben können, denn ich könnte mir vorstellen, dass Sie sich in, sagen wir, für Sie bequemerer Kleidung wie Jeans ...“ Gilderoys entsetztes Keuchen überhöre ich geflissentlich. „... und Pullover oder Shirts gewiss wohler fühlen.“

Ich vertraue darauf, dass mein Butler keinen Herzanfall erleidet, und genieße das Strahlen, das sich auf Lesleys hübschem Gesicht zeigt, ehe er sich unsicher auf die Unterlippe beißt. Verdammt!

„Und damit begehe ich keinen Frevel?“

Endlich darf ich lachen. Gott, ist er niedlich. „Nein, gewiss nicht. Wenn ich mit den Hunden unterwegs bin, trage ich ebenfalls Jeans. Ich bin nur so sehr daran gewöhnt, innerhalb des Hauses Hemden und Stoffhosen zu tragen, dass es mir schon gar nicht mehr auffällt.“

Natürlich entgeht mir Gilderoys reichlich erstaunter Blick nicht. Ich räuspere mich.

„Wenn dann alle Probleme soweit zur Zufriedenheit geklärt und aus der Welt geschafft sind, können wir unseren Rundgang durch Brandonburry-Castle nun beginnen?“

Brandonburry-Castle

Lesley

Keine Ahnung, wie lange wir schon unterwegs sind. Der alte Kasten ist riesig. Als wir an der gefühlt hundertsten Ahnengalerie vorbeikommen, frage ich mich ernsthaft, wie viele Vorfahren man haben kann und wie riesig der Stammbaum der Familie sein muss. Die weiblichen Urururahnen interessieren mich nicht wirklich, aber ich habe festgestellt, dass nahezu jeder der Typen auf den Gemälden eine gewisse Ähnlichkeit mit meinem neuen Chef aufweist. Starke Gene, würde ich mal sagen. Mit der passenden Lady wird er gewiss wunderschöne Babys zeugen.

Wir haben mit unserer Schloss- beziehungsweise Burgbesichtigung ganz oben angefangen, weil, wie Lord Brandon mir erklärte, die Zimmer in diesen Stockwerken nicht genutzt werden und wir sie uns daher nur sporadisch angesehen haben. Nach den ersten zehn Räumen, in denen die Möbel unter weißen Tüchern versteckt sind wie man es aus diesen alten Hollywoodschinken kennt, sahen sowieso alle gleich aus für mich.

Nun sind wir in der Etage angelangt, in welcher sich, wie ich anhand der kostbaren Wandteppiche wiedererkenne, auch meine Suite befindet. Ich nehme mir vor, mir auf dem Weg nach unten alles ganz genau einzuprägen, denn das ist für mich wichtig, wenn ich mich hier irgendwann alleine zurechtfinden will. Momentan hege ich noch gewisse Zweifel, dass dieser Zeitpunkt allzu schnell kommen wird.

Zunächst jedoch deutet Seine Lordschaft auf eine Armee aus Rittern, die eine mir doch tatsächlich bisher verborgen gebliebene, zweiflügelige Tür zu bewachen scheint.

„Hier bin ich zuhause“, teilt er mir mit und ich bin erschrocken, wie nahe an meinem Zimmer seine Räumlichkeiten liegen. Sofort mache ich mir eine geistige Notiz, dass die geplante Session mit einem meiner Spielzeuge vor dem Schlafengehen ausfällt. Die Vorstellung, Lord Brandon könne mein Stöhnen vernehmen – leise kann ich nämlich nicht -, oder womöglich über ein dermaßen gut ausgebildetes Gehör verfügen, dass er die Batterien meines Lieblingsdildos surren hört, sollte auf jeden Fall abturnend genug sein, um erst gar keine lustvollen Gefühle aufkommen zu lassen.

Ich unterdrücke ein Seufzen. Mann, ich hätte echt gedacht, dass der Herr des Hauses einen kompletten Flügel möglichst weit weg vom Fußvolk bewohnt.

Aber nein! Jetzt bin ich ungerecht. Nicht eine Sekunde seit unserem Gespräch gestern Abend habe ich das Gefühl, dass Lord Brandon seinen Adelsstatus *raushängen* lässt. Im Gegenteil! Er scheint mir ein sehr netter Mensch zu sein. Sicherlich etwas introvertiert, was ihn für mich umso interessanter macht und ich bin rasend neugierig, anhand seiner Biografie mehr über diesen faszinierenden Mann zu erfahren.

„Die meiste Zeit des Tages verbringe ich jedoch in meinem Arbeitszimmer“, teilt er mir mit, „ich bin gewissermaßen nur zum Schlafen hier.“

Bilde ich mir den Schatten, der über sein Gesicht huscht, nur ein?

„Unsere Räume sind, wie Sie vielleicht erkennen können, die beiden einzigen auf diesem Stockwerk, womit sich die Gefahr, sich zu verlaufen, ziemlich minimiert.“

„Ja, zumindest solange man auf dem Flur ist“, kommentiere ich seine Aussage und betrachte verschämt die vier Möglichkeiten, diese Etage zu verlassen. Es ist nun nicht so, dass ich rechts und links nicht unterscheiden kann. Aber mein Orientierungssinn ist unterirdisch.

Lord Brandon lacht leise und verursacht damit ein angenehmes Kribbeln in meinem Bauch. „Halten Sie sich am besten nach links, wenn Sie Ihre Suite verlassen“, verrät er mir grinsend. „Die Treppe am Ende des Flures führt direkt nach unten in den Eingangsbereich. Es ist aber auch kein Drama, wenn Sie aus Versehen nach rechts gehen. Dann müssen Sie allerdings quer durch die Burg laufen, um am Ende dort anzugelangen. Und ich befürchte, es gibt mindestens zehn Möglichkeiten, sich auf diesem Weg zu verlaufen. Also merken Sie sich besser, dass Sie sich nach links wenden, sobald Sie aus Ihrem Zimmer treten.“

„Das sollte ich gerade noch hinbekommen“, murmele ich und ernte ein weiteres leises Lachen, nach dem ich jetzt schon süchtig bin. Ich sollte vorsichtig sein und mich nicht in etwas Blödsinniges verrennen, schimpfe ich mich im Stillen. Sobald Lord Brandons Biografie in trockenen Tüchern ist, werde ich Brandonburry-Castle wieder verlassen und ihn nie mehr wiedersehen.

„Kommen Sie, wir werden nun gemeinsam den Weg nach unten nehmen, den Sie in den nächsten Wochen täglich gehen werden. Vielleicht ist ja das eine oder andere Accessoire dabei“, er deutet lässig auf Gemälde, Ritterrüstungen, Wandlampen und Bodenvasen, „an dem Sie sich orientieren können.“

Na klar! Die sehen doch alle gleich aus. Natürlich sage ich nichts dergleichen, sondern folge meinem Arbeitgeber, während ich im Stillen die Treppenstufen zähle, bis wir unten ankommen. Ob Gilderoy, der soeben in unser Blickfeld kommt, wohl ausrasten würde, wenn ich Brotkrumen streue? Der Gedanke ist so absurd, dass ich kichern muss.

„Was ist so lustig?"

Lord Brandon bleibt stehen und schaut mich fragend an. Natürlich werde ich sofort knallrot und bin kurz versucht, nichtssagend mit den Schultern zu zucken. Dann erinnere ich mich aber an sein wunderbares Lachen und gestehe ihm meinen nicht ganz ernst gemeinten Einfall.

„Das werden Sie nicht wagen!", ertönt Gilderoys entsetzter Ausruf, worauf Lord Brandon sich beinahe ausschüttet vor Lachen. Ich grinse nur, weil ich den Butler nicht noch mehr verärgern will. Als ich jedoch einen Blick auf ihn werfe, bilde ich mir ein, ein Strahlen auf der sonst unbeweglichen Miene des alten Mannes zu erkennen, der seinen Herrn geradezu liebevoll ansieht.

Ich weiß zwar nicht, was hier abgeht – dazu bin ich noch nicht lange genug hier – aber wenn ich das hier nur einigermaßen richtig interpretiere, dann kommt es nicht allzu oft vor, dass der Herr von Brandonburry-Castle viel und laut lacht.

Na, wenn Gilderoy damit einige meiner *Fehler* übersieht, soll es mir recht sein. Ich weiß, dass ich alles andere als salonfähig bin. Ich bin kein ungebildeter Trampel und weiß mich schon zu benehmen. Ich weiß auch, in welcher Reihenfolge man auf großen Veranstaltungen das Besteck benutzt. Nicht, dass ich schon jemals in die Verlegenheit gekommen wäre, dies unter Beweis zu stellen. Ich kann mich durchaus anpassen, aber ich bin nicht bereit, mich zu verbiegen. Auch nicht für einen feinen Lord, der zudem noch mein Chef sein wird. Klar weiß ich, dass Adelige oftmals seltsame Titel führen.

Charles zum Beispiel, der Ohrenprinz von England. Der hat so viele Namen und Titel, dass einem schwindelig wird.

Eine der Nonnen im Waisenhaus war eine glühende Anhängerin des britischen Königshauses und wir Kinder mussten damals den vollständigen Namen des rhabarberblattohrigen Pflanzenflüsterers auswendig lernen. Ich kriege ihn nicht mehr ganz zusammen, aber ungefähr so lautet er: Charles Philip Arthur George Mountbatten-Windsor.

Dieser Name steht dann in seinem Pass. Falls er überhaupt einen hat. Die Wahrscheinlichkeit, dass er jemals durch die Passkontrolle auf einem Flughafen musste, ist in etwa so groß wie die, dass er in den nächsten zwanzig Jahren den Thron besteigt.

Und dazu kommen so an die tausend Titel, was dann schon wieder ganz anders aussieht, nämlich:

His Royal Highness Prince Charles Philip Arthur George, Prince of Wales, Duke of Cornwall and Earl of Carrick, Baron of Renfrew, Lord of the Isles, Prince and Great Stewart of Scotland und und und ...

Dazu kommen noch jede Menge diverser Ritterschläge und Hosenbandorden und keine Ahnung was sonst noch alles – natürlich alles mit Extratitelei.

Hat man da noch Töne?

Deshalb bin ich mir ziemlich sicher, dass mein neuer Chef auch eine Menge Namen sein Eigen nennt und dass es ganz gewiss falsch ist, ihn Lord Brandon zu nennen. Aber irgendwie gefällt mir dieser Name und deswegen werde ich ihn auch benutzen. Oder Sir. Das lasse ich mir noch gefallen. Außerdem scheint er nichts dagegen zu haben, sonst hätte er doch schon was gesagt, oder?

Jedenfalls werde ich ihn ganz bestimmt nicht 'Euer Lordschaft' nennen … auch wenn der alte Mann im Pinguinkostüm sich auf den Kopf stellt und mit seinen Rockschößen Schaum schlägt.

Eigentlich weiß ich gar nicht, warum ich mich so aufrege. Denn ich mag Pinguine. Und irgendwie mag ich auch Gilderoy. Immerhin hat er mir vorhin aus der Patsche geholfen. Na, ich muss die Dinge sowieso auf mich zukommen lassen. Mal sehen, wie sich alles entwickelt. Ich bin aber guter Hoffnung, dass ich das hinbekomme.

Was mir viel größere Sorgen bereitet, ist dieses wundervolle und dennoch unerwünschte Kribbeln im Bauch, das ich seit dem ersten Blick in die silbrigen Augen Lord Brandons verspüre, und das sich mit jeder Minute, die ich in seiner Nähe bin, verstärkt.

Ich kenne die Anzeichen, schließlich war ich bereits ein Mal heftig verknallt. In Dustin, einen Kommilitonen. Er war mein Erster. Und mein Einziger. Wir hatten eine megatolle Zeit zusammen und sind in guter Freundschaft auseinander gegangen. Ehrlich gesagt, hat sich das mit der Verknalltheit irgendwann gelegt. Gute Freunde sind wir trotzdem geblieben und auch wenn wir nicht mehr zusammen waren, also zusammen im Sinne einer Beziehung, hatten wir dennoch unseren Spaß. Freunde mit gewissen Extras sozusagen.

Seither hatte ich weder eine Beziehung noch einen One night-Stand. Klar war ich hin und wieder in einem Club, dort habe ich aber nur getanzt und war damit beschäftigt, mir die Typen, die mich in den Darkroom abschleppen wollten, vom Leib zu halten. Ist nicht so, als wäre ich prüde oder so. Und Lust hatte ich auch. Aber ich habe ziemlich rasch festgestellt, dass ich nicht für eine schnelle

Nummer auf dem Klo tauge. Was die Sache mit Jeremy im Kopierraum noch unfassbarer macht als ohnehin.

Davon mal abgesehen, braucht es ’ne Weile, bis ich Vertrauen zu jemandem aufbaue, und Vertrauen gehört für mich nunmal dazu. Nach dem Desaster im Kopierzimmer umso mehr. Aber ich will ja auch gar nicht mit Lord Brandon in die Kiste hüpfen. Jedenfalls nicht vordergründig. Ich bekomme nämlich nicht sofort einen Ständer, wenn ich in seiner Nähe bin … sondern Herzklopfen.

Und das macht mir irgendwie eine Scheißangst.

Es wird keine Geheimnisse geben

Brandon

Ich habe den kleinen Schlagabtausch zwischen Lesley und Gilderoy so sehr genossen, dass ich noch Stunden nach der Führung mit einem Grinsen im Gesicht herumlaufe. Dem fragenden Blick meines Butlers schenke ich keine Beachtung. Natürlich ist es ihm aufgefallen, dass ich meine seit Monaten zur Schau getragene Leichenbitter-Miene abgelegt und in eine gegen meinen Willen lächelnde eingetauscht habe. Ich kann es selbst kaum fassen, dass ich es so sehr genieße, Lesley um mich zu haben; ja, dass es ihm mit seiner tollpatschigen Art gelungen ist, mich ein Stück weit aus meinem selbst gewählten Schneckenhaus hervorzulocken. Und das nach nur einem Tag.

Eigentlich hatte ich vor, nach der Burgbesichtigung auch noch einen Teil meiner Ländereien mit Lesley zu erkunden, habe mich jedoch dagegen entschieden, als mir auffiel, dass mein hübscher Lektor nicht nur von all dem Protz und Prunk Brandonburry-Castles ziemlich erschlagen war, sondern auch körperlich reichlich k.o. wirkte.

Also gab ich vor, müde zu sein, schlug eine ausgedehnte Mittagspause vor und wunderte mich darüber, dass mein totgeglaubtes Herz seltsame Dinge tat, als ich Lesleys erleichterten und dankbaren Gesichtsausdruck bemerkte.

Qhuinn und Blay schickte ich nach draußen. Die beiden Jungs sind es gewöhnt, ihre ausgedehnte Gassirunde auch ohne mich zu absolvieren. Danach lenkte ich mich mit dem nächsten Kapitel meiner Autobiografie ab, bis es an der Tür klopfte und Lesley schüchtern nachfragte, ob er denn jetzt an die Arbeit gehen dürfe.

„Konnten Sie sich ein wenig ausruhen?“, frage ich nicht nur der Höflichkeit halber, sondern weil ich es wirklich wissen will.

„Danke, ich … es tut mir leid … ich bin sonst nicht so … ich ...“

„Mr O’Connell“, unterbreche ich seine unnötigen Versuche, sich zu entschuldigen, „wenn man berücksichtigt, welchen Gewaltmarsch Sie gestern unternommen haben und welche Wege ich Sie gezwungen habe, heute Morgen zurückzulegen, dann ist es durchaus verständlich, dass Sie müde waren.“

„Sie haben mich nicht gezwungen“, widerspricht er vehement, „ich war neugierig. Und ich bin es noch.“

„Dann möchten Sie auch noch meine Ländereien besichtigen?“ Ich weiß, ich bin böse. Aber ich kann es nicht lassen, ihn ein wenig zu necken. Guter Gott, wann habe ich eine solche Anwandlung zum letzten Mal verspürt?

Lesleys erschrockenes Gesicht ist es allemal wert; da er mich jedoch noch nicht richtig einschätzen kann, lasse ich ihn nicht weiter leiden. Ich bin ja kein Unmensch.

Lachend tätschele ich seine Schulter. Das Kribbeln, das durch meine Finger tobt, bilde ich mir hoffentlich nur ein.

„Das war nur ein Spaß“, beeile ich mich, ihn zu beruhigen. „Ich bin sicher, für heute haben Sie genug Bewegung gehabt.“

Sein erleichtertes Aufatmen entgeht mir nicht.

„Dann sollten Sie jetzt bei ein wenig Lektüre entspannen. Wollen Sie?“

„Dazu bin ich hier.“

Lesley folgt mir in sein Büro und nimmt vor dem Schreibtisch mit dem bereits aufgeklappten Laptop Platz. Sein Blick wirkt irgendwie abwesend und mir entgeht nicht, dass ihm etwas auf dem Herzen liegt.

„Stimmt etwas nicht?“

Ertappt zuckt er zusammen, doch ehe ich ihn auffordern kann zu sprechen, hebt er den Kopf und sieht mich an.

„Es steht mir gewiss nicht zu, Sir, aber ...“

„Ja?“

„Kostet die Unterhaltung von Brandonburry-Castle nicht ein Schweinegeld?“

Das beschäftigt ihn? Ich kann mir ein Lachen nicht verkneifen, das ich abrupt beende, als ich die tiefe Röte bemerke, die in seine Wangen steigt. Gott, ich wollte ihn nicht beschämen.

„Mr O'Connell“, sage ich leise aber fest und berühre erneut seine Schulter, „Sie werden in den nächsten Wochen als erster Mensch … nun, nicht als erster, denn Gilderoy kennt mich schon mein ganzes Leben … aber als erste Person, die nicht zu meiner Familie gehört, Dinge von mir erfahren, die weit, sagen wir, intimer sind, als die Antwort auf Ihre Frage. Dinge, die ich noch keinem Menschen verraten habe.“

Nicht mal er *weiß soviel über mich. Nicht, dass ich es ihm nicht hätte sagen wollen, sondern weil es ihn nicht interessierte. Nur habe ich das zu spät erkannt.*

Erst als das Schweigen zwischen Lesley und mir unangenehm wird, bemerke ich, dass ich wieder in die Vergangenheit abzurutschen drohe. Ich greife nach Lesleys Frage wie nach einem Rettungsring und ziehe mich selbst wieder in die Gegenwart zurück.

„Mein Großvater hat mir nach seinem Tod nicht nur Brandonburry-Castle und Gilderoy hinterlassen", bei der Erwähnung meines Butlers zwinkere ich Lesley zu und freue mich über sein Kichern, „sondern auch eine Menge Geld sowie Aktien und Firmenanteile an Unternehmen, die sehr ertragreich sind. Ich müsste vermutlich nie mehr im Leben arbeiten, aber, um ehrlich zu sein, bin ich dazu nicht geboren. Ich habe Jura studiert und hatte bis vor einigen Jahren eine gutgehende Kanzlei."

„Was ist passiert?"

Ich hätte es voraussehen müssen, dass er nachhakt. Es ist eine logische Schlussfolgerung. Aber …

„Sie sollten mein Manuskript lesen, Mr O'Connell, dann werden Sie es noch früh genug erfahren."

Seltsamerweise nickt er dazu und lässt es auf sich beruhen. War mein Ton so abweisend oder hat er bemerkt, dass ich nicht dazu bereit oder gar in der Lage bin, diese Frage jetzt zu beantworten?

„Darf ich dennoch eine weitere Frage stellen, Sir?"

„Bitte", fordere ich ihn auf. „Ich behalte mir jedoch vor, auch diese nicht zu beantworten."

„Sie sagten, Sie hätten Ihren Großvater beerbt", sagt er leise und kaut auf seiner Unterlippe herum. „Was ist mit Ihren Eltern?"

Ich schließe kurz die Augen, spüre das Brennen, das Tränen ankündigt.

„Verzeihung, Sir, es tut mir leid, ich wollte wirklich nicht ...“

„Schon gut“, krächze ich und räuspere mich erneut, ehe ich normal sprechen kann. Kurzerhand beschließe ich, Lesley diese traurige Episode aus meinem Leben zu erzählen. Er wird es ohnehin bald selbst lesen können. „Es war kurz vor meinem zwölften Geburtstag. Ich war zu jener Zeit auf einem Internat. Das ist in unseren Kreisen nunmal so üblich und hat nichts damit zu tun, dass meine Eltern mich loswerden wollten“, erkläre ich warum auch immer.

„Ich bin sicher, dass es so ist. Mir sind die Gepflogenheiten nicht bekannt, aber ich kann mir durchaus vorstellen, dass auch Prinz Charles nicht auf einer herkömmlichen Schule war.“ Lesleys Blick ist vollkommen ernst und ich spüre intuitiv, dass er nichts, von dem was ich sage, ins Lächerliche zu ziehen versucht.

„Nein, das war er sicher nicht.“ Ich schmunzele bei der Vorstellung des britischen Thronfolgers in einer der zahllosen Grundschulen inmitten gemeinen Volkes. Dann gebe ich mir einen Ruck und fahre fort. Ich will dieses Kapitel meiner Jugend so schnell wie möglich hinter mich bringen.

„Meine Eltern waren viel und oft unterwegs. In ihrer Eigenschaft als Miteigentümer unterschiedlichster Firmen hielten sie sich auch oft im Ausland auf. Damals ...“ Erneut räuspere ich mich. „Vor dem von mir angesprochenen Geburtstag hielten sie sich in den USA auf. Am 11. September ...“

„Oh mein Gott, Sir!“

Lesley springt auf und fällt mir um den Hals, ehe er sich bewusst wird, was er da gerade macht und hastig und mit hochrotem Kopf einige Schritte zurückweicht. Auch wenn seine Umarmung nur einen Wimpernschlag andauerte, fehlt mir seine Wärme sofort.

„Ich … es tut mir leid“, stammelt er und traut sich nicht, mir ins Gesicht zu sehen.

Ich beschließe, seine Aussage auf den Verlust meiner Eltern zu beziehen und nicht auf seine Umarmung. Denn die tut mir ganz und gar nicht leid. Im Gegenteil. Ich habe dieses Gefühl unendlich lange vermisst und sehr, sehr genossen.

„Danke“, erwidere ich schließlich, „es ist lange her.“

Lesley nimmt wieder Platz und ich bringe diesen Teil meiner Vergangenheit noch rasch zum Ende, ehe ich mich in mein Arbeitszimmer zurückziehe. „Mein Großvater wurde zu meinem Vormund bestimmt. Sofern ich nicht auf dem Internat war, lebte ich hier bei ihm auf Brandonburry-Castle, wo ich ohnehin bereits die ersten drei Jahre meines Lebens verbracht hatte. An meinem einundzwanzigsten Geburtstag erhielt ich Zugriff auf das Erbe meiner Eltern, das bis zu diesem Zeitpunkt von meinem Großvater verwaltet wurde. Es bestand nicht nur aus einer unfassbar großen Summe der Lebensversicherungen meiner Eltern, sondern auch aus den Erträgen und Zinsen der jeweiligen Firmenanteile. Alleine diese Summe reicht aus, um ein sorgenfreies Leben zu führen. Als mein Großvater vor zwei Jahren verstarb, war ich plötzlich auch noch der Besitzer einer riesigen Burg, für deren Erhaltung ebenfalls genügend Geld vorhanden ist.“

Ich schweige einen kleinen Augenblick.

„Und natürlich haben Sie Recht, wenn Sie sagen, dass der alte Kasten Unmengen an Unterhaltskosten verschlingt, Mr O’Connell. Aber selbst wenn meine Familie nicht hierfür Sorge getragen hätte, würde ich alles dafür tun, die Burg zu erhalten, und wenn es das Letzte ist, das ich tun werde.“

Dublin, O'Connell-Bridge

Lesley

Nach Lord Brandons Worten sitze ich noch eine ganze Weile nachdenklich vor dem Laptop. Ich könnte mich ohrfeigen für meine Neugierde. Immer schon war ich zu impulsiv. Eine Eigenschaft, von der bereits die Nonnen im Waisenhaus nicht begeistert waren, und die, gerade in den letzten Wochen, ja auch wieder dafür sorgte, dass ich meine Arbeitsstelle bei *Brightning & Son* verlor. Hätte ich weniger aus dem Bauch heraus gehandelt, ein bisschen länger darüber nachgedacht, wäre ich mit Jeremy gewiss nicht im Kopierzimmer gelandet. Auch dass ich einfach aufs Geratewohl zwei Tage früher nach Brandonburry-Castle aufbrach, ist weniger dem Nichtvorhandensein von genügend Hirnmasse zu verdanken, sondern eben jener Impulsivität. Wobei es genau diese ist, die mich gerne vergessen lässt, dass ich durchaus in der Lage bin, zu denken.

Nun ist es halt geschehen und ich kann nur hoffen, dass Seine Lordschaft nicht allzu böse auf mich ist. Traurig habe ich ihn ohne Frage gemacht. Ob es ihn wohl tröstet, wenn ich ihm sage, dass ich durchaus weiß wie es ist, seine Eltern zu vermissen? Nun, das ist nicht ganz richtig, vermute ich, denn wie kann man etwas vermissen, das man nicht kennt? Niemals kennengelernt hat? Wenn nicht eine liebevolle Mutter es war, die ihrem Kind einen sorgfältig und gut überlegten Namen mit auf den Lebensweg gab, sondern das Emblem von *Lesleys Blumenlädchen* auf dem Stoffbeutel, in den man mich gesteckt und anschließend einfach weggeworfen hatte. Für meinen klangvollen

Nachnamen stand die Brücke Pate, auf der ich in einer eisig kalten Nacht, mehr tot als lebendig, gefunden wurde.

Schwester Arildis, eine der Nonnen, die mit der Betreuung der Winzlinge – und damit auch mit mir - beauftragt war, erzählte mir später, als ich alt genug war, es zu begreifen, dass es vermutlich nur eine weitere Stunde auf der zugigen Brücke gebraucht hätte und aus Lesley O'Connell wäre ein John Doe, einer jener unbekannten Toten, die auf dem silberglänzenden Stahltisch in der Rechtsmedizin landen, geworden.

Was ich hingegen heute noch nicht begreife, ist: Warum hat die Frau, die mich geboren hat, mich weggeworfen wie Müll?!

Herrgott nochmal, ich wurde in den letzten Jahren des 20. Jahrhunderts geboren, nicht etwa im Mittelalter. Es gibt Babyklappen. Zig Tausend Eltern, die den unerfüllten Wunsch nach einem Baby haben.

Warum mich dennoch keines dieser Paare, die das Waisenhaus aufsuchten, adoptierte? Ich möchte so gerne Schwester Arildis Glauben schenken, die mir ein ums andere Mal versicherte, dass es einzig daran lag, dass ich ein sehr kränkliches Kind gewesen bin. So verzweifelt, sich einen untergewichtigen, asthmakranken, unter diversen Lebensmittelunverträglichkeiten leidenden, hässlichen, kleinen Jungen ins Haus zu holen, war dann wohl doch niemand.

Als ich in die Pubertät kam, verloren sich auf wundersame Weise sowohl mein Asthma als auch die ganzen Unverträglichkeiten. Ich konnte plötzlich essen, was ich wollte, ohne von Pickeln übersät zu werden oder anzuschwellen wie ein Ballon, konnte Sport treiben, ohne nach Luft japsend und fiepend zusammenzubrechen – ich war gesund und das wirkte sich auch auf meine ehemals klapperdürre Figur aus. Zum ersten Mal in meinem Leben fand ich mich nicht mehr hässlich. Nicht mal Akne bekam ich. Allerdings war ich mit Vierzehn auch niemand mehr, der auf der Liste adoptionswilliger Eltern stand.

Ich erinnere mich noch daran, dass ein einziges Mal ein Paar kam, welches Interesse an mir zeigte. Die Frau war still und hatte, soweit ich das beurteilen konnte, nicht viel zu sagen. Das übernahm der Mann, dessen Blicke mir Angst machten. Nicht, weil sie bösartig waren. Eher das Gegenteil war der Fall. Ich weiß noch, dass ich mir damals wünschte, noch immer krank, dürr und hässlich zu sein, als diese geifernden Blicke ertragen zu müssen.

Ein weiteres Mal verdankte ich Schwester Arildis meine Gesundheit und körperliche Unversehrtheit. Ihr waren die Blicke des Kerls nämlich auch nicht entgangen und sie legte sofort ihr Veto ein, als die Wahl des seltsamen Paares auf mich gefallen war.

Dunkel entsinne ich mich noch, dass es recht laut wurde damals und der Typ sich darüber beschweren wollte, dass man es rechtschaffenen Leuten sogar schwer mache, Kinder zu adoptieren, die ohnehin niemand haben wollte.

Schwester Arildis hingegen blieb ruhig und bot dem Mann an, sich die Sache nach eingehender Überprüfung der Örtlichkeiten und des Lebenslaufs der zukünftigen Eltern noch einmal zu überlegen. Dass das Paar daraufhin seinen Adoptionsantrag zurückzog, muss ich nicht wirklich noch erwähnen.

„Mr O'Connell? Alles in Ordnung?“

Ich schrecke aus meinen bösen Erinnerungen auf, als Lord Brandon plötzlich im Türrahmen auftaucht und mich beinahe besorgt ansieht.

„Es … Verzeihung Sir, ich war … in Gedanken.“

„Bringen meine ersten Lebensjahre Sie etwa so sehr aus der Fassung?“

Ich hebe den Kopf und bilde mir ein, so etwas wie Schalk in diesen atemberaubenden Augen erkennen zu können. Beinahe möchte ich mit einem flapsigen Spruch kontern, dann überfällt mich jedoch Reue. Schließlich habe ich noch keinen einzigen Blick auf das Manuskript geworfen, sondern mich im Leid meiner trostlosen Kindheit gesuhlt. Und warum? Nur um mich besser zu fühlen, weil ich mit meiner Neugierde dafür gesorgt habe, dass Lord Brandon sich mies fühlt? Was ist das denn für eine kranke Scheiße?!

Schamvolle Hitze steigt mir in die Wangen, als ich ihm gestehe, noch nicht mal angefangen zu haben. „Es tut mir leid, Sir. Alles. Ich wollte nicht, dass Sie sich unwohl oder gar traurig fühlen“, stolpere ich heraus und knete verzweifelt meine Finger.

„Das macht Ihnen Sorgen?“ Seine Lordschaft klingt erstaunt. „Mr O’Connell, ich versichere Ihnen, dass Sie sich keine Gedanken um mein Wohl machen müssen. Ja, ich habe meine Eltern sehr geliebt, obwohl ich sie kaum zu Gesicht bekam. Ihren Tod habe ich betrauert, aber es ist lange her. Inzwischen überwiegen die schönen Erinnerungen, die … Mr O’Connell? Was ist denn mit Ihnen?“

Keine Ahnung, ob es die 'schönen Erinnerungen' sind, jedenfalls öffnen sich die Schleusen in meinen Augen und lange zurückgehaltene Tränen strömen ungehindert über meine erhitzten Wangen. Gott, ist das peinlich. Ich schäme mich so sehr, vor einem mir noch immer fremden Menschen, der zudem noch mein Chef ist, sprichwörtlich zusammenzuklappen.

Lord Brandon geht vor mir in die Hocke. „Wollen Sie darüber reden?“

Ich schüttele den Kopf, doch gleichzeitig strömen die Worte aus mir heraus. Meine ganze verkorkste Kindheit, die unumstößliche Tatsache, dass ich weggeworfen wurde wie Abfall.

Erst als ich all das erzählt habe, wird mir wieder bewusst, wo ich bin und wem ich mein Herz ausgeschüttet habe.

„Oh Gott, Sir, bitte, verzeihen Sie mir. Ich … das habe ich nicht gewollt … und … wenn Sie nach meinem dummen Geschwafel lieber … also … bitte, geben Sie mir wenigstens Zeit, etwas Neues zu finden. Ich … es ist schon dunkel und ich würde mich nur wieder verlaufen da draußen ...“

„Nun ist es aber genug!“

Lord Brandon erhebt sich mit einem Ruck. Sein Ton drückt unmissverständlich aus, dass er 'not amused' ist.

„Mr O’Connell, *mir* tut es leid, dass die Geschichte über den Tod meiner Eltern bei Ihnen Erinnerungen getriggert hat ...“

„... die nicht hätten sein müssen, wenn ich nicht so neugierig gewesen wäre“, werfe ich ein.

„Richtig“, stellt mein Chef fest, „aber wenn sie nicht heute Abend gekommen wären, dann in einigen Tagen, wenn Sie bei dem Kapitel, das diesen Teil meines Lebens beschreibt, angekommen wären.“

Womit er möglicherweise Recht hat. Aber immerhin hätte dann die Möglichkeit bestanden, dass ich zu jenem Zeitpunkt alleine gewesen wäre und mir somit die Peinlichkeit dieses vermaledeiten Auftritts erspart hätte.

„Ich schlage vor, wir beenden diesen Tag mit einem guten Abendessen.“ Er sieht auf seine funkelnde Armbanduhr. „Gilderoy wird ohnehin in wenigen Minuten erscheinen und zu Tisch bitten. Also lassen Sie uns einfach nur ein paar Minuten früher Schluss machen ...“

„Ich hatte noch nicht mal angefangen“, flüstere ich, noch immer tief beschämt.

„Morgen ist auch noch ein Tag. Und nun kommen Sie. Lassen Sie uns Gilderoys vorzügliche Kochkünste genießen. Vielleicht verleiht Ihnen ein guter Tropfen anschließend die nötige Bettschwere. Oder, ich will Sie ja nicht zum Trinken verführen, vielleicht wollen Sie sich lieber ein Buch nehmen. Ich kenne leider Ihre Vorlieben nicht, daher habe ich einen bunten Mix leichter literarischer Kost zusammengestellt.“

Lord Brandon deutet auf das Regal, in dem sich farbenfrohe Buchrücken eng aneinander drängen. Da ich Alkohol nicht gewöhnt bin und ich eine weitere peinliche Einlage unbedingt vermeiden will, greife ich wahllos nach einem der Bücher, ehe ich meinem Arbeitgeber in das kleine Esszimmer folge, in dem Gilderoy soeben ein herzhaftes Irish Stew serviert.

Nach dem wirklich vorzüglichen Abendessen verabschiede ich mich, sobald es der Anstand erlaubt, und ziehe mich in mein Zimmer zurück. Da ich mich für einen einzigen Tag bereits mehr als genug blamiert habe – na ja, gestern war auch nicht ohne – bin ich fest entschlossen, keine Sekunde länger darüber nachzudenken und greife nach dem Buch, das ich mir mitgebracht habe.

J.R.Ward heißt der Autor, von dem ich, ehrlich gesagt, noch nie etwas gehört habe. *Black Dagger* ist der Titel des

Buches und ich stelle missmutig fest, dass es sich um eine Serie handelt und ich mir mit dem Buch, dessen Untertitel *Sohn der Dunkelheit* lautet, schon Band 22 geschnappt habe. Muss wohl sehr erfolgreich sein, wenn es derart viele Bücher aus dieser Reihe gibt. Vielleicht sollte ich noch einmal hinunter gehen und Band 1 suchen. Aber möglicherweise gefällt es mir auch gar nicht, dann hätte ich den Weg umsonst gemacht. Außerdem besteht auch noch die Möglichkeit, dass Seine Lordschaft sich noch in seinem Arbeitszimmer befindet, denn er ist nicht mit mir nach oben gekommen. Ach was soll's. Ich bin sowieso müde und wahrscheinlich schlafe ich nach den ersten Seiten gleich ein.

Ich erledige rasch meinen Besuch im Bad, schlüpfe in das sagenhaft weiche Bett und greife nach dem Buch. Gelangweilt lese ich den Klappentext … und bin plötzlich wieder hellwach, als ich die Namen Qhuinn und Blay entdecke. Nach zwei Helden dieser Romanreihe sind also die beiden Wolfshunde benannt. Das ist ja interessant.

Haben die beiden Vampirkrieger, dass es sich um solche handelt, steht ebenfalls im Klappentext, einen nachhaltigen Eindruck bei Seiner Lordschaft hinterlassen? Und wenn ja, warum?

Ich beeile mich, den Text schneller zu lesen und stoße schließlich auf die Worte: ... *wenn Qhuinn ehrlich ist, empfindet er viel mehr für Blay als bloße Freundschaft* ...

Das … nein! Unmöglich! Oder doch nicht? Kann es sein, dass der ehrenwerte Lord of Brandonburry-Castle schwul ist? Ach, was impliziere ich denn da wieder hinein? Die Buchreihe besteht aus keine Ahnung wievielen Büchern und nur weil ich ausgerechnet dieses eine hier erwischt habe, in dem es wohl um eine unglückliche Liebe zwischen zwei Männern geht, heißt das noch lange nicht, dass Lord Brandon es deswegen gekauft und seine beiden Hunde nach den Helden dieses Bandes benannt hat.

Wahrscheinlich gefielen ihm nur die Namen. Sind ja auch hübsch. Genau, so wird es sein.

Muss wohl. Um intensiver darüber nachzudenken, bin ich zu müde. Wenn ich ehrlich bin, auch zum Lesen.

Also lege ich das Buch auf den Nachttisch, lösche die kleine Wandlampe hinter dem Bett, kuschele mich in die weichen Kissen und bin Sekunden später eingeschlafen.

Steckt mehr dahinter?

Brandon

Zehn Tage sind vergangen, seit Lesley O'Connell nun auf Brandonburry-Castle weilt, und ich genieße jeden Tag mit ihm.

Seit unserem holprigen Start hat sich nicht nur ein lockeres Miteinander ergeben, sondern auch eine gewisse Routine in unseren Alltag geschlichen. Von der anfangs erwähnten und ursprünglich angesprochenen 8-Stunden-Arbeitszeit ist inzwischen keine Rede mehr.

Unser Tagesablauf sieht so aus: Nach dem gemeinsamen Frühstück machen wir uns an die Arbeit. Während Lesley meine ihm zur Verfügung gestellten Kapitel gewissenhaft auf Fehler jeglicher Art untersucht und vermeintliche 'Sünden' meinerseits korrigiert, versuche ich – nicht immer erfolgreich – weiterzuschreiben. Da mir das in letzter Zeit häufig misslingt, weil ich mit meinen Gedanken in dem kleinen Büro nebenan bin, warte ich auf sein ausgebessertes Ergebnis beziehungsweise seine Verbesserungsvorschläge, bei welchen es sich lediglich um Satzumstellungen handelt, und lese mich oftmals in meiner eigenen Jugend fest.

Hin und wieder höre ich ihn murren, ich weiß auch, dass ihm manches missfällt. Aber er schweigt darüber und ich frage ihn nicht danach. Ich bin der Meinung, dass er auf mich zukommen muss, wenn er ernsthafte Verbesserungsvorschläge hat. Dazu ist ein Lektor schließlich da. Ich brauche niemanden, der meine Arbeit schönredet. Ich brauche jemanden, der mich auf Rechtschreibsünden, Logikfehler und ja, auch einen langweiligen Schreibstil hinweist. Dass all dies einfacher wäre, säßen wir uns nicht praktisch gegenüber, ist mir klar. Aber ich erwarte von ihm, dass er mutig und ehrlich genug ist, mir zu sagen, was ihm nicht gefällt. Nun, ein paar Tage gebe ich ihm noch, dann werde ich wohl doch nachforschen, was er von meinen Memoiren hält.

Nachmittags gehen wir dann mit den Jungs, die sich immer in unserer Nähe befinden und mal unter meinem, mal unter Lesleys Schreibtisch dösen, spazieren. Auf diese Weise haben wir inzwischen mein ganzes Privatgrundstück erkundet.

Wenn wir zurückkommen, serviert uns Gilderoy Tee und ofenwarme Scones, die er bereits aufgeschnitten und entweder mit gesalzener Butter oder mit Quark und Marmelade bestrichen hat. Letztere Version ist definitiv Lesleys Favorit.

Danach setzen wir uns nochmals für zwei Stunden an die Arbeit, ehe wir uns für das Abendessen umziehen. Dies ist übrigens der einzige Anlass, zu dem Lesley Stoffhosen und Hemden anzieht. Ansonsten hat er meinen Vorschlag, gerne Jeans und Shirts oder Pullover zu tragen, liebend gerne in die Tat umgesetzt.

Während Gilderoy sich noch immer über Lesleys – ich zitiere: grauenvollen Sinn für stilvolle Kleidung - mokiert, kann ich mich kaum sattsehen an dem hübschen kleinen Hintern meines Lektors. Hin und wieder bilde ich mir ein, ein gewisses Zucken zu verspüren, aber ich bin sicher, dass ich mir das nur einbilde.

Was ich mir hingegen nicht einbilde ist das heftige Klopfen meines Herzens, sobald ich nur den zarten Hauch zitronigen Parfums rieche, das Lesley benutzt.

Oder ich ihn reden höre.

Oder mit Qhuinn und Blay toben sehe.

Oder er aufmerksam über seiner Arbeit brütet.

Oder … Verdammt, ich glaube, ich bin dabei, mich in Mr Lesley O'Connell zu verlieben. Das darf unter keinen Umständen geschehen, denn wie könnte ich es einem jungen gesunden Mann antun, sich auf ein Wrack wie mich einzulassen.

Natürlich habe ich mich schon manchmal gefragt, ob hinter seiner freundlichen Art und den Blicken, mit denen er mich hin und wieder betrachtet, mehr steckt als nur Höflichkeit. Meine mangelnde Menschenkenntnis ist hierbei nicht besonders hilfreich. Sollte es jedoch wider besseren Wissens tatsächlich so sein, werde ich ihn beizeiten fortschicken müssen. Es reicht, wenn einer von uns beiden verletzt wird und ich werde alles dafür tun, dass diese Person nicht Lesley O'Connell ist.

Je länger dessen Aufenthalt auf Brandonburry-Castle jedoch andauert, desto schwerer fällt mir der Gedanke, mich von ihm zu trennen. Schuld daran ist nicht nur, dass mir kein geeigneter Vorwand einfällt. Was sollte ich ihm denn sagen, warum ich unsere Zusammenarbeit plötzlich beende?

Tut mir leid, Mr O'Connell, eine weitere Kooperation mit Ihnen ist unmöglich geworden, weil ich drauf und dran bin, mein eben erst wieder zusammengesetztes Herz an Sie zu verlieren. Da ich jedoch keineswegs gewillt bin, die Scherben aufzufegen, in die Sie es zu zerbrechen in der Lage sind, müssen Sie leider gehen.

Nein, unmöglich!

Und so vergeht weiterhin Tag um Tag, an dem ich mich an Lesley O'Connells Anwesenheit erfreue und mich immer mehr in romantischen Gefühlen für ihn verliere.

Ob er selbst etwas bemerkt, weiß ich nicht. Auch nicht, ob er auch nur im Entferntesten ähnlich für mich empfindet. Hin und wieder bilde ich es mir gerne ein, was mich unweigerlich wieder zu meinem nicht ernst zu nehmenden Entschluss zurückbringt, ihn zu entlassen.

Was ich jedoch mit Sicherheit sagen kann, ist, dass mein treuer Butler die Veränderungen, die meine romantischen Gefühle in mir auslösen, bemerkt hat. Und während ich hin- und hergerissen bin zwischen Verzweiflung und Gefühlsduselei, scheint Gilderoy einfach nur glücklich zu sein, dass es mir besser geht.

Fish & Chips

Lesley

„Hey, womit habe ich das denn verdient?“

Ich kann kaum fassen, als ich der unerwarteten Einladung Gilderoys, in die Küche zu kommen, Folge leiste und meine Augen erblicken, was meine Nase sich bereits auf den letzten Metern eingebildet hat, zu riechen: Fish & Chips!

Okay, ich habe mich den Gepflogenheiten auf Brandonburry-Castle angepasst, zumindest soweit es in meiner Möglichkeit steht und ich mich dazu nicht verbiegen muss. Das kann jedoch unmöglich der Grund dafür sein, dass der steife Butler, der mehr herrschaftliches Benimm an den Tag legt als sein Herr, mir sowas Verpöntes wie Pommes und Fischbröckchen macht.

Also nein, es fällt mir nichts ein. Daher bin ich umso erstaunter, als Gilderoy sich entschließt, mich nicht dumm sterben zu lassen und meine Frage beantwortet.

„Sie bringen seine Lordschaft zum Lachen … etwas, das ich schon sehr lange nicht mehr mitanhören durfte.“

Der alte Hausdiener bekommt tatsächlich rosa Bäckchen und ich schenke ihm ein strahlendes Lächeln.

„Aber nicht, dass Sie denken, ich könnte Sie jetzt leiden“, sagt er mit einem steifen Nicken in meine Richtung, ehe er sich verzieht. „Und Sie sind noch immer vorlaut und respektlos.“ Bevor er das Esszimmer verlässt, erkenne ich jedoch ein sanftes Lächeln in seinem Gesicht, grinse in mich hinein und widme mich mit riesigem Appetit meiner Leibspeise.

Selbstverständlich bekommen auch Qhuinn und Blay, die, wie so oft in den letzten Wochen, zu meinen Füßen liegen, eine Portion ab.

Lord Brandon plagt heute eine Migräne und er ließ sich entschuldigen, weshalb ich alleine bin.

Satt lehne ich mich auf dem Stuhl zurück und lasse mir Gilderoys Worte nochmal durch den Kopf gehen. *„Sie bringen seine Lordschaft zum Lachen ... etwas, das ich schon sehr lange nicht mehr mitanhören durfte.“*

Natürlich habe ich inzwischen mitbekommen, dass Lord Brandon sehr zurückgezogen lebt. Ich würde sogar behaupten, außer zu seinem Diener, den beiden Hunden und nun auch zu mir, hat er keinerlei Kontakt zur Außenwelt. Nicht, dass ich den noch hätte, seit ich hier wohne. Zu meinem eigenen Erstaunen fehlt er mir kein Stück. Ich vermisse weder meine Clubbesuche, die ohnehin sehr spärlich waren, noch sonstwas. Okay, ich würde gerne mal wieder die Hand eines Kerls an meinem Schwanz spüren. Wobei das so nicht ganz richtig ist. Die einzige Hand, nach der ich mich sehne, der einzige Schwanz, den ich in mir haben möchte, gehören zu dem Mann, der für mich unerreichbar ist und immer sein wird: Seine Lordschaft.

Mit seinen Memoiren sind wir auch noch nicht so weit gekommen, dass da etwas passiert wäre, was dieses Einsiedlerleben rechtfertigen würde. Und ja, verdammt, natürlich bin ich neugierig, was dazu geführt hat, dass er so zurückgezogen lebt.

Lord Brandon danach zu fragen? Nein, das gehört sich ganz sicher nicht. Und Gilderoy? Das kommt erst recht nicht in die Tüte. Ich bin sicher, auf einer Skala von 1 bis 10 einer von ihm selbsterstellten Respektlosigkeitskategorie, würde meine unartige Frage locker eine 11 erreichen, wenn nicht gar eine 12.

Dabei habe ich eine gänzlich andere Definition von Respekt. Ich bin nämlich ganz und gar nicht respektlos. Ich nenne seine Lordschaft brav 'Sir' oder 'Lord Brandon'. Alles andere ist mir zu viel Blabla. Dass es eigentlich anders heißt als *Lord Brandon*, ist mir klar. Okay, vielleicht ist das in Gilderoys Augen schon respektlos. Was weiß ich?

Gut, dass er nicht weiß, dass ich seinen Herrn in meinen Träumen ganz anders nenne. Da lasse ich den Lord einfach weg. Brandon sage ich da zu ihm, oder Bran. Das lässt sich besonders gut stöhnen. Liebling oder Mr Right nehme ich auch gerne. Bran jedoch ist mein Favorit.

Tja, wie gesagt, mich würde schon interessieren, welches Ereignis den Herrn von Brandonburry-Castle zu einem Einsiedler gemacht hat. Solange wir mit seiner Autobiografie jedoch noch in seiner Sturm- und Drangzeit auf diesem schnöseligen Internat für hochwohlgeborene Söhne verweilen – die eher einem lauen Lüftchen gleicht -, muss ich mich jedoch gedulden.

Wird wohl ’ne Tussi gewesen sein, die sein adeliges Herz gebrochen hat. Was sonst?! Die Vorstellung, Seine Lordschaft könne dem eigenen Geschlecht zugetan sein, ist zwar verlockend, aber um meines eigenen Seelenheils willen völlig indiskutabel. Schließlich bin ich im Gegensatz zu dem steinreichen Adelsspross nur ein armer Schlucker, den niemand haben wollte.

Warum sollte ausgerechnet ein solcher Mann sich für mich interessieren? Na? Keine Antwort? Ich auch nicht.

Seufzend räume ich die fettigen Teller in die Spülmaschine – hoffentlich bringt mir das keine erneute Rüge von Gilderoy ein – wasche mir die Hände und schnappe mir

Qhuinn und Blay, um bei einem kleinen Spaziergang den Kopf wieder frei zu bekommen.

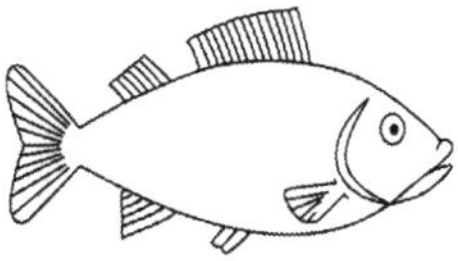

Aus der Fassung gebracht

Brandon

Einige Wochen sind vergangen und Lesley berührt mich inzwischen so stark, dass ich es nicht länger abstreiten kann: Ich bin nicht nur verliebt, nein, ich liebe ihn.

Nach all dem was ich durchgemacht habe, ist darüber niemand mehr erstaunt als ich. Es bringt mich komplett aus der Fassung, wenn ich auch nur darüber nachdenke. Schafft Lesley es tatsächlich durch seine unkomplizierte Art, dass mein Herz ihm zugeflogen ist, als habe es nur darauf gewartet, dass er hier auftaucht?

Oder mache ich mir nur etwas vor?

Oder war ich einfach nur zu lange alleine und stürze mich auf den Erstbesten, der an meiner Tür kratzt?

Diese Vorstellung macht mich traurig und wütend zugleich, denn wenn es zutrifft, bin ich kaputter als ich dachte.

Ehe ich mich wieder in mein Loch vergraben kann, um mich meiner depressiven Phase zu widmen, schafft es jedoch die Wut über diesen Gedanken, mich davon abzuhalten. Wie kann ich auch nur darüber nachdenken, dass Lesley der *Erstbeste* ist? Das klingt so abwertend und das hat er nicht verdient. Ich weiß ja nicht mal, ob er auch nur im Entferntesten an mir interessiert ist.

Lesley ist höflich, aber nicht auf diese Art, die ein Arbeitnehmer seinem Chef entgegenbringt, sondern neugierig-höflich. Ich weiß nicht, wie ich es beschreiben soll, aber er vermittelt mir den Eindruck, nicht nur nachzufragen, weil es für das Buch notwendig ist, sondern weil es ihn wirklich interessiert … weil *ich* ihn interessiere. Und das nicht aus Sensationsgier, sondern weil er wissen will, wer hinter dem Adligen tatsächlich steckt.

Nun, das könnte lediglich freundliches Interesse sein, auch wenn ich mir einbilde, dass meine Menschenkenntnis, die mir als Rechtsanwalt sehr zugute kam und die mir aufgrund des Ereignisses, das ich so wahnsinnig gerne vergessen würde, leider abhanden kam. Denn noch immer kenne ich Lesleys sexuelle Orientierung nicht. Zu dumm aber auch, dass dies keine Vorgabe im Lebenslauf ist. Fragen kann ich ihn ja wohl schlecht. Dieses berühmt-berüchtigte *Gaydar*, das so oft beschrieben wird, besitze ich nicht. Und so bleibt mir nichts weiter, als Sherlock Holmes zu spielen und auf jede noch so winzige Kleinigkeit zu achten, die mir einen Hinweis auf Lesleys *Gesinnung* geben könnte.

Was, nüchtern betrachtet, völliger Blödsinn ist, denn ich selbst bin auch nicht gerade der Vorzeigeschwule.

Nichts an mir weist offensichtlich darauf hin, dass ich Männer bevorzuge. Ich bediene mich ebenso wenig wie Lesley einer gewissen affektierten Körpersprache, die man bei manchen Schwulen beobachten kann. Ich quietsche nicht verzückt, wenn mir etwas gefällt – auch wenn ich das bei Lesleys Anblick nur allzu gerne tun würde.

Inzwischen bereue ich es, dass ich ihm meine Memoiren nur kapitelweise zur Verfügung stelle, denn bis zu dem Zeitpunkt, an dem er schwarz auf weiß lesen kann, welchem Geschlecht meine Zuneigung gilt, dauert es noch eine hübsche Weile. Selbst dann wird er mir nicht freundschaftlich auf die Schulter klopfen und so etwas wie 'Willkommen im Club' sagen, sollte er meine Neigung teilen.

Womöglich ist er sogar homophob. Schließlich ist er in einem kirchlichen Waisenhaus aufgewachsen und wer weiß schon, was ihm da an schwulenfeindlichem Nonsens eingeimpft wurde.

Vielleicht sollte ich ihn einfach darauf ansprechen. Doch wie sollte ich das tun?

Subtiler wäre es, ein Foto von meinem Ex absichtlich-unabsichtlich auf meinem Schreibtisch liegen zu lassen. Doch zum einen habe ich sämtliche Bilder, die ihn und mich zeigen, verbrannt, und zum anderen glaube ich nicht, dass Lesley auf meinem Schreibtisch herumschnüffelt.

Und dann ist da ja auch noch die Sache, die zu seiner Kündigung führte. Bisher habe ich angenommen, er sei mit einer Kollegin in flagranti ertappt worden. Was, wenn es ein Kollege war? Hat er sich deswegen nicht näher darüber ausgelassen? Hätte ich nachhaken sollen?

Hätte! Wäre! Wenn!

Es ist zum aus der Haut fahren.

Ich kann Lesley nur meine uneingeschränkte Aufmerksamkeit schenken und darauf hoffen, dass er die Absicht dahinter versteht, ja, sich vielleicht sogar in irgendeiner Weise verrät. Ob dies durch sanftes Erröten geschieht – die Möglichkeit, die ich favorisieren würde – oder durch empörte Blicke – was der liebe Gott verhindern möge – bleibt abzuwarten.

Unerwarteter Besuch

Lesley

Fast schon verzweifelt raufe ich mir die Haare. Seit fast acht Wochen brüte ich nun über Lord Brandons Memoiren und ich bin gerade mal bei dem Abschnitt angekommen, als er seinen Abschluss an der Privatschule gemacht hat und sich nun auf sein Jurastudium vorbereitet. Ich gebe zu, wir verlieren eine Menge Zeit, weil wir die Hälfte des Tages mit Spaziergängen verbringen. Ja, aus meinem ursprünglich angedachten 8-Stunden-Arbeitstag ist quasi eine Halbtagsstelle geworden, für die ich dennoch das volle Gehalt bekomme, wie ich bei Durchsicht meines Kontos feststellen durfte. So ein bisschen habe ich deswegen auch ein schlechtes Gewissen, obwohl ich inzwischen weiß, dass Seine Lordschaft Geld zum Fressen hat.

Andererseits bin ich glücklich, meine Zeit auf diese Weise mit ihm verbringen zu dürfen. Brandon, wie ich ihn für mich schon lange nenne, öffnet sich immer mehr. Nichts ist mehr zu spüren von dem unnahbar wirkenden Mann, den ich bei meiner Ankunft auf Brandonburry-Castle vorgefunden habe.

Wenn ich ihn dabei beobachte, wie er mit Qhuinn und Blay umgeht, wie sehr er ihre tierischen Liebesbekundungen genießt, bekomme ich eine Ahnung davon, wie zärtlich dieser Mann sein kann … und wie sehr er wohl eine Frau an seiner Seite vermisst. Oder einen Mann. Inzwischen bin ich mir da echt unsicher.

Ohnehin bin ich viel zu jung und unerfahren, um über dieses sagenumwobene Radar zu verfügen, das manche Schwule zu haben scheinen. Falls Brandon es hat, kann er sein Wissen darüber gut verstecken. Allerdings sind die Gespräche, die wir bei unseren gemeinsamen Streifzügen durch die Wälder führen, auch nicht so intim. Wir reden über Gott und die Welt, aber kaum über Privates.

Na ja, Lord Brandons Privatleben lektoriere ich ja gerade. Und ich muss zugeben, dass es mich tödlich langweilt. Oh, nicht seine Jugend an sich. Die ist schon interessant. Nein, es ist seine Art zu schreiben. Knochentrocken und ohne den geringsten Humor. Dabei gibt es so viele Passagen, so viele Erlebnisse, die im Prinzip witzig sind. Wenn sich die gesamte Biografie weiterhin auf diese fade Weise hinzieht, wird er damit wohl kaum einen Leser hinterm Ofen hervorlocken.

Wieso ich gerade jetzt an meinen alten Geschichtslehrer denken muss, weiß ich nicht. Oder doch. Es war seine Art, das mir verhasste Fach so anschaulich zu unterrichten, dass es zu einem meiner absoluten Lieblingsfächer wurde.

Mr. Hohmann war deutscher Abstammung und daher nannten wir ihn *Herr Hohmann* anstatt des gebräuchlichen Mister.

Während unser bisheriger Geschichtslehrer uns damit quälte, die Jahreszahlen geschichtsträchtiger Ereignisse bis zum Erbrechen auswendig zu lernen, brachte Herr Hohmann uns die Ereignisse hinter den trockenen Daten näher. Ach was: Er lebte sie geradezu.

Wir Jungs hingen gebannt an seinen Lippen, während er über die Intrigen am russischen Zarenhof palaverte, als sei er ein Familienmitglied der Romanows und höchstpersönlich in die Machtspielchen verwickelt gewesen. Oder er erklärte uns, was es mit den gepuderten Gesichtern zu Zeiten Ludwigs des Vierzehnten auf sich hatte. Die feinen

Herrschaften machten nämlich um Wasser und Seife – so es denn diese überhaupt schon gab – einen großen Bogen und übertünchten den Dreck (und damit auch den Gestank) lieber mit Puder. Igitt! Davon, dass Bedienstete mit Porzellantöpfen bereitstanden, damit die adligen Stinktiere auch zur Verrichtung ihrer Notdurft nicht die Tafel verlassen mussten, will ich erst gar nicht anfangen. Doppel-Igitt!

Als wir den Irischen Unabhängigkeits- oder auch Freiheitskrieg 1919 bis 1921 durchnahmen, waren wir zum Ende des Unterrichts alle restlos davon überzeugt, dass Herr Hohmann Mitglied der IRA gewesen sein musste und an der Seite der Rebellen gegen die britische Regierung in Irland kämpfte.

Ja, Herr Hohmann war grandios. So fesselnd wie er erzählte, sollte auch ein Buch geschrieben sein. Ich sollte endlich den Mut aufbringen, Brandon meine Einwände mitzuteilen. Falls er meinem Vorschlag zustimmt, müssen wir gemeinsam alles noch einmal durcharbeiten. Je früher ich mir ein Herz fasse, desto weniger doppelte Arbeit haben wir.

„Los, Lesley, du schaffst das!“, motiviere ich mich selbst.

Wir sind alleine heute, weil Gilderoy seinen monatlichen Einkauf in *Skib* macht. Natürlich müsste er das nicht selbst tun, denn auch hierfür hat Seine Lordschaft natürlich Personal. Aber der sture Butler besteht darauf, gewisse Dinge, wie er es nennt, persönlich zu erledigen.

Daher trifft es sich ganz gut, denn wenn Brandon mich gleich zusammenscheißt, weil ich mich in Dinge einmische, die mich nichts angehen, bekommt Gilderoy davon wenigstens nichts mit. Wir haben zwar mittlerweile eine

Art Waffenstillstand geschlossen, weil ich, wie er sich ausdrückt, Seiner Lordschaft gut tue. Das heißt aber nicht, dass er meine mangelnde Bereitschaft, mich dem steifen Getue anzupassen, gutheißt.

Ich merke selbst, dass ich herumtrödele und die Unterredung mit Brandon unnötig hinauszögere. Dabei besteht dazu wirklich kein Grund. Er wird mich schon nicht gleich rauswerfen. Hoffentlich.

Ehe ich meinen Mut wieder verliere, mache ich mich auf den Weg in den Garten. Brandon ist vor einer Weile nach draußen gegangen, um nach dem Rechten zu sehen, weil die Hunde angeschlagen haben.

Schon als ich das schwere Tor öffne, das in den riesigen Park der Burg führt, vernehme ich laute Stimmen. Eine davon kann ich Brandon zuordnen und ich bin überrascht über die Tonlage. Aggressiv und laut. So habe ich ihn bisher noch nie erlebt. Ob er einen, wie Gilderoy es ausdrücken würde, Landstreicher oder Strolch, erwischt hat? Ich bin neugierig und gehe näher heran, um hinter einem mannshohen Busch Stellung zu beziehen, von wo aus ich die Lage überblicken kann.

Als erstes sehe ich Brandon, der mit geballten Fäusten und unnatürlich blassem Gesicht dort steht und sein Gegenüber geradezu mit Blicken zu töten versucht. Bei letzterem handelt es sich um einen überraschend gut aussehenden Mann, der die ohnehin kurze Distanz zwischen ihnen soeben überbrückt.

„Komm mir nicht zu nahe, Malcolm!“

Aha, kein Herumtreiber also. Brandon kennt diesen Kerl und scheint offensichtlich nicht begeistert darüber zu sein, dass dieser hier auftaucht.

„Ach komm schon, hast du mich denn gar nicht vermisst?“

What the hell ...

„Ich habe keine Zeit für deine Spielchen, Malcolm. Verlasse unverzüglich das Gelände!“

„Aber Baby, ich habe diesen langen Weg extra auf mich genommen, um dich zu sehen. Ich hatte solche Sehnsucht nach dir und deinen süßen Küssen.“

Befände ich mich jetzt in einem Cartoon, fiele mein Unterkiefer nach diesen Worten mit lautem Klappern auf den Boden.

Schwul? Echt jetzt? Der Lord of Brandonburry-Castle ist schwul? Ja, Scheiße! Wie geil ist das denn? Und es braucht keine hellseherischen Fähigkeiten, um zu erkennen, dass er kurz davor steht, seinem ungebetenen Gast, die Faust ins durchaus hübsche Gesicht zu drücken.

„Ich sage es nicht noch einmal, Malcolm ...“

Ohne auch nur eine Sekunde darüber nachzudenken – dafür bin ich inzwischen bekannt – verlasse ich meine Deckung.

„Hey, Honey, ich bin wieder zurü … oh, du hast Besuch?“

Ich tackere ein verliebtes Lächeln auf mein Gesicht, für das ich mich weder verstellen noch übermäßig anstrengen muss, und blicke gespielt überrascht zwischen den beiden Kontrahenten hin und her.

Brandons rechte Augenbraue zuckt nur für den Bruchteil einer Sekunde in die Höhe, dann hat er sich wieder in der Gewalt. Keine Ahnung, ob meine göttliche Eingebung, ihn retten zu müssen, tatsächlich so brillant ist wie angenommen. Aber jetzt muss ich da wohl durch. Wenn es ihm nicht passt, wird er es ohnehin gleich aufklären, vermute ich mal.

Ich nehme all meinen Mut zusammen, schmiege mich an Brandons Seite und hoffe, dass er mir angesichts meiner Dreistigkeit nicht seine Faust ins Gesicht drückt. Vor Erleichterung gehe ich ein bisschen in die Knie, als er seinen Arm um mich legt, mich sogar anlächelt. Kühn stelle ich mich auf die Zehenspitzen und hauche einen Kuss auf die glatt rasierte Wange. Gott, ich liebe seinen Duft und möchte mich so gerne in dieser unvorhergesehenen Situation verlieren. Aber ich werde es besser nicht übertreiben. Das, was ich hier gerade abziehe, überschreitet bereits meine kühnsten Träume. Von meinen Kompetenzen will ich erst gar nicht anfangen.

„Das nennst du eine anständige Begrüßung?", werde ich aus meinen Gedanken gerissen und im nächsten Moment finde ich mich an Brandons Brust wieder. Seine Arme schließen sich um mich. Kurz nur schaut er mich intensiv an, als wolle er sich versichern, dass ich ihn jetzt nicht auflaufen lasse. Was er in meinen Augen erkennt, scheint ihm zu genügen, denn seine rechte Hand umfasst meinen Nacken, ich werde näher zu ihm herangezogen und dann … oh mein Gott … spüre ich seine Lippen auf meinen.

So gut. So süß. So weich sind seine Lippen. Meine Knie tun es seinem Mund gleich und verwandeln sich in etwas Fluffiges. Im Gegenzug wird etwas, das in der Regel weich ist, hart.

Mist! So war das nicht geplant. Ehe ich mich peinlich berührt zurückziehen kann, stelle ich mit grenzenloser Erleichterung fest, dass unser Kuss auch an Brandon nicht spurlos vorbeigeht. Und – heilige Scheiße – das, was sich da in meinen Bauch bohrt, ist nicht von schlechten Eltern.

Zeit und Raum haben keine Bedeutung mehr für mich. Ich könnte ewig so weitermachen, wenn da nicht ...

„Echt jetzt, Cedric?“

Immer diese Unterbrechungen, verdammt. Sein verfickter Ex, denn um einen solchen handelt es sich zweifellos, checkt mich von oben bis unten ab, ehe er sich wieder Brandon zuwendet. Seine Stimme trieft geradezu vor Ironie, als er ihn fragt: „Ist das dein Ernst?“

„Oh nein“, antworte ich, ehe Brandon auch nur die Chance hat, den Mund zu öffnen, „nicht sein Ernst, ich bin ...“

„... mein Partner“, unterbricht mich mein Boss respektive Fakeliebhaber.

Für einen Moment erstarrt die Flitzpiepe, dessen Name mir doch glatt entfallen ist, dann beginnt er laut zu lachen. Nicht herzhaft, sondern fies.

„Dein Partner? Ist der Kleine denn überhaupt schon volljährig oder treibst du es jetzt mit kleinen Jungs?“

„Hey“, zische ich beleidigt, „ich bin dreiundzwanzig, werde bald vierundzwanzig.“

Ich weiß, dass ich jünger aussehe, aber so jung nun auch wieder nicht. Immerhin habe ich einen lange gezüchteten Drei-Tage-Bart. Na ja, ehrlich gesagt hat es drei Wochen gedauert, bis ein anständiges Ergebnis sichtbar war. Aber das geht diesen Wichser ja wohl nix an.

Und was heißt hier überhaupt klein? Ich musste mich nur ein ganz kleines bisschen auf die Zehenspitzen stellen, um Brandon zu küssen.

„So so.“ Malcolm – genau, so heißt der Arsch - schenkt mir ein kühles Lächeln, bevor er sich wieder Brandon zuwendet. „Und ein Bursche in diesem Alter verzichtet freiwillig auf Sex?“

What the fuck?

Brandons Wangen röten sich, seine Lippen, die mich eben noch um den Verstand geküsst haben, sind nur noch ein schmaler Strich, er sucht verzweifelt nach Worten. Malcolms Aussage, was auch immer sie zu bedeuten hat, hat ihn zutiefst verletzt. Nicht nur, weil sie ausgesprochen wurde, sondern weil sie *vor mir* ausgesprochen wurden. Es ist unschwer zu erraten, dass dieses intime Geheimnis nicht für meine Ohren bestimmt war.

„Wieso sollte ich auf Sex verzichten müssen?“, frage ich, als Brandon noch immer schweigt. „Brandon ist ein exquisiter Liebhaber und ich vermisse nichts.“

Allerdings spüre ich deutlich, dass ich mich wohl am besten vom Acker mache. Auch wenn ich nichts lieber täte, als dem Mann weiterhin beizustehen, der mich soeben auf Wolke 7 geküsst hat, ahne ich, dass er nun lieber alleine sein möchte. Wenigstens hoffe ich, dass er diesen verfickten Wichser hochkant über die Burgmauer schubst. Unten angekommen können sich dann die Dinosaurier um ihn kümmern.

Also stelle ich mich erneut auf die Zehenspitzen und platziere einen kurzen, aber festen Kuss auf Brandons Lippen.

„Ich geh dann schon mal, Bran“, hauche ich ihm zu und zwinkere verführerisch. Kurz überlege ich, noch ein 'Ich warte im Schlafzimmer auf dich' hinzuzufügen, halte dies aber schließlich doch für zu übertrieben. Brandon nickt nur, drückt aber meine Hand.

Malcolm, dem Arschloch, schenke ich keinerlei Beachtung mehr, als ich mich abwende und ins Innere der Burg verschwinde, ohne einen Blick zurückzuwerfen.

♥♥♥

Späte Erkenntnis

Brandon

Lesleys Aktion hat mich im ersten Augenblick ganz schön aus der Fassung gebracht.

Ich habe mich schon erschreckt, als ich seine Stimme hörte. Wenn ich etwas nicht wollte, dann dass er Zeuge dessen würde, wie mein Ex und ich im Garten unsere schmutzige Wäsche waschen. Was unweigerlich geschehen würde, dazu kannte ich die aufdringliche Art meines Ex noch zu gut. Dann jedoch habe ich ziemlich schnell kapiert, dass Lesley ohnehin schon Teile des Gesprächs mitbekommen hatte und er mir beistehen wollte. Ob das eine gute Idee wäre, sollte vorerst dahingestellt sein. Ich hatte nicht die leiseste Ahnung, *wie* er mir helfen wollte. Malcolms unvermutetes Auftauchen hatte mich völlig durcheinander gebracht. Niemals hätte ich damit gerechnet, ihn wiederzusehen.

Nur die Wut, dass er sich eine solche Frechheit überhaupt erlaubte, bewahrte mich davor, zusammenzubrechen. Und noch immer stand ich kurz davor, genau dies zu tun, bis …

Ja, bis ich Lesleys straffen anschmiegsamen Körper spürte, der sich an mich drückte, als würde er genau dorthin gehören. Wie ein Teilchen, welches das unfertige Puzzle, also mich, ganz macht. Es war reine Reaktion, meinen Arm um ihn zu legen, und als er mir einen Kuss auf die Wange hauchte, überlegte ich nicht lange, drehte ihn mit einer raschen Bewegung zu mir hin und küsste ihn.

Ich schwöre bei Gott, dass ich in jenem Augenblick alles um mich herum vergaß. Die Zeit. Den Ort … und Malcolm, meinen Ex, der es gewagt hatte hier aufzutauchen, nach all dem, was er mir angetan hatte.

Da war nur noch Lesley und sein süßer Mund, der sich dem meinen anpasste, als wäre er dafür geschaffen. Der die Bewegungen meiner Lippen imitierte, als hätte er nie etwas anderes gemacht. Dessen zerzausten Haare sich unter meinen Fingerspitzen so weich anfühlten, wie ich es mir immer vorgestellt habe.

Lesley, dem das unerwartete Kunststück gelungen ist, etwas lange Zeit tot Geglaubtes wieder zum Leben zu erwecken.

Oh ja, natürlich habe ich gespürt, dass sich etwas zwischen meinen Schenkeln zu rühren beginnt. Auch jetzt noch, lange nach diesem Kuss, für den ich mich nachher bei Lesley vermutlich entschuldigen muss, ist meine Erregung noch nicht abgeklungen.

Froh über diesen deutlich sichtbaren Beweis, dass in meine Lenden wieder Leben zurückgekehrt ist, wende ich mich an Malcolm. Dessen Blick haftet mit deutlicher Überraschung auf der Beule in meiner Hose.

„Ich frage dich noch einmal, Malcolm: Was willst du hier?“

Mein Ex besitzt die Frechheit, mich verliebt anzulächeln. „Wie ich bereits gesagt habe: Ich habe dich vermisst, Ceddi!“

„Nenn mich nicht Ceddi!“, fauche ich ihn an. „Du hast zwei Jahre gebraucht, um festzustellen, dass du mich vermisst?“, frage ich ihn sarkastisch. „Oder sind die 50.000

Euro alle und du hast dich an die Kombination meines Safes erinnert, um dich ein weiteres Mal zu bedienen?

Malcolm besitzt immerhin den Anstand, rot zu werden.

„Ich … sah es damals als eine mir zustehende Aufwandsentschädigung.“

„Aufwandsentschädigung?“, hauche ich fassungslos.

„Na ja, für die Zeit, die ich investiert habe, als du ...“

Mein Zorn droht überzukochen. „Du hast mich betrogen!“

„Weil du keinen mehr hochbekommen hast, Cedric!“, brüllt er zurück.

„Deine Untreue war doch erst der Auslöser dafür.“ Ich weiß selbst nicht, wieso ich mich überhaupt rechtfertige.

„Ich war damals nicht ich selbst“, versucht er sich an einer Erklärung, die ich allerdings nicht gelten lasse. Eine solche Frechheit ist mir noch nicht untergekommen, allerdings hätte ich sie ihm zutrauen sollen.

„Was du nicht sagst. Und jetzt bist du es wieder?“

„Sieh mal, Ced... ric“, säuselt er und ich möchte ihm am liebsten meine Faust in sein hübsches Gesicht schlagen, als er seinen Blick unmissverständlich auf die nur langsam abschwellende Beule in meinen Jeans heftet „jetzt, wo bei dir anscheinend alles wieder in Ordnung ist, sehe ich keinen Grund, mich nach anderweitiger Befriedigung meiner Lust umzusehen, also ...“

Über so viel Unverfrorenheit kann ich nur den Kopf schütteln. Seine Worte lenken mich derart ab, dass ich erst wieder reagiere, als er seine Hand auf meine noch immer sichtbare Erektion legt und sie zu massieren beginnt. Ich bin wenig überrascht, als diese augenblicklich zusammenschrumpft als habe man die Luft aus einem Ballon gelassen.

„Fass! Mich! Nicht! An!“

„Oh, ist es etwa wegen deinem kleinen Bettwärmer? Von mir aus kann er gerne dabei sein. Ich bin nicht sehr besitzergreifend, weißt du?“

Meine Geduld ist erschöpft. Wenn Malcolms unerwartetes Auftauchen ein Gutes hatte, dann ist es die Erkenntnis, dass die Gefühle, die ich mir einbildete, noch für ihn zu haben, endgültig erloschen sind. Wie konnte ich diesem Mistkerl nur so lange nachtrauern?

„Verschwinde!“, hauche ich ton- und fassungslos.

„Ich … was?“

„Verschwinde!“, wiederhole ich eisig und darum bemüht, nicht die Fassung zu verlieren.

„Aber ...“

„Hast du nicht gehört? Du sollst verschwinden, ehe ich dich wegen unbefugten Betretens verhaften lasse.“

Entweder habe ich während der Zeit unserer Beziehung nicht mitbekommen, wie begriffsstutzig Malcolm ist, oder ich wollte in meiner Verliebtheit nicht wahrhaben, dass er mich ausgenutzt hat. Denn mehr als meinen Schwanz und später mein Geld hat er allem Anschein nach nie von mir gewollt. Gut, vielleicht hat er mich noch als Sprungbrett benutzt, um Zugang zu einer Welt der Reichen und Schönen zu bekommen, die er ohne mich niemals kennengelernt hätte.

Malcolms Gesichtsausdruck verändert sich innerhalb eines Wimpernschlags von verliebt in wütend. Nein, wütend ist nicht richtig. Eher verschlagen. Es bedarf nicht seiner Worte, mir ein ungutes Gefühl zu bescheren.

„Das wirst du noch bereuen, Cedric!“, faucht er und hebt drohend eine Faust. Nein, schlagen wird er mich nicht. Dass ihn eine solche Handlung ins Gefängnis bringen würde, weiß er. So dumm ist er dann doch nicht.

„Was willst du mir denn noch antun?“ Warum halte ich nicht einfach meinen Mund. „Du hast mich belogen, betrogen und bestohlen. Damals tat es weh, jetzt überwiegt der Zorn darüber, dass mich dein Verhalten so sehr getroffen hat. Dass ich dumm genug war, dir überhaupt nachzutrauern. Doch nun gibt es nichts mehr, mit dem du mich erpressen kannst, Malcolm. Ich bin out. Meine Kanzlei ist geschlossen, es gibt also keine Mandanten, Anwaltskollegen oder Richter mehr, denen du Lügen über mich auftischen kannst. Meine … Manneskraft ist auch wieder zurückgekehrt, wie du dich selbst überzeugen konntest. Zu all dem habe ich festgestellt, dass ich dich wahrscheinlich nicht mal genügend geliebt habe, um dich jetzt hassen zu können. Du bedeutest mir nichts mehr, Malcolm. Also verschwinde endlich!“

Mein Herz schlägt so heftig, dass ich es bis in meine Kehle spüre. Doch Malcolms Worte, die er hasserfüllt ausspuckt, ehe er endlich mein Grundstück verlässt, lassen es für ein paar Sekunden aussetzen.

„Ich werde dich dort treffen, wo es dir am meisten weh tut, Cedric. Ich kann sehr geduldig sein, wenn es nötig ist. Ich werde dann zuschlagen, wenn du es am wenigsten erwartest!“

Um Kopf und Kragen

Lesley

Versteckt hinter den dichten Vorhängen beobachte ich, wie Brandons Ex nach einem hitzigen Wortgefecht – zumindest sieht es so aus, denn hören kann ich von hier oben kein Wort – den Park verlässt. Seine Drohgebärden kann ich allerdings auch ohne dazugehörige Tonspur erkennen.

Ich weiß nicht, ob es sinnvoll ist, Brandon jetzt sofort aufzusuchen oder ob ich ihm besser eine Weile gönne, um sich zu beruhigen. Doch je länger ich warte, desto nervöser werde ich und ich befürchte, ich bekomme einen Herzkasper, wenn ich ihn nicht sofort aufsuche. Wir müssen unbedingt über das reden, was gerade geschehen ist, wenn es nicht in Zukunft seltsam zwischen uns werden soll. An den Worst Case, meinen Job schon wieder zu verlieren, will ich erst gar nicht denken.

Also packe ich meinen ganzen Mut zusammen und gehe nach unten, da ich ihn im Arbeitszimmer vermute. Nach kurzem Anklopfen betrete ich den Raum, ohne auf Brandons Aufforderung zu warten.

„Sir … Lord Brandon … es … wenn ich Sie ...“

„Ich denke, auf Förmlichkeiten können wir verzichten, nachdem wir bereits Körperflüssigkeiten ausgetauscht haben“, werde ich unterbrochen und mittels Handzeichen dazu aufgefordert, Platz zu nehmen.

„K... Körperflüssigkeiten ausgetauscht?“, stammele ich und klinge vermutlich genau so, wie ich mich fühle … entsetzt. Ich lasse mich auf den Stuhl vor Brandons Schreibtisch fallen. „Gott, das klingt so … klinisch, so steril, so … fuck, so trocken wie das, was ich bisher von Ihnen gelesen habe."

Entsetzt halte ich den Atem an, als mir klar wird, was ich gerade von mir gegeben habe. Doch für eine Entschuldigung ist es bereits zu spät.

„Stopp!"

Ich hab's geahnt. Gleich wird er mich rauswerfen. Und dieses Mal werde ich nicht nur meinen Job und eine trockene Unterkunft verlieren, sondern auch mein dummes Herz auf Brandonburry-Castle zurücklassen.

„Ehe wir auf deine Aussage zurückkommen und diese näher diskutieren, würde ich gerne wissen ..." Er hält inne und wird tatsächlich ein bisschen rot. „Also, ich … wegen vorhin … machst du … war es das erste Mal …?"

Das Gestammel muss ich erst einmal sortieren, ehe mir klar wird, worauf er hinauswill.

„Meinem Arbeitgeber um den Hals fallen und ihn knutschen?", antworte ich mit einer Gegenfrage, um Zeit zu schinden, mir eine hoffentlich eloquente Antwort zu überlegen.

„Nein, nein, ich meine … einen Mann küssen." Die Worte kommen so leise, dass ich ihn kaum verstehe; dann jedoch ahne ich, was sein Problem ist.

„Ich bin schwul, wenn Sie das meinen."

Ist das ein erleichtertes Aufatmen?

„Warum hast du davon bisher nichts gesagt?"

„Bitte?" Mein Erstaunen angesichts dieser Frage ist kaum zu überhören. „Ich gehe wohl kaum damit hausieren, was Sie im Übrigen ja auch nicht getan haben."

Okay, das muss er auch nicht, aber ich fühle mich irgendwie angegriffen. Er geht auch nicht darauf ein, allerdings habe ich nicht damit gerechnet, was er mir nun vorwirft.

„Dann war das, was du mir über den Grund deiner Kündigung gesagt hast, also unwahr? Du hast mich ...“

„Belogen?“, falle ich ihm reichlich angepisst ins Wort, woraufhin er lediglich nickt. „Nein“, knurre ich ihn an, obwohl mir das nun wahrhaftig nicht zusteht. „Ich lüge nicht, niemals!“, betone ich. „Ich habe es lediglich vorgezogen, nicht ins Detail zu gehen. Wenn Sie sich aufgrund meiner Information Ihr eigenes Bild gemacht haben, dann ist das alleine Ihre Sache … *Sir*!“

Lord Brandon erwidert darauf nichts, zuckt nur leicht zusammen, als ich ihm das *Sir* gewissermaßen zuzische. Als er schließlich doch das Wort an mich richtet, ist es ein weiteres Mal nicht das, was ich erwartete.

„Dann hat es dir also nichts ausgemacht, von mir geküsst zu werden?“, hakt er nach.

Ausgemacht? Mir? Von ihm geküsst zu werden? Gott, ich war im siebten Himmel! Zumindest für ein paar süße Sekunden.

Ich schüttele den Kopf. „Nein, Sir, ganz gewiss nicht“, quetsche ich hervor.

„Gut.“

„Gut?“

„Kommen wir zu einem anderen Thema.“ Mein anscheinend Noch-immer-Chef hat scheinbar nicht die Absicht, über diese Angelegenheit noch länger zu diskutieren. „Trocken?“, fragt er und sieht mich dabei aufmerksam an. „Klinisch? Steril?“

„Verzeihung Sir, ich … es steht mir nicht zu ...“

„Hatte ich nicht eben darum gebeten, das 'Sir' zu vergessen?“

„Ab... aber, wie soll ich ...“

„Brandon genügt. Und ich denke, auf das Sie können wir auch verzichten.“

Ich bin vollkommen durcheinander. Sollte er nicht stinksauer sein, weil ich es gewagt habe, auszusprechen, dass seine Biografie so trocken ist wie ein Furz und vermutlich nicht mal im Hochsommer jemanden hinter dem Ofen hervorlocken wird?

„Brandon? Nicht Ced...“, ist jedoch alles, was mir auf seine Ansage hin einfällt.

„Auf gar keinen Fall Cedric“, unterbricht er mich.

„Aber du heißt doch gar nicht Brandon“, wage ich einen Einwand. Ich weiß, ich bin momentan nicht gerade sehr eloquent.

„Du nennst mich seit Monaten so und hast dir darüber keine Gedanken gemacht“, informiert er mich über das Offensichtliche. „Ich, ich habe mich daran gewöhnt. Nein, das ist falsch. Ich … mir gefällt es. Und so verkehrt ist es ja auch nicht. Einer meiner Namen lautet Brandon.“

Einer seiner fünf Namen lautet tatsächlich Brandon? Und ihm gefällt es, wenn ich ihn so nenne? Ich könnte jubeln vor Freude.

„Also“, wendet Brandon sich an mich, als ich auch nach gefühlten Minuten noch immer stumm dastehe, „du findest meine Erzählung, hm, nicht sehr mitreißend?“

Ich spüre die Hitze und weiß, dass ich feuerrot bin, dennoch traue ich mich, zu nicken.

„Ich hätte allerdings eine Frage hierzu“, wage ich einen Vorstoß.

„Die da wäre?“

„An welche Zielgruppe dachtest du?“

„Wie meinst du das?“

„Nun ja, wirst du dieses Buch tatsächlich als Autobiografie unter deinem richtigen Namen veröffentlichen oder eher unter einem Pseudonym?“

„Worin bestünde der Unterschied?“

„Als Autobiografie könntest du mit diesem Schreibstil möglicherweise Erfolg in … nun … deinen Kreisen haben. Bei … der älteren Generation“, füge ich leise hinzu.

„Erkläre es mir genauer!“

„Na ja, es liest sich wie ein Wanderführer“, entschlüpft es mir, ehe ich die Worte aufhalten kann. „Ein … sterbenslangweiliger Wanderführer durch die Speisekammer eines Wohnsitzlosen.“

Fuck, warum kann ich meinen vorlauten Mund nicht halten? Zu meinem Erstaunen hebt sich Brandons linker Mundwinkel. Kaum merklich, aber immerhin.

„Du willst mir also sagen, es ist, hm, dröge … eintönig.“

„Na jaaaa, so würde ich es nicht unbedingt nennen wollen“, versuche ich, meinen Kopf irgendwie aus der Schlinge zu ziehen.

„Was könnten wir ändern?“

Meint er das ernst? Ich wage, meinen Kopf zu heben und ihn anzuschauen. Ja, Brandon scheint wahrhaftig interessiert.

„Man könnte das Ganze etwas aufpeppen, sodass es auch jüngere Leser in den Bann zieht.“

„Aufpeppen?“ Brandon zieht wieder so elegant die Augenbraue nach oben, dass ich am liebsten stöhnen würde. Gott, das ist so verdammt heiß!

„Na ja, wenn du dich entschließt, ein Pseudonym zu benutzen und deine Memoiren im Stil eines Romans zu veröffentlichen, wenn du mir erlaubst, deine furztrockene Schreibweise lockerer zu gestalten und du dann vielleicht noch ein paar witzige Sachen aus deiner Jugend beisteuerst ...“

„An welche lustigen Dinge hast du denn so gedacht?“, werde ich unterbrochen.

Meint er das ernst?

„Nun, zunächst wäre da mal die Sache, dass du in deinem Manuskript darauf verzichtest, sämtliche deiner fünf Namen preiszugeben.“

„Was sollte witzig daran sein, wenn ich sie aufführe?“

Ich überlege einen Moment, ehe ich antworte. „Nehmen wir mal deine Taufe.“

„Meine Taufe? Was soll daran lustig gewesen sein?“

„Pass auf!“ Oh ja, jetzt bin ich in meinem Element. Ich springe auf. Als sei es sein Manuskript, aus dem ich vorlese, beginne ich zu deklamieren. „Als Spross einer adeligen Familie wurden mir neben dem oftmals zitierten goldenen Löffel, den man mir in die Wiege legte, selbstverständlich eine Unmenge an Namen von Vorfahren, die sich um die Familie Brandonburry besonders verdient gemacht haben, mit auf den Lebensweg gegeben.“

Wie ein Oberlehrer laufe ich vor Brandons Schreibtisch auf und ab. Da ich seine Vornamen bis auf Cedric und Brandon, wie ich nun weiß, nicht kenne, muss ich improvisieren, was für mich eine meiner leichtesten Übungen ist.

„Wie mir meine Eltern später glaubhaft versicherten, hatte der Pastor bei meiner Taufe einige Probleme damit, sie in der richtigen Reihenfolge aufzusagen. Mutter übernahm dann die Aufgabe der Souffleuse, was man sich dann ungefähr so vorstellen muss ...“

Ich gestatte mir, kurz zu Brandon zu sehen, der auf meine Ausführung ähnlich neugierig zu sein scheint wie ich selbst und sich erwartungsvoll in seinem Stuhl zurücklehnt.

Die Stimme eines nervösen ältlichen Priesters imitierend – während meiner Kindheit im Waisenhaus habe ich eine Menge dieser Typen kennengelernt -, baue ich mich vor einem imaginären Taufbecken auf, tauche meine Hand in nicht vorhandenes Weihwasser und spreche die Formel: „Im Namen des Vaters, des Sohnes und des heiligen Geistes taufe ich dich auf den Namen … äh ...“

Ich ändere meine Stimmlage in eine, wie ich hoffe, weibliche, und zische: „Cedric.“

In der Folge meiner Darbietung wechsle ich zwischen Bass und Falsett.

Tief: „Cedric ...“

Hoch: „Hieronymus.“

„Wie bitte? Ich heiße nicht ...“

Ich winke Brandons Einwand mit einem Wisch meiner Hand beiseite und fahre fort. Ich bin gerade so schön drin.

Tief: „Hieronymus ...“

Hoch: „Adalbert.“

Tief: „Adalbert ...“

Hoch: „Macadamius.“

Ein Glucksen bringt mich aus dem Konzept und ich sehe in Brandons grinsendes und zugleich erwartungsvolles Gesicht. Also fahre ich mit meiner Aufführung fort.

Tief: „Macadamius ..."

Hoch: „Brandon."

Tief: „Brandon", ahme ich die Bassstimme des Pfarrers nach, „of Canterville … ähm …"

Brandon macht meinem mittelmäßigen Schauspiel ein Ende, indem er in schallendes Lachen ausbricht. Er biegt und krümmt sich und japst nach Luft, ehe er mich, noch immer glucksend, betrachtet als sehe er mich zum ersten Mal.

„Du bist der Knaller, Lesley O'Connell. Du solltest Schauspieler werden. Großartig!", gibt er kichernd von sich.

„Dann findest du die Idee gut?", hake ich dennoch nach, auch wenn ich mich geehrt fühle.

„Unbedingt. Allerdings müssten wir dann improvisieren. Ich befürchte, allzu viel Lustiges habe ich nicht erlebt."

„Das kann ich mir nicht vorstellen", murmele ich und grinse, als ich an einen Streich denke, der glatt nach hinten losging. „Mir fällt zum Beispiel gerade ein, wie wir Mrs McMurry, unserer Physiklehrerin einen Streich spielten."

Ohne abzuwarten, ob es Brandon überhaupt interessiert, quassele ich weiter.

„Die McMurry war eine echt Nebelkrähe, die nicht den geringsten Spaß verstand. Keiner von uns Jungs konnte sie leiden. Sie tat immer so von oben herab und rümpfte ihre spitze Nase, als ob wir stinken würden."

Diese Eigenart hat Spuren bei mir hinterlassen. Noch heute schnuppere ich gelegentlich an meinen Achselhöhlen, um mich zu versichern, dass ich nicht transpiriere und schlecht rieche.

„Eines Tages wollten wir ihr demonstrieren, was wirklicher Gestank ist."

Brandons Augen kleben förmlich an meinen Lippen. Ah, jetzt ist er interessiert. Gut.

„Wir überlegten, zunächst eine von Seamus' Sportsocken unter ihren Stuhl zu kleben. Du musst wissen, Seamus 'vergaß' seine Sportsachen immer im Spind der Sporthalle. Nach zwei Wochen konnte niemand mehr ohne Atemmaske an seinem Schrank vorbeigehen."

Ich registriere den belustigt zuckenden Mundwinkel Brandons und fahre fort.

„Dann entschieden wir uns jedoch, einen dieser fürchterlich stinkenden Käse an einer Kordel hinter der Tafel zu verstecken. Für diese Stunde war ein Test angekündigt. Wenn es nach uns gegangen wäre, hätte sie vierzig Minuten den üblen Gestank ertragen müssen, während wir Jungs weiter hinten im Klassenzimmer brav unsere Nasen in die Hefte steckten."

„Aber das geschah nicht, oder?"

Ich schüttele meinen Kopf. Meine Miene scheint Bände zu sprechen, denn Brandon hakt nach. „Was ist passiert?"

„Die olle Schrulle hatte uns bereits durchschaut, kurz nachdem sie das Klassenzimmer betrat. Sie kündigte kurzerhand eine Änderung der Unterrichtsstunde an. Jeder von uns musste mindestens für fünf Minuten eine von ihr gestellte Aufgabe an der Tafel lösen und ..."

Weiter komme ich nicht, denn Brandon bricht in glucksendes Lachen aus. Dann wird er unversehens ernst.

„Ich fürchte, mit solchen Geschichten kann ich nicht dienen.“

„Aber da muss doch etwas sein. Irgendwas aus deiner Schulzeit. Oder während deines Studiums“, gebe ich verwirrt zur Antwort. Waren die denn alle mit einem Stock im Arsch geboren worden? „Ich habe keine Ahnung, wie das auf Schulen in Adelskreisen so ist, aber wenn ich da an meine Studienzeit zurückdenke ...“

Von Vaseline und Lippenpflegestiften

Brandon

„Erzähl mir davon, Lesley!“

Jetzt bin ich echt gespannt. Ich sehe, wie es in seinem Gesicht arbeitet und schiebe ein „Bitte!“ nach. Die Streich-Geschichte war schon witzig und Lesleys Art zu erzählen und dabei mit Händen und Füßen zu gestikulieren, fasziniert mich. Okay, *alles* an ihm fasziniert mich.

„Also gut.“ Er seufzt, sieht mich dabei reichlich verlegen an.

„Was?“

„Ich hätte da zunächst eine Bitte.“

„Die da wäre?“

„Nenn’ mich Les! Ich hasse meinen Namen.“

„Ich finde Lesley zwar wunderschön“, entschlüpft es mir, ehe ich die Worte aufhalten kann, „aber wenn es dir lieber ist, werde ich das natürlich tun.“

„Danke!“

Das Wort kommt so voller Inbrunst, dass ich mir ein Lachen verkneifen muss. „Und jetzt berichte!“

Erneut seufzt mein niedlicher Lektor. „Gut, aber denk dran, dass du es so gewollt hast!“

„So schlimm?“, frage ich.

Er nickt. „Schlimmer!“

„Okay, jetzt bin ich wirklich neugierig.“

Nach einem dritten tiefen Seufzer – ich wünschte, es gäbe einen anderen Anlass ihm diese Töne zu entlocken - beginnt Les zu erzählen.

„Wie du meinem nicht gerade umfangreichen Lebenslauf entnehmen konntest, wuchs ich in einem Waisenhaus auf.“

Ich nicke zustimmend.

„Einem erzkatholischen Waisenhaus, wie ich hinzufügen möchte“, fährt er fort. „Unsere in der Pubertät aufkeimenden Hormone wurden mit täglichen Gebetsritualen und frommem Firlefanz quasi im Keim erstickt. So kam es, dass ich erst recht spät entdeckte, dass mich Mädchen nicht interessierten. Um genau zu sein, war ich bis zum Beginn meines Studiums der Meinung, überhaupt nicht an Sex interessiert zu sein.“

Les legt den Kopf schief, als hätte ihn diese unglaubliche Erkenntnis soeben erst getroffen und nun musste er sie erstmal verarbeiten.

„Was hat dich vom Gegenteil überzeugt?“, werfe ich fragend ein.

„Dustin“, kommt es wie aus der Pistole geschossen und Les wird rot. Hübsch!

„Dustin?“

„Mhm. Dustin ist so alt wie ich, zum damaligen Zeitpunkt waren wir gerade 18. Ich lernte ihn gleich zu Beginn meines Studiums kennen. Er war nicht nur ein Kommilitone, sondern wir teilten uns eine der winzigen, aber dennoch heiß begehrten Studentenbuden auf dem Campus.“

„Lass mich raten“, dränge ich, als Les erneut in Schweigen verfällt, „Dustin ist schwul.“

Beinahe erschrocken kehrt Les aus seinen vermutlich schönen Erinnerungen zurück. „Ja, ja, Dustin ist schwul und irgendwann hat er mir klar gemacht, dass auch ich Jungs interessanter finde, als die wirklich hübschen Studentinnen, die uns, ohne übertreiben zu wollen, in Scharen nachliefen. Na, wohl eher liefen sie Dustin nach", korrigiert er sich. „Weißt du, Dustin ist ein bildhübscher rothaariger Kerl mit wasserblauen Augen und blasser Haut."

Ein seltsames Stechen in meinem Brustkorb lässt mich mit meiner Hand über die schmerzende Stelle reiben. Eifersucht ist hier wirklich unangebracht.

„Neben ihm wirkte ich, hm, unscheinbar."

Das kann ich mir nun beim besten Willen nicht vorstellen. Lesley ist ein wunderschöner junger Mann. Seine kastanienbraunen Haare, die scheinbar nicht zu bändigen sind, seine moosgrünen Augen, seine schlanke Statur … das alles sind Attribute, die weder dem weiblichen noch dem männlichen Geschlecht verborgen geblieben sein können.

Dennoch verbiete ich mir eine Widerrede, sondern bitte ihn erneut darum, doch endlich mit seiner Erzählung fortzufahren. Dieses Mal kommt Les meiner Bitte sofort nach und mit jedem Wort verliert er sich mehr und mehr in seiner Erinnerung …

--*

„… und irgendwann hatten wir uns wohl ineinander verknallt. Alles, was wir bis zu dieser für uns welterschütternden Erkenntnis getan hatten, war, aus heutiger Sicht betrachtet, harmlos. Wir knutschten und fummelten rum, bis wir abspritzten. Oftmals sogar, ohne aus unseren Klamotten rausgekommen zu sein. Wir waren so dermaßen scharf, dass wir damals quasi mit einem Dauerständer durch die Gegend latschten. Na ja, Fummeln hatte durchaus seinen Reiz, aber es genügte irgendwann nicht mehr. Es war klar, dass wir unser erstes Mal miteinander haben würden, und eigentlich sollte man annehmen, dass wir sowohl alt als auch intelligent genug wären, uns hinlänglich darüber Gedanken zu machen, was man dazu so benötigt."

Les hält einen Moment inne und schüttelt den Kopf, dass seine rot-braunen Haare fliegen. Anscheinend kann er selbst kaum glauben, wie naiv er damals war. Dennoch unterbreche ich ihn nicht und warte still ab, bis er weiterspricht.

„Wir hatten keine Kondome besorgt, was prinzipiell schon unverzeihlich ist. Aber wir waren total ineinander verknallt und wir vertrauten einander ohne Wenn und Aber. Weder Dustin noch ich hatten zuvor Kontakt zu anderen, also schätzten wir das Risiko als gering bis nicht vorhanden ein, dass einer von uns an einer ansteckenden Krankheit litt. Was zum Glück auch so war. Wir waren und sind beide gesund, auch wenn uns das damals weit weniger wichtig war als die eine Sache, die wir ebenfalls vergessen hatten zu besorgen."

„Und das war was?"

Les sieht mich so verwirrt an, als bemerke er eben erst, dass er nicht alleine ist.

„Gleitgel", antwortet er dann und seufzt zum keine Ahnung wievielten Mal an diesem Tag. „Wir hatten kein Gleitgel besorgt. Wir hatten nicht mal Vaseline oder eine Handcreme da, die wir alternativ hätten benutzen können."

Okay, sieht ganz so aus, als sei das erste Mal der beiden Jungs somit ins Wasser gefallen. Was daran nun allerdings komisch oder gar witzig sein soll, erschließt sich mir nun nicht so ganz.

„Da lagen wir beide also nun in Dustins Bett, geil bis in die Zehenspitzen, und ich überlegte schon, zu einem unserer Zimmernachbarn zu gehen und nach Vaseline zu fragen, als Dustin plötzlich mit einem 'Ich hab's!' aus dem Bett sprang, in seiner Jacke wühlte und … mit einem stolzen Grinsen und einem seiner ständigen Begleiter, einem Lippenpflegestift, zu mir zurückkam.“

„Mit … einem ...“ Ich verbiete mir energisch ein Lachen, als mir so langsam aber sicher deutlich wird, was diese beiden unverdorbenen und total verliebten Jungs zu tun gedachten.

„Mhm, ja“, bestätigt Les mein Gestammel, als müsse er sich selbst nochmal davon überzeugen, „du weißt schon, diese farb- und geruchlosen Lippenstifte, nur … dass … äh ...“

„Dass was?“, insistiere ich neugierig.

„Na ja, Dustins Pflegestift war nicht … ähm … geruchlos.“

„Sondern?“

„Kschgschmck“, nuschelt mein süßes Gegenüber und wird rot.

„Wie bitte?“

„Kirschgeschmack“, stößt er hastig hervor und ich gluckse, kann es einfach nicht aufhalten.

„Kirschgeschmack?“, hake ich nach.

„Na ja, wohl eher ein penetranter Geruch nach diesem süßen Obst. Schmecken tut es danach eher nicht.“

Schmecken? Will Les mir gerade deutlich machen, dass er seinen Freund gerimmt hat? Seine Augen werden groß wie Untertassen, als er erkennt, was er da gerade gesagt hat und hastig schüttelt er den Kopf.

„Nein, oh Gott, nein." Les wedelt abwehrend mit den Händen. „Nicht was du jetzt denkst. Ich … Dustin war verrückt nach diesen Lippenpflegestiften. Er benutzte sie ständig und da wir uns bei jeder sich bietenden Möglichkeit küssten, habe ich öfter mit diesem fettigen Zeugs Kontakt gehabt als gewollt", klärt er mich auf. „Aber das ist noch nicht das Ende der Geschichte."

„Ach nein?" Ich gebe zu, ich finde das bisher Gehörte schon lustig.

„Dustin zeigte mir also strahlend seinen Stift … also … den Lippenstift meine ich."

Lesley wird so entzückend rot, dass ich an mich halten muss, weil ich ihn am liebsten küssen würde. Immerhin hindert mich mein Verlangen daran, in heftiges Lachen auszubrechen.

Er räuspert sich und erzählt weiter als ich schweige.

„'Da sind eine Menge Inhaltsstoffe drin, die ich nicht kenne', hat er gesagt, 'aber auch Rapsöl und Rizinusöl, also sollte es damit doch auch funktionieren', meinte er, und als ich wohl ziemlich geschockt aus der Wäsche geguckt habe, hat er sich neben mich gelegt, die Beine gespreizt und ..."

„Sag mir, dass er nicht vorhatte, sich mit diesem Ding vorzubereiten", werfe ich milde entsetzt ein.

Doch Lesley nickt. „Und nicht nur das", macht er meine Hoffnung zunichte. „Ich dachte ja erst, er würde sich das Zeug auf die Finger schmieren und sich selbst … na, du weißt schon."

Ich nicke und finde es total niedlich, dass er das Wörtchen 'Fingern' nicht über die Lippen bringt. Er ist unverdorbener, als ich aufgrund der Sache bei Brightning & Son angenommen habe.

„Dustin jedoch drehte den Stift so lange, bis er vollends aus dem Gehäuse schaute und dann … oh Gott …“, Lesley erschaudert bei der Erinnerung an diesen Moment, „… schob er sich das Teil in den Hintern.“

Ich kichere. Ich … was? Ich habe mein Lebtag noch nie gekichert. Doch alleine die Vorstellung kitzelt meine Lachmuskeln.

„Das war‘s aber immer noch nicht.“ Les sieht mich mit undefinierbarer Miene an. „Willst du auch noch den Rest hören oder reicht dir das?“

„Was für eine Frage“, verkünde ich glucksend, „raus damit!“

„Okay, ich … also ich gebe zu, dass ich Dustins Aktion mit zunehmender Faszination betrachtet habe.“

Das kann ich mir nun wieder sehr gut vorstellen.

„Jedenfalls so lange, bis Dustin plötzlich einen Schrei ausstieß.“

„Einen … was war geschehen?“

„Der Fettstift war wohl … na ja … geschmolzen oder so, jedenfalls war er abgebrochen und steckte nun als riesiges Zäpfchen in Dustins Hintern.“

Ich kann mich nicht mehr zusammenreißen und gebe wirklich seltsame gackernde, prustende und gluckernde Geräusche von mir.

Lesley wartet höflich, bis ich mich wieder unter Kontrolle habe.

„Dustin wurde panisch", fährt er fort. „'Hol das Ding da raus!' flehte er mich an und ich, ich kniete vor ihm und glotzte ihn nur hilflos an. Versuchte ihn zu beruhigen. 'Hey, das ist doch nur Fett, das schmilzt irgendwann und löst sich dann komplett auf', sagte ich. Doch Dustin schob echt Panik. 'Irgendwann ist zu spät, das Ding soll jetzt raus', tobte er. Aber ich, Scheiße, Brandon, ich hatte doch nicht die geringste Ahnung, wie ich das bewerkstelligen sollte. Ich hatte Angst, wenn ich jetzt mit meinem Finger in Dustin rumfummele, schiebe ich das Teil womöglich noch tiefer rein."

Ein gar nicht mal so abwegiger Gedanke, finde ich.

„Und dann kam mir eine Idee." Lesley verdreht die Augen, diese wunderwunderschönen Augen. „'Du musst pressen', sagte ich zu Dustin. 'Was?', quiekte er entsetzt, 'Ich liege doch nicht in den Wehen.' Doch ich war inzwischen vollkommen davon überzeugt, dass das funktionieren würde. 'Hecheln und pressen', forderte ich ihn erneut auf und … Dustin hechelte und presste."

Ich beiße mir mittlerweile so fest auf die Lippe, dass es wehtut.

„Es dauerte eine Weile und plötzlich, Dustins Gesicht war inzwischen knallrot vor Anstrengung, da ertönte ein unmissverständliches Geräusch, der Geruch nach Kirschen, gemischt mit weniger angenehmen Düften, erfüllte unsere winzige Bude und dann schoss das fettige Zäpfchen wie ein Tornado aus Dustins Hintern direkt auf mich zu."

„Lass mich raten!", keuche ich, weil ich vor unterdrücktem Lachen keine Luft mehr bekomme. „Das Ding landete in deinem Gesicht."

„Na, vielen Dank auch“, werde ich angefunkelt. „Schön, dass ich zu deiner Erheiterung beitrage, aber nein, nicht in meinem Gesicht.“

„Schade“, kann ich mir nicht verkneifen, ernte ein gekränktes *Pfff* und Schweigen.

„Ich war wie erstarrt“, fährt Lesley schließlich doch noch fort, „konnte mich nicht bewegen und dann kreischte ich wie ein Mädchen, als der geschmolzene Klumpen mit einem schmatzenden Plopp direkt auf meiner Brust landete, von wo aus er in schlängelnden, zähen Tropfen über meinen Bauch rann.“

--*

Es ist mucksmäuschenstill, als Lesley seine Story beendet. Aber nur für ein paar Sekunden. Dann ist es mit meiner vornehmen Zurückhaltung vorbei und ich breche in schallendes Gelächter aus. Tränen rinnen über meine Wangen und ich kann mich einfach nicht beruhigen.

Unsicher schiele ich zu Les, der jedoch mittlerweile grinst, mir also mein Benehmen nicht verübelt.

„Ja, lach du nur. Du ahnst ja nicht, welcher Wumms hinter dem Geschoss stand. Ich hatte drei Tage lang ein Hämatom an dieser Stelle.“

Ich japse gierig nach Luft, als sich die Tür meines Arbeitszimmers einen Spalt breit öffnet und Gilderoy, der sich wohl von seiner Einkaufstour zurückmelden möchte, seinen Kopf hereinsteckt. Sein Gesicht drückt pure Überraschung aus und … ja, da schimmern tatsächlich Tränen in seinen Augen, ehe er sich mit einem gemurmelten 'Verzeihung' wieder zurückzieht.

Lesley hat davon nichts mitbekommen, da er mit dem Rücken zur Tür sitzt. Ich jedoch weiß, dass mein süßer Lektor nicht nur mich soeben glücklich gemacht hat.

Schlimme Erfahrungen

Lesley

Eine ganze Weile sitze ich da und lausche verzückt Brandons Lachen. Hätte ich geahnt, wie wunderschön das klingt – und wie atemberaubend er dabei aussieht – hätte ich gewiss schon früher eine peinliche Anekdote aus meinem Leben erzählt.

Ich bemerke gar nicht, dass ich Brandon noch immer anstarre, als er mich aufmerksam betrachtet.

„Tut mir leid“, sagt er leise und mir wird auf der Stelle übel, „aber so witzige Dinge habe ich tatsächlich nicht erlebt.“

Erleichtert atme ich auf. Keine Ahnung, was ich dachte, was nun kommt, ob er mich rauswirft oder so.

„Darf ich dich etwas fragen?“

Nanu? Warum sieht er denn so schüchtern aus? Und was soll die Frage überhaupt?

„Natürlich“, fordere ich ihn rasch auf, „aber ich behalte mir vor, ob ich darauf antworten werde, wenn das in Ordnung ist.“

Er nickt. „Ach, vergiss es!“, sagt er dann.

„Oh nein“, murre ich, „das gilt nicht. Frag!“

„Also gut, es ist nur … also … ziemlich persönlich.“

Na, nun bin ich aber echt mal gespannt. „Frag einfach!“

„Deiner Geschichte nach, hm, also, kann ich deiner Erzählung entnehmen, dass du … ich meine … du hast gesagt, dass es Dustin war, der sich vorbereitet … oh vergiss es! Es geht mich nichts an.“

Ich bin vollkommen vertieft in die sanfte Röte, die Brandons blasse Wangen verfärbt, als dass ich sofort Klarheit in sein Gestammel bringen kann. Dann jedoch blicke ich durch und keuche auf.

„Du willst wissen, ob ich ein Top oder ein Bottom bin?“, stolpere ich hervor, völlig baff darüber, dass er nach so etwas Intimem überhaupt fragt. Andererseits ist das, was ich gerade zum Besten gegeben habe, auch nicht gerade etwas, das man einem im Grunde wildfremden Menschen erzählt, der darüber hinaus auch noch mein Chef ist. Letzteres wiederum vergesse ich in Momenten wie diesem ganz gerne. Oder auch dann, wenn ich mich im Bett meinen Fantasien hingebe.

Brandon hat den Kopf gesenkt, nickt aber schweigend.

Okay, was soll's!

„Um ehrlich zu sein – und auch um die Geschichte zu Ende zu bringen – muss ich vielleicht noch hinzufügen, dass Dustin und ich an diesem Tag natürlich nicht mehr miteinander geschlafen haben. Unser richtiges erstes Mal haben wir dann generalstabsmäßig geplant“, verrate ich mit einem Lächeln, das wohl die süße Erinnerung an mein wunderschönes erstes Mal verrät. „Und dieses Mal war ich es, der unten lag“, ergänze ich. „Und da es wirklich ein wundervolles Erlebnis war, hat sich an diesem Umstand auch bis heute nichts geändert.“

Brandon hebt den Kopf und sieht mir in die Augen, wonach ich den Eindruck habe, noch ein wenig deutlicher werden zu müssen. „Ich bin ein Bottom wie er im Buche steht und genieße die Aufmerksamkeit meiner Liebhaber.“

Nicht, dass es derer schon viele gegeben hätte, füge ich im Stillen an. Weder die Liebhaber, noch die Aufmerksamkeit. Seit Dustin und ich uns – wohlgemerkt in Gutem

– getrennt haben, gab es beides nicht. Der missglückte Blowjob mit Jeremy war der erste Versuch, meine Verklemmtheit etwas zu lockern. Tja, ist nach hinten losgegangen.

Wie auch immer: Jetzt würde ich aber auch nur zu gerne wissen, wieso Brandon das wissen will, schließlich ist es, wenn man es ernsthaft betrachtet, wirklich indiskret. Die Frage muss ich nicht laut aussprechen, denn er scheint zu wissen, was hinter meiner Stirn vor sich geht.

„Ich habe nur ein einziges Mal meinen Arsch hingehalten“, stößt er zwischen zusammengebissenen Zähnen aus.

Über die so gar nicht zu seiner ehrenwerten Lordschaft passende Aussprache bin ich milde entsetzt, denke jedoch gar nicht weiter darüber nach, sondern spüre, wie sich meine Hände zu Fäusten ballen, was deutlich meinen Missmut zum Ausdruck bringt.

„Lass mich raten: Malcolm, diesem Wichser“, zische ich zu meinem Entsetzen. Oh Gott, das geht mich nun wirklich nichts an.

„Richtig. Aber nur ein einziges Mal“, werde ich ungefragt aufgeklärt, „danach verschwand er mit 50.000 Euro und ließ sich bis heute nicht mehr blicken.“

Gerade habe ich mit einem Schluck Wasser meine trockene Kehle befeuchtet. Jetzt pruste ich angesichts dieser Aussage eine Sprühfontäne durch Brandons Arbeitszimmer. Tausend Fragen habe ich, aber alles, was aus meinem Mund purzelt, ist: „Wieso hast du es überhaupt getan?“

„Um unsere Beziehung zu retten“, kommt es kaum verständlich.

Da habe ich meine Antwort; blöderweise wirft sie aber eine weitere Frage auf. „Warum hat er dich verlassen?“

Denn dass nicht Brandon die Beziehung beendet hat, erklärt sich nach seiner Aussage von selbst.

Als ich in sein Gesicht sehe, möchte ich die Frage am liebsten zurücknehmen. Aber sie ist nunmal schon raus.

„Es tut mir leid. Vergiss, dass ich überhaupt gefra..."

„Ich bin impotent!"

Im ersten Augenblick bin ich zu baff, um auch nur keuchen zu können. Dann platze ich heraus:

„Haha, guter Witz!"

Oder etwa nicht? Wenn ich mir Brandon so anschaue, wohl eher nicht. Mist, ich sollte demnächst vor Inbetriebnahme meines Mundwerks mein Gehirn einschalten.

„Sehe ich so aus, als würde ich angesichts eines solch peinlichen Geständnisses Scherze machen?"

Wo er Recht hat …

Und wieder vergesse ich, die kleinen grauen Zellen in meinem Hirn zu aktivieren.

„Dann hast du also heute Vormittag rein zufällig eine Taschenlampe in deiner Hosentasche gehabt, als du mich geküsst hast?!"

Boah, Les, geht's noch?

Seiner Lordschaft Wangen zieren rote Flecken. „Das … hast du gemerkt?"

Ist das sein Ernst?

„Hey, ich bin jung, ich bin schwul, ich bin quasi dauergeil, was dachtest du denn?", stelle ich ein weiteres Mal innerhalb kürzester Zeit meine geistige Inkompetenz zur Schau, ehe ich entsetzt die Augen schließe und tief einatme. „Ist … ist dir gar nicht aufgefallen, dass … es mir genauso ergangen ist?", hake ich leise nach. Meine *Taschenlampe* ist zwar bei weitem nicht so groß wie Brandons, nach dem was ich so erfühlen konnte. Nimmt man mal die bekannten *Maglites* zum Vergleich, dann habe ich die kleine handliche Stabtaschenlampe, während Brandon die Supersonderausführung in seinen Pants herumschleppt. Aber so winzig, dass er nichts gespürt hat, ist mein Schwanz nun auch wieder nicht. Am liebsten würde ich jetzt schmollen, doch das ginge wohl ein wenig zu weit.

„Doch, habe ich“, wispert Brandon und sorgt für erleichtertes Aufatmen meinerseits. Herrje, wenn mich diese lächerliche Kleinigkeit schon dermaßen aus dem Konzept gebracht hat, wie muss es dann erst Brandon ergangen sein?!

Dessen Blick scheint in die Ferne gerichtet oder eher irgendwo in seine Vergangenheit, in der etwas passiert ist, das Brandon noch heute belastet und wofür dieses verfickte Arschloch Malcolm verantwortlich ist.

Ich weiß, dass ich vermutlich meine Kompetenzen gewaltig überschreite, aber in den vergangenen Stunden ist die Grenze zwischen Arbeitgeber und Arbeitnehmer ohnehin recht schwammig geworden. Also gebe ich mir einen Ruck und stelle meine Frage – nicht nur aus Sensationsgier, sondern weil es mich ehrlich interessiert.

„Willst du … darüber reden?“

Nur ein Kuss?

Brandon

Will ich das? Will ich über die dunkelste Zeit in meinem Leben sprechen? Mit ihm? Lesley O'Connell? Einem Mann, den ich erst wenige Wochen kenne und dem es dennoch gelungen ist, die Mauer, die ich um mich aufgebaut habe, Stück für Stück zu zerbröseln und der es geschafft hat, dass mein zersplittertes Herz sich langsam wieder zusammensetzt und … begonnen hat, für ihn zu schlagen?

Ja, das will ich, stelle ich gar nicht mal so überrascht fest und entsinne mich der Ereignisse, die mich in eine tiefe Depression geschickt haben.

„Malcolm und ich waren bereits ein ganzes Jahr zusammen, als ich das Gefühl hatte, dass irgendetwas nicht stimmt", beginne ich leise mit noch etwas brüchiger Stimme.

„Was meinst du damit?"

„Ich hatte den Verdacht, dass er mich betrügt", zische ich zwischen den Zähnen hindurch.

„Was hat dich misstrauisch gemacht? Verhielt er sich anders?"

„Um ehrlich zu sein, fiel es mir zunächst gar nicht auf", gebe ich leise zu, denn heute weiß ich, dass ich zumindest einen Teil der Schuld daran trage, dass unsere Beziehung zerbrach. Da Lesley schweigt, fühle ich mich gezwungen, weiterzureden.

„Hm, ich … nun, ich war zu der Zeit beruflich ziemlich eingespannt, habe viel und lange gearbeitet, um meine eigene Kanzlei aufzubauen. Ich habe ihn wohl ziemlich vernachlässigt und ..."

„Gib dir nicht die Schuld daran, dass er fremdgegangen ist", knurrt der Kleine doch tatsächlich. „Man kann über alles reden."

Ich nicke. „Ja, da hast du gewiss Recht, aber ich fraß meine Vermutungen so lange in mich hinein, bis sie sich ..." Ich hole tief Luft, denn bisher habe ich nur ein einziges Mal darüber gesprochen, und zwar mit meinem Therapeuten.

„Bis sie sich?"

„Bis sie sich körperlich zeigten", sage ich leise. „Immer, wenn Malcolm und ich, also, wenn wir Sex miteinander haben wollten, sah ich ihn vor meinem geistigen Auge mit einem anderen Kerl rummachen und ..."

„Du hast keinen mehr hoch gekriegt, richtig?", stellt Lesley knochentrocken fest.

„Das trifft es ziemlich genau."

Lesleys Ausdrucksweise ist knallhart, aber er hat nunmal den Nagel auf den Kopf getroffen.

„Ich finde es durchaus verständlich."

„Wirklich?"

„Ja, und spätestens jetzt hätte Malcolm doch nachfragen müssen, wenn du schon nicht den Mund aufgemacht hast", meint Lesley nachdenklich. Im Nachhinein betrachtet, eine durchaus berechtigte Annahme. Nur leider haben wir wohl beide den richtigen Zeitpunkt verpasst.

„Wie auch immer." Gott, ich will das jetzt hinter mich bringen. Warum nur habe ich mich überhaupt auf dieses Gespräch eingelassen? „Wir stritten immer öfter. Auch an jenem Abend wieder. Malcolm verließ daraufhin türenknallend unsere Wohnung – ich hatte damals in Dublin eine Wohnung in der Nähe meiner Kanzlei – und ich verrannte mich immer mehr in dem Szenario, wie er durch die Clubs zog und sich jemanden suchte, der es ihm anständig besorgte. Einen richtigen Mann, einen ..."

„Du *bist* ein richtiger Mann!", unterbricht mich Lesley vehement. „Auch wenn du körperliche Probleme hast oder hattest, bist du noch immer ein Mann. Du hast keine Titten, dafür aber einen Schwanz und zwei Eier in der Hose."

Der Kleine bebt geradezu vor unterdrücktem Zorn, was ich ungewohnt entzückend finde. Seine rosa gefärbten Wangen – vermutlich wird ihm gerade klar, *was* er da gesagt hat – bringen mein Herz dazu, unregelmäßig zu schlagen. Am liebsten würde ich das Gespräch sofort beenden und Lesley stattdessen erneut küssen.

„Das hat mein Therapeut auch gesagt", flüstere ich, als ich mich wieder gefangen habe. „Nun, ich bin an jenem Abend nicht mehr dazu gekommen herauszufinden, ob meine Verdächtigung stimmte, denn ich hatte einen Unfall."

Lesley hält den Atem an und wird blass.

„Ein LKW nahm mir die Vorfahrt. Ich wurde in meinem Auto eingeklemmt und musste von der Feuerwehr herausgeschnitten werden. Neben einigen Knochenbrüchen erlitt ich auch eine Quetschung der Wirbelsäule."

„Du warst gelähmt?", keucht Lesley fassungslos.

„Nicht richtig", beruhige ich ihn und erwische mich dabei, wie ich meine Hand über seine verkrampften Finger lege und sie sachte streichele. „Aber ich hatte sogenannte Ausfälle. Mal knickte mein Bein einfach ein, mal schnappte ich mit dem Fuß. Nun ja, und ziemlich oft ..."

Ich weiß, ich muss nicht weiterreden, Les versteht auch so, dass mein vermaledeiter Schwanz nur noch zum Pinkeln taugte.

„Brandon?“

„Ja?“

„Darf ich fragen, warum du Malcolm nach alldem wieder zurückgenommen hast?“

„Wir hatten uns ja nicht getrennt“, beantworte ich die durchaus nachvollziehbare Frage und weiß selbst, wie seltsam sich das anhört. „Wir hatten nur gestritten und ich, ich liebte ihn. War froh, dass er zu mir zurückgekehrt war, sich um mich sorgte.“

„Und dich weiterhin betrog“, fügt Lesley mit wütender Miene hinzu. „Aber wieso hast du dir das gefallen lassen?“

„Weil mir klar war, dass ich mit diesem nutzlosen Anhängsel zwischen meinen Beinen sowieso niemals wieder einen anderen Mann finden würde“, fauche ich. Ich atme ein paar Mal durch, um mich wieder zu beruhigen. „Außerdem liebte ich Malcolm noch immer. Zumindest … dachte ich das.“

„Und jetzt denkst du das nicht mehr?“, hakt Les flüsternd nach.

„Ich bin mir schon eine Weile nicht mehr sicher, ob ich Malcolm überhaupt jemals richtig geliebt habe“, höre ich mich verwundert antworten. „Zu Anfang war da ganz sicher Verliebtheit im Spiel. Als ich damals merkte, dass etwas nicht stimmte, hinterfragte ich alles und jedes und kam zu dem Ergebnis, dass ich für Malcolm, so arrogant und überheblich das auch immer klingen mag, eine Art Aushängeschild war.“ Ich lache zynisch. „Weißt du, normalerweise bedienen sich Mitglieder meines Standes junger Frauen und Männer, um sie, einem Schmuckstück gleich, auszuführen. In unserem Fall war jedoch ich das Juwel, dessen Malcolm sich bediente, um in der sogenannten besseren Gesellschaft Fuß zu fassen."

„Er benutzte dich also und du bliebst dennoch bei ihm und hast ihn nicht zum Teufel gejagt." Lesley kann das alles nicht nachvollziehen und ich kann es ihm nicht mal verdenken.

„Wie gesagt, alles zusammengenommen hatte Auswirkungen auf meine körperliche und seelische Verfassung. Der letzte Versuch, unsere Beziehung zu retten, bestand darin ..."

„Malcolm deinen Arsch hinzuhalten", zitiert Lesley mich und ich muss gegen meinen Willen grinsen.

„Genau. Aber auch dabei bot ich wohl keine sonderliche Glanzleistung." Ich will das Ganze jetzt zu einem Ende bringen. „Ich lag noch im Bett, da ging Malcolm ins Badezimmer. Vermutlich hat er da zuende gebracht, was ihm mein lustloser Körper nicht geben konnte. Ich hörte, wie er danach seine Sachen zusammensuchte. Zunächst wollte ich aufspringen, ihn zurückhalten. Dann resignierte ich völlig und ließ ihn gehen. Am nächsten Tag stellte ich fest, dass er mich um eine ordentliche Summe erleichtert hat. Aber auch das war mir egal. Alles war mir egal. Ich … sah mich nicht mehr imstande, meine Arbeit zu machen und irgendwann zog ich mich ganz auf Brandonburry-Castle zurück, wo ich seit meinem Unfall sowieso fast ausschließlich lebte. Gilderoy kümmerte sich um mich … das tut er noch heute."

Nach meiner *Beichte* herrscht eine ganze Weile Schweigen und ich bin froh, dass Lesley nicht noch mehr in dieser kaum verheilten Wunde herumstochert. Andererseits hätte mir klar sein müssen, dass seine Neugierde noch nicht völlig gestillt ist.

„Aber … vorhin … das warst doch *du,* was ich da gespürt habe."

„Ja, das war … das erste Mal seit mehr als zwei Jahren."

„Oh!"

„Mhm."

„Und?"

„Und was?"

„Wie hat es sich … angefühlt für dich?"

Ich lächle in mich hinein. „Es war … aufregend. Wundervoll", gebe ich leise zu, „bis Malcolm mich angefasst hat", zische ich.

„Was ist dann passiert?"

Ich hebe meine Hand, strecke meinen Zeigefinger aus und lasse ihn langsam aber deutlich nach unten absinken. Diese Geste bedarf keiner unterstützenden Worte, finde ich, und sehe in Lesleys Gesicht, dass er sie richtig zu deuten weiß.

Eine Weile herrscht erneut unangenehmes Schweigen zwischen uns. Dann erwischt Lesley mich eiskalt, indem er mir eine Frage stellt, mit der ich nie im Leben gerechnet hätte.

„Was, ähm, sollten wir vielleicht nachprüfen, ob es sich … also … ob es eine einmalige Reaktion deines Körpers war? Ich meine ..."

Mit knallroten Wangen fuchtelt er unbeholfen mit seinen Händen durch die Luft.

„Du meinst“, keuche ich mehr aufgeregt als entsetzt, „du willst mich nochmal küssen?“

„Warum nicht?“

Ist er so abgebrüht oder tut er nur so? Ist mir allerdings inzwischen egal. Der Gedanke, meinen Mund noch einmal auf diese zarten rosa Lippen zu pressen, bringt mein Herz zum Galoppieren.

„Das würdest du wirklich tun?“, hake ich nach. Nur zur Sicherheit. „Warum?“

„Ähm, im Namen der Forschung?“

„Der … natürlich“, hauche ich und habe gar nicht bemerkt, dass unsere Lippen inzwischen nur Millimeter voneinander entfernt sind. Herrgott, ich habe ja nicht mal mitbekommen, dass ich mich erhoben und den Schreibtisch umrundet habe, geschweige denn, dass ich diesen faszinierenden jungen Mann vor mir, aus dem Stuhl empor gezogen habe, um meine Arme um ihn zu legen.

Lesleys Lider senken sich bereits, als ich feige einen Rückzieher mache.

„Du hast selbstverständlich eine Menge Erfahrung“, überlege ich laut.

„Was? Nein, wie kommst du darauf?“ Meine Feststellung bringt Lesley ziemlich durcheinander, wie es scheint. „Genau genommen bist du erst der zweite Mann, den ich geküsst habe.“

„Wie bitte?“ Ich kann es kaum glauben. Und außerdem … „Was ist mit Jeremy?“

„Den habe ich nicht geküsst“, gibt er leise und verschämt zu. „Ich bin sicher, dass er nicht mal die Absicht hatte, seine Lippen mit meinen in Berührung kommen zu lassen. Sie um seinen Schwanz zu schließen, ja, dafür waren sie gut genug.“

Mit rot gefleckten Wangen und vorgerecktem Kinn sieht er mich an. „Seit Dustin habe ich niemanden mehr geküsst."

„Du hast ihn geliebt, nicht wahr?"

„Dustin?"

„Mhm, ja."

„Nein, wir waren verknallt ineinander. Das ist unbestritten", antwortet er mit einem süßen Lächeln, das mir ungerechtfertigterweise einen Stich versetzt. „Aber wir haben uns nie unsere Liebe gestanden. Wir mochten uns von Anfang an und aus einer echten Freundschaft entstand dann etwas Tieferes, aber … nein, Liebe war es nicht. Auch wenn unsere Gefühle füreinander durchaus anders waren als bei einer reinen Jungsfreundschaft, das gebe ich zu. Wir waren verknallt, vielleicht sogar verliebt, waren, während wir zusammen waren, *exklusiv.* Da gab es keine anderen. Aber wenn wir uns wirklich und wahrhaftig geliebt hätten, wären wir wohl kaum so locker von unserer Fickfreundschaft zu unserer anfänglichen Kameradschaft zurückgekehrt."

Eine Weile hängt Lesley seinen Erinnerungen nach, sieht mich dann fragend an. „Disqualifiziert mich das jetzt für unser Experiment 'Second Kiss'?"

Gott, er ist einfach hinreißend. Lächelnd schüttele ich den Kopf und nähere mich erneut Lesleys Mund, der verheißungsvoll schimmert. Und wieder mache ich, kurz bevor unsere Lippen sich treffen, einen Rückzieher.

„Was, wenn es funktioniert und danach … nicht wieder verschwindet?"

„Ist das dein Ernst?"

Ja, ist es. Ich stelle es mir furchtbar peinlich vor, wenn ich nach erfolgreichem Experiment mit einem Ständer in der Hose vor Lesley stehe und nicht weiß, was ich tun soll. Aber das werde ich ihm so nicht sagen, also nicke ich lediglich.

„Dann werde ich mich diskret zurückziehen", höre ich seine Worte und starre dabei auf seinen süßen Mund, den ich endlich auf meinem spüren will, „damit du tun kannst, was immer auch nötig ist, um diesen *Zustand* zu einem befriedigenden Ende zu führen."

Jesus ...

„Und du?"

„Ich?"

„Ja, du. Was … wirst du tun?"

„Ich werde immer zwei Stufen auf einmal nehmen und so schnell es geht in mein Zimmer laufen, um mir nach unserem Kuss einen runterzuholen."

Lesley reißt die Augen auf, als realisiere er soeben erst, was er da von sich gegeben hat, und ich gebe zu, seine deutliche Ansage macht mich für einen Moment sprachlos. Dann jedoch muss ich lachen und zum Glück fällt auch Lesley mit ein.

Und endlich bin ich locker genug, das zu tun, was ich mir im Geheimen schon seit Wochen wünsche und seit ich vorhin einen Vorgeschmack erhaschen konnte, wie es ist, Lesley zu küssen, nicht mehr erwarten kann.

Für einen langen Augenblick lasse ich mich in Lesleys moosgrüne Augen fallen, ehe er seine Lider senkt und mir entgegenkommt. Sanft lege ich meine Hand in seinen Nacken, ziehe ihn noch ein wenig näher zu mir heran und endlich spüre ich wieder diesen weichen Mund, der nur zu einem einzigen Zweck geschaffen scheint: Zum Küssen und Geküsstwerden.

❁❁❁

Mehr als ein Kuss

Lesley

Als ich zum zweiten Mal an diesem Tag Brandons Mund auf meinem spüre, fühlt es sich an wie eine Explosion in meinem Inneren. Als platze etwas auf und setze eine Horde zarten Geflügels in mir frei, das nur darauf gewartet hat, durch meinen Körper zu fliegen.

Ob Brandon auch nur annähernd etwas Ähnliches fühlt?

Der Kuss im Park war eine Demonstration für Malcolm, dieses Arschloch. Dieser Kuss hingegen ist anders. Obwohl ich ihn Brandon unter dem Deckmäntelchen der Forschung angeboten habe, weiß ich – und gewiss auch er -, dass dies nicht der wahre Grund, ja, in Wahrheit nur ein Vorwand dafür ist, einander nahe zu sein.

Seit meiner Ankunft auf Brandonburry-Castle bin ich fasziniert von dem Burgherrn und nachdem ich ihn Tag für Tag ein bisschen besser kennenlernen durfte, hat sich die anfängliche Anziehung in etwas gewandelt, das mir ein ums andere Mal Bauchkribbeln beschert.

Dieses Gefühl gipfelt jetzt in diesem Kuss, der meine Knie weich und meinen Penis hart werden lässt.

Brandons hübsche, gerade Zähne knabbern an meiner Unterlippe, ehe seine Zungenspitze Schmetterlingsflügeln gleich die Umrisse derselben nachzeichnet. *Mehr, ich will mehr.*

Als seine Zunge nachdrücklicher wird öffne ich mit einem Wimmern meinen Mund und empfange sie mit wildem Herzklopfen. Gerne wäre ich jetzt ein Autor, der mit schönen Worten zu beschreiben weiß, wie sich das anfühlt. Der in der Lage ist, aus einem einfachen Kuss eine epische Erzählung zu machen. Aber ich bin kein Autor. Und dies ist kein einfacher Kuss.

Nicht ein einziger der unzähligen Küsse, die ich mit Dustin ausgetauscht habe, kommt diesem hier auch nur annähernd gleich. Obwohl wir uns oft und gerne geküsst haben, es immer schön war und nicht einen einzigen Kuss missen möchte. Verdammt, ich liebe es, zu küssen und geküsst zu werden, empfinde Küsse intimer als Sex.

Und doch ist dieser Kuss ein ganz besonderer.

Brandons Geschmack explodiert auf meiner Zunge. Sanft zunächst lässt er mich schmecken, dass er zuvor ein Glas seines bevorzugten Rotweins genossen hat. Süß und würzig schmeckt er. Nach dunklen, reifen Trauben. Als die Süße des Weins verfliegt und Brandons ureigenem Geschmack Platz macht, ist es jedoch, als breche eine Sturmflut über mich herein.

Während ich mich ganz und gar auf das Spiel unserer Zungen einlasse, klammere ich mich an Brandon fest, möchte am liebsten in ihn hineinkriechen und erschaudere, als er meinen Wunsch instinktiv zu erraten scheint und mich noch näher zu sich heran zieht, seine Arme beinahe besitzergreifend um mich schließt.

Nicht eine Sekunde unterbrechen wir unseren Kuss. Auch dann nicht, als wir unsere Hände streichelnd auf Wanderschaft entlang unseres Oberkörpers schicken. Noch nie zuvor habe ich mich so sehr in einem Kuss verloren wie gerade jetzt. Ich will, dass dieser Kuss niemals endet, bin so fokussiert auf Brandons Geschmack, dass ich gar nicht bemerke, dass ich mich wie eine rollige Katze an ihm reibe.

Erst Brandons dunkles Stöhnen bringt mich wieder zu mir … doch da ist es bereits zu spät.

Atemlos trennen wir uns voneinander. Keiner von uns muss etwas sagen. Wir haben beide mehr als deutlich gespürt, dass unser Kussexperiment erfolgreich war. Was mich betrifft, sogar mehr als das.

„Ich … lass dich dann mal alleine“, hauche ich noch immer atemlos und auch ein bisschen peinlich berührt angesichts der Tatsache, dass ich mich soeben in meine Hose ergossen habe wie ein pubertierender Jungspund. Okay, alt bin ich nun wirklich nicht, aber der Pubertät bin ich dann doch schon eine ganze Weile entwachsen. Nur, dass das klebrig-feuchte Zeug auf meinem Unterleib etwas ganz anderes aussagt.

Zaghaft mache ich Anstalten, mich zurückzuziehen, doch Brandons Griff um meine Arme verstärkt sich und er hält mich fest.

„Nicht nötig“, wispert er und etwas in seiner Stimme lässt mich wissen, dass unser Kuss auch an ihm nicht spurlos vorübergegangen ist. Er legt seine Stirn an meine und sieht mich mit undefinierbarem Blick an, ehe er *Danke* haucht.

Ich räuspere mich. „Hab ich gern gemacht.“

Brandon schmunzelt, dann sieht er mich fragend an. „Was ist mit dir?“

Mein Gehirn befindet sich noch im postorgastischen Stadium. „Was soll mit mir sein?“

„Nun ja“, druckst Brandon herum und sieht dabei so niedlich aus wie ein Hundebaby, „solltest du nicht auf dein Zimmer gehen, um, äh, diesen Zustand ...“, er presst zum besseren Verständnis seinen Unterleib an mich, „zu einem befriedigenden Ende zu bringen“, zitiert er meine Worte von vorhin.

Eigentlich sollte es mich erleichtern, dass er nicht bemerkt hat, dass ich einfach in meinen Jeans abgespritzt habe. Ich könnte mich verkrümeln und ihn als vermeintlichen Schnellspritzer dastehen lassen. Aber das werde ich aus vordergründig zweierlei Gründen nicht tun.

Erstens wäre da die nicht zu vernachlässigende Tatsache, dass es für ihn das erste Mal seit keine Ahnung wie langer Zeit war, dass er nicht nur einen Ständer hatte, sondern obendrein noch einen Orgasmus und ich werde der Letzte sein, der ihm dieses Hochgefühl versaut, indem ich der Sache einen peinlichen Geschmack verleihe.

Zweitens, und das ist erheblich wichtiger für mich, bedeutet er mir bereits zu viel. Und er war ehrlich, obwohl es ihn mit Sicherheit einiges an Überwindung gekostet haben muss, zuzugeben, dass unser Kuss diese für ihn unerwartete Wirkung hatte.

Lächelnd schüttele ich den Kopf. „Muss ich nicht“, sage ich leise und traue mich, ihm einen kurzen Kuss auf den Mund zu drücken, „aber ich sollte unbedingt duschen und frische Klamotten anziehen.“

Damit keine unnötigen Fragen aufkommen, deute ich auf meinen Unterleib, wo sich auf den Jeans ein dunkler feuchter Fleck ausbreitet. Das silbrige Funkeln in Brandons Augen und das wunderschöne Lächeln verraten mir auch ohne Worte, dass es genau das war, was er hören musste.

*_*_*

Ein bisschen mulmig ist mir schon, als ich am nächsten Morgen das kleine Esszimmer betrete. Qhuinn und Blay, die wie in den vergangenen Tagen brav vor meiner Tür gewartet und mich hierher begleitet haben, als wüssten sie, dass ich ohne Navigationsgerät verloren bin, lenken mich heute nicht von meiner Grübelei ab.

Wie wird Lord Brandon reagieren? Tut er so, als habe der gestrige Tag niemals stattgefunden? Ist ihm seine *Schwäche* peinlich? Glaubt er, ich habe seine Niedergeschlagenheit ausgenutzt, um mir womöglich einen finanziellen Vorteil zu verschaffen? Wird er mich gar entlassen? Natürlich nicht, ohne mir eine Abfindung zu zahlen, die selbstverständlich mein Schweigen voraussetzt.

Gott, mir ist schlecht und mein Herz schlägt mir bis zum Hals. Aber wenn ich herausfinden will, wie Brandon unsere gestrige Aktion verkraftet hat, dann muss ich da jetzt durch.

„Guten Morgen, S... Sir?"

Mist, ich klinge wie eine Nebelkrähe im Stimmbruch.

Der Blick, der mir zugeworfen wird, sagt mir umgehend, dass Seine Lordschaft sauer ist. Stinksauer!

„Sir?", faucht er mich an. „Was soll das, Les?"

Die Erleichterung, die mich durchströmt, lässt meine Knie weich werden und ich plumpse wenig elegant auf den Stuhl.

„Ich … Verzeihung, S... Brandon, aber ich wusste nicht ..."

„Was wusstest du nicht? Ob ich unseren unglaublichen Kuss lieber ungeschehen machen möchte?"

Seine Worte klingen harsch, aber sein sanftes Lächeln straft den zornigen Ton Lügen. Ich nicke, senke den Kopf und bestaune das aufgestickte Emblem auf dem blütenweißen Tischtuch. Hübsch. Wirklich hübsch.

„Das werde ich ganz gewiss nicht tun, Les."

Unsicher schiele ich unter einer widerspenstigen Strähne hervor.

„Und ich möchte auch nicht, dass du das tust."

Brandon erhebt sich, umrundet den Tisch, geht vor mir in die Hocke und ergreift meine bebenden Hände, umschließt sie fest und zugleich unendlich sanft.

„Ich habe unseren Kuss sehr genossen, Les, und ich dachte, dir wäre es zumindest ähnlich ergangen."

„Aber das ist es doch", stoße ich atemlos hervor. „Es war wunderschön und … ähm … befriedigend", schiebe ich, endlich ein bisschen sicherer, nach.

Brandon grinst mich an. „Oh ja, sehr befriedigend."

Am liebsten würde ich ihn jetzt umarmen, ihn küssen und einfach da weitermachen, wo wir gestern Abend aufgehört haben. Aber das wäre dann doch zuviel des Guten. Ich sollte mich damit begnügen, dass er unseren Kuss schön fand und sich gerne daran erinnert. Mehr habe ich nicht zu erwarten. Schließlich bin ich nur ein armer Schlucker und Brandon ist … nun, der Lord of Brandonburry-Castle. Und wir sind hier weder bei *Wünsch dir was* oder auf einem Ponyhof noch in einem Märchen, wo solche Konstellationen in einem Happyend gipfeln. Ich habe mit dem gestrigen Kuss schon mehr bekommen, als ich zu hoffen gewagt habe.

„Hast du keinen Hunger?"

Brandon lässt meine Hände los und sofort vermisse ich seine Wärme. Er begibt sich zurück auf seinen Platz und beginnt, sich ein noch ofenwarmes Brötchen zu schmieren.

„Doch", gebe ich zu, als sich mein Magen lautstark zu Wort meldet.

„Aber?", hakt Brandon nach.

„Ich würde nur gerne wissen, wie ich dich ansprechen soll, wenn wir nicht alleine sind?“, spreche ich aus, was mir auf der Seele liegt.

„Wie meinst du das? Da ich mit keinem weiteren unangemeldeten Besuch rechne, sind wir ganz unter uns.“ Brandon leckt einen Klecks Marmelade von seinem Brötchen und seufzt genießerisch.

Bei diesem Anblick fahre ich mir mit der Zunge über die Lippe. Fuck, wie gerne wäre ich jetzt dieses Stückchen Backware.

„Nicht ganz“, korrigiere ich Brandons Aussage, während ich so unauffällig wie möglich die Beule in meinem Schritt richte. Herrje, ich bin wahrhaftig untervögelt, wenn ich sogar beim Anblick eines frühstückenden Brandon ans Poppen denke. „Was wird Mr Gilderoy sagen, wenn ich dich plötzlich duze?“

„Mr Gilderoy steht es nicht zu, Dinge zu hinterfragen, die Seine Lordschaft beschließt!“

Vollkommen geräuschlos hat der Butler das Esszimmer betreten und ich falle vor Schreck beinahe vom Stuhl. Meine Wangen werden heiß bei dem Gedanken daran, was der olle Pinguin von unserem Gespräch wohl alles aufgeschnappt hat. Ob er gesehen hat, was meine Hand unter dem Tisch gemacht hat? Geht’s vielleicht noch ein bisschen peinlicher?

Sein Gesicht ist jedenfalls so ausdruckslos wie sein Ton, als er mit der Kaffeekanne in der Hand vor mir stehen bleibt und mich ansieht.

„Kaffee?“

Tell me your name

Brandon

Weitere zwei Wochen sind seit jenem denkwürdigen Nachmittag vergangen. Vierzehn verdammt lange Tage und Nächte, in denen ich mir verzweifelt wünsche, Lesley erneut zu küssen. Wenn ich nicht völlig danebenliege, bilde ich mir ein, auch er sehnt sich danach.

Unsere Beziehung ist jedenfalls seit jenem Kuss wundervoll, nun, so wundervoll sie eben sein kann, wenn man sich etwas wünscht und zu blöd ist, es sich zu holen. Was ich meine ist: Lesley ist sozusagen die Sonne, die mein bisheriges trübes Leben erhellt.

Tag für Tag erledigen wir voller Spaß unsere 'Arbeit', spazieren gemeinsam mit den Jungs durch die Wälder ober blödeln wie Kinder mit ihnen herum. Ich genieße jede Minute und wenn ich abends ins Bett gehe, träume ich von Lesley und freue mich bereits darauf, ihn am nächsten Morgen beim Frühstück wiederzusehen.

Lesleys Schreibtisch hat inzwischen den Weg in mein Arbeitszimmer gefunden und wir sitzen uns gegenüber. Jämmerlich? Mag sein, aber ich will wenigstens tagsüber in jeder Minute seine Nähe genießen, wenn ich ihn schon nachts nicht an meiner Seite haben kann.

Ein einziger Gedanke an ihn genügt inzwischen, um Leben in meinen totgeglaubten Penis zu bringen. Niemals hätte ich damit gerechnet; jedenfalls nicht mehr nach … nein, ich will seinen Namen nicht mal denken.

Dachte ich an dem Abend des für mich unerwarteten Orgasmus noch, dass es ein Zufall oder zumindest der körperlichen Nähe und Reibung geschuldet war, so kann ich mich seither nahezu stündlich davon überzeugen, dass dem nicht so ist. Mein Schwanz steht beinahe ununterbrochen wenn Lesley in meiner Nähe ist, und ich verlasse öfters das Arbeitszimmer, um ins Bad zu gehen und mir Erleichterung zu verschaffen. Seiner gerunzelten Stirn und dem nachdenklichen Blick entnehme ich, dass Les sich entweder fragt, ob ich eine Magen-Darm-Grippe habe oder er über mein *kleines Problem* Bescheid weiß. Glücklicherweise spricht er mich darauf nicht an. Obwohl mir auch das inzwischen egal wäre. Peinlicher, als mit 29 Jahren bei einem Kuss in seine Hose abzuspritzen, kann es fast nicht mehr werden, oder?

Überhaupt denke ich über vieles lockerer als noch einige Wochen zuvor. Alles ist so anders seit Lesley bei mir ist. So unerwartet leicht.

Sind es tatsächlich erst zweieinhalb Monate, die er auf Brandonburry-Castle weilt? Mir kommt es vor, als sei es schon viel länger. Und … reichen zehn Wochen, um solch tiefe Gefühle für jemanden zu entwickeln? Oder bilde ich mir nur ein, mehr für Lesley zu empfinden, weil er meinen schlaffen Schwanz mit einem einzigen Kuss wieder zum Leben erweckt hat? Ist es Dankbarkeit?

Nein! Definitiv nicht. Mein Herz fühlte sich bereits *vor* dem Kuss zu ihm hingezogen. Lange davor, wenn ich ehrlich bin.

Klar fiel mir sein niedlicher Hintern in den Jeans auf. Ich bin … war? … impotent, aber nicht blind. Dennoch war und ist es Lesleys ganze Art, die mich wie ein Magnet anzieht. Er ist auf eine jugendliche Art niedlich. Nicht immer denkt er nach, bevor er spricht, und haut manchmal Dinger raus, die ihm im Nachhinein die Schamesröte ins Gesicht treiben. Dann wieder stellt er unter Beweis, dass er nicht umsonst zu den Besten seines Studienganges gehörte. Lesley ist klug und intelligent und … so verflucht sexy, dass ich einen erneuten Besuch in meinem Badezimmer erwäge.

„Verrätst du es mir irgendwann?“

Erschreckt zucke ich zusammen, als er mich anspricht, war ich doch in Gedanken gerade mit ihm in meinem Schlafzimmer.

„Was?“

„Ach komm schon, du weißt was ich meine.“

Das tue ich nicht. Allerdings genieße ich auch seine Neugierde, weshalb ich ihn noch ein wenig zappeln lasse. Verzückt beobachte ich Lesley dabei, wie er schmollend seine Unterlippe vorschiebt, die ich nur allzu gerne einsaugen würde und …

„Du weißt schon, dass ich neugierig bin, oder?“

„Wäre mir nicht aufgefallen“, gehe ich auf sein Spielchen ein.

„Brandon!“ Sein Ton wird nörgelnd. „Bitte, bitte, verrate mir deine Vornamen!“

Ach, darauf will er hinaus. „Was bist du bereit, für diese Information zu zahlen?“ *Oh Shit, habe ich das wirklich gerade gesagt?* „Vergiss es“, haspele ich eilig hervor, „natürlich verrate ich dir ...“

„Alles, was du dir wünschst!“

„Wie bitte?“

Ich benötige keinen Spiegel, um zu wissen, dass meine Ohren glühend heiß und feuerrot sind, während mein Gesicht vermutlich die bleiche Farbe eines Gespenstes aufweist.

„Du hast mich schon verstanden, Brandon!"

Obwohl ich mir einbilde, in Lesleys Augen den Hauch von Unsicherheit zu erkennen, macht er keinen Rückzieher, sondern sieht mich offen an. Er ist weit mutiger als ich. Und ja, ich wüsste, wie Lesley mir meine Information *vergüten* kann, aber traue ich mich auch, es auszusprechen?

Ich schlucke. „Können … äh … können wir über die Zahlungsmodalitäten später verhandeln? Ich werde dir meine Namen nennen und … vielleicht könntest du danach einen Preis vorschlagen, der dir gerecht erscheint."

Gott, ich bin so ein verdammter Feigling. Lesley könnte anbieten, Gartenarbeit zu verrichten. Oder die zehntausend Bücher in Großvaters Bibliothek nach dem Alphabet zu ordnen. Und dann? Hätte ich die größte Chance vertan. Hat er mir mit seinem Angebot nicht schon verraten, dass auch er sich mehr von was auch immer wünscht? Eine Wiederholung unseres Kusses? Oder … mehr!

„Mein Rufname lautet tatsächlich Cedric, aber es ist nicht der erste Name, der auf meiner Geburtsurkunde steht", eröffne ich Lesley, der wie gebannt an meinen Lippen hängt. Gott, ich könnte mich einfach vorbeugen und …

„Welches ist der erste Name?"

„Brandon", verrate ich lächelnd und gluckse, als er eine Siegerfaust macht und sie jubelnd in die Luft reckt. „Meine Mutter liebte den Namen Cedric", erkläre ich, „aber ich trage den Namen meines Vaters, meines Großvaters, meines Urgroßvaters und so weiter."

„Also ist das eine Tradition bei euch?", fragt er und ich nicke. „Macht Sinn, also jedenfalls in euren Kreisen, nehme ich an." Lesley überlegt einen Moment. „Nummer 3?", will er dann wissen.

„Jonathan, nach meinem Patenonkel."

„Jonathan", wiederholt er und es sieht aus, als ließe er sich den Namen auf der Zunge zergehen. So irre sexy. „Hübscher Name. Die 4?"

Ich räuspere mich. „Charlton."

„Charleston? Wie der Tanz?"

Ich benötige nur eine Sekunde, um das Funkeln in Lesleys schönen Augen zu erkennen, das mir, ebenso wie sein Grinsen, verrät, dass er mich auf den Arm nehmen will. Es ist so schön, jemandem um sich zu haben, mit dem man sich necken kann. Deshalb schicke ich meinem Gegenüber einen gespielt beleidigten Blick.

„Okay, okay!" Lesley hebt beschwichtigend seine Hände und lächelt entschuldigend. „Also ... Charlton, richtig?"

Ich nicke.

„Wie ... in Charlton Heston?"

„Korrekt", beantworte ich seine Frage. „Diesmal war es mein Vater, der diesen Namenswunsch äußerte."

„Okay, also eine Mischung zwischen Tradition und Wunschnamen", überlegt Lesley laut. „Ich habe schon eine Idee, wie Name Nummer 5 lauten könnte."

„Ach ja? Und wie?" Jetzt bin ich neugierig.

„Patrick zum Beispiel", eröffnet er mir und ich bin platt, weil er tatsächlich auf Anhieb richtig liegt. „Es ist ein traditioneller irischer Name und ..."

„Du hast Recht", teile ich ihm mit und freue mich wie verrückt darüber. Warum eigentlich?

„Ja, hab ich?“ Auch Lesley ist ganz aus dem Häuschen, wie es scheint. „Darf ich mir jetzt etwas wünschen?“

Von einer Sekunde auf die andere verändert sich die Atmosphäre zwischen uns. Eben noch war es Geplänkel zwischen uns, jetzt ist da etwas Tieferes, Sinnlicheres. Und ja, ich bin sicher, dass wir beide dasselbe wollen.

„Schlaf mit mir!“, rutscht es mir heraus. Doch ehe ich vor Scham unter meinen Schreibtisch sinken kann, ist Lesley aufgesprungen, um unsere Tische herumgesaust und zerrt mich voller Ungeduld aus meinem Stuhl.

„Das entspricht so ziemlich meinem Wunsch“, haucht er mit niedergeschlagenen Lidern. „Lass uns nach oben gehen, ehe du es dir wieder anders überlegst!“, fordert er schließlich und klingt dabei ein wenig ängstlich. Also ist auch er keineswegs so forsch wie es den Anschein erregt.

„Darf ich dich wenigstens vorher küssen?“ Gott, das ist alles so surreal, dass ich es kaum glauben mag. Womöglich sollte ich hierüber ein Buch schreiben. Es wäre mit Sicherheit interessanter als die drögen Geschichten meiner Jugend.

Für weitere Grübeleien bleibt mir keine Zeit, denn Lesley legt seine Hand in meinen Nacken und zieht mich zu sich heran. Nicht, dass es hierzu besonderer Anstrengung bedarf.

Als unsere Lippen aufeinandertreffen, entweicht mir ein Wimmern. Gott, wie sehr habe ich das vermisst. Nicht nur den Kuss, sondern ganz besonders die Nähe. Wie von selbst legen sich meine Hände auf Lesleys schmale Hüften, ziehen ihn näher zu mir heran, damit ich ihn auf ganzer Länge spüren kann. Und bei Gott, es gibt tatsächlich schon einiges an Länge zu spüren.

Meine Knie werden weich und aus meinem anfänglichen Wimmern wird ein tiefes Stöhnen. Auch Lesley gerät ins Wanken. Zittrig holt er Luft, als er unseren Kuss unterbricht.

„Zu dir oder zu mir?“

Das hat er jetzt nicht wirklich gefragt, oder? Vor mich hin kichernd, sehe ich Lesley an, der mit glänzenden Augen vor mir steht.

„Was’n?“, fragt er mich schmunzelnd. „Das wollte ich schon immer mal fragen.“

Mein Herz

Lesley

Der beklemmende Druck, dieser unsichtbare Gürtel aus Stahl, der sich um meinen Brustkorb gelegt hatte, weil ich mir einbildete, Brandon wolle mich nur deshalb in seinem Bett haben, um die Bestätigung zu erhalten, dass seine Manneskraft wieder vollständig hergestellt ist … dieser Druck ist plötzlich verschwunden.

Ich hatte angenommen, dass wir eine schnelle Nummer schieben, die nur auf das Ziel ausgerichtet ist, darauf zu hoffen, abspritzen zu können. Ganz nach dem Motto: Rauf – rein – raus – runter! Zumindest hatte ich das nach der doch reichlich unkonventionellen Art und Weise erwartet, wie dieses Erlebnis zustande kam.

Brandon hätte sich am liebsten die Zunge abgebissen, nachdem er sein *Schlaf mit mir!* herausgestolpert hat, und ich konnte ihn gar nicht schnell genug auf die Laken zerren vor Angst, er könne im letzten Moment einen Rückzieher machen.

Dabei wäre ich sogar mitgekommen, wenn es *noch* unromantischer gewesen wäre – obwohl es sooo unromantisch eigentlich gar nicht war; er hätte ebenso 'Lass mich dich ficken!' sagen können. Wobei … nein, vermutlich enthält sein hochwohlgeborenes Vokabular dieses Wörtchen nicht mal. Einzig, wenn er mir Geld angeboten hätte, wäre es für mich ein absolutes *No Go* und damit ein kategorisches *Nein* gewesen.

So jedoch konnte ich es kaum erwarten, nackt unter ihm zu liegen, vielleicht die Möglichkeit zu bekommen, ihn kurz zu berühren, ehe er – hoffentlich – unter Beweis stellt, dass seine Standfestigkeit lange genug vorhält, um nicht nur in seinen Hosen abzuspritzen. Im besten Fall sollte ich von dem Spielchen auch etwas haben. Alles andere würde nur zu Peinlichkeiten auf beiden Seiten führen und ich bin mir ziemlich sicher, dass es das mit Brandons Sexualität dann gewesen wäre, wenn dieser Testlauf für ihn in einer Katastrophe endet. Ich hingegen, dürfte mir wohl wieder einen neuen Job suchen.

Wie einem in nicht mal einer Minute so viel durch den Kopf gehen kann, weiß ich nicht. Fakt ist, dass ich an einem für beide Seiten erfüllenden Erlebnis nicht mehr den geringsten Zweifel hege, seit wir Brandons Schlafzimmer betreten haben.

Nie im Leben hätte ich mit der Zärtlichkcit, ja, beinahe Ehrfurcht gerechnet, mit der Brandon mich behandelt, seit wir nackt und aufs höchste erregt in seinem Bett gelandet sind. Klänge es nicht furchtbar eingebildet, würde ich fast behaupten wollen, dass seine Blicke mich anbeten. Doch ich bin mir ziemlich sicher, dass ich ihn nicht weniger anhimmele.

Obwohl Brandon nur knappe sechs Jahre älter ist als ich, ist er ein richtiger Mann. Okay, das bin ich auch, wie mein bettelnder Schwanz beweist. Was ich meine ist: Brandons Brust ist behaart. Nicht gorillamäßig oder gar so gruselig wie bei diesem einen ältlichen Schauspieler, dessen Namen mir gerade entfallen ist, und der sogar richtige Locken auf der Brust hat. Bei Brandon ist es eher so ein weicher dunkler, eher spür- als sichtbarer Flaum, der sich zwischen seinen Brustwarzen zu einem schmalen Streifen verjüngt, seinen Nabel ausspart, ehe er als oft zitierter Pfad zum Glück in sorgfältig gestutztem dunklem Haar mündet, aus dem eine ausgesprochen ansehnliche Erektion erwartungsvoll in die Höhe ragt, die ich am liebsten sofort ablecken möchte, als mir siedendheiß etwas einfällt.

„Brandon?“

Seine enttäuschte Miene macht mir klar, dass er denkt, ich wolle einen Rückzieher machen. Deshalb rede ich rasch weiter.

„Hast du … etwas da?“

Der Schock steht ihm ins Gesicht geschrieben und macht eine Antwort unnötig.

„Bleib genau da!“, weise ich ihn an und klettere auf wackligen Beinen aus dem Bett, um zur Tür zu gehen. „Nicht rühren, hörst du?“

„Okay.“

Rasch sehe ich zu beiden Seiten des langen Ganges und als die Luft rein ist – weder Gilderoy noch die Hunde sind zu sehen -, flitze ich in mein Zimmer und hole die nötigen *Accessoires* aus der Nachttischschublade. Keine zwanzig Sekunden später lade ich einige Gleitgelpäckchen sowie ein Kondom auf Brandons Bett ab und springe hinterher, sodass die Matratze federt und Brandon sanft wippen lässt. Beinahe erwarte ich einen dämlichen Spruch, wie 'Allzeit bereit' oder so. Davon abgesehen, dass die Päckchen ein *Abschiedsgeschenk* Dustins waren, und ich bisher noch keinen Gebrauch davon gemacht habe, bin ich wirklich niemand, der für alle Eventualitäten gerüstet ist. Tatsächlich hatte ich schon vergessen, dass ich dieses Zeug überhaupt besitze und habe es erst wieder entdeckt, als ich mich auf Brandonburry-Castle häuslich einrichtete.

Aber Brandon seufzt nur erleichtert und ich widme mich entschlossen den dunklen Nippeln, die mich geradezu anbetteln, an ihnen zu saugen.

Gott, ich liebe es, meine Zunge um die harten Knubbel tanzen zu lassen, mit ihnen zu spielen, sie zärtlich zu beißen und zu küssen. Brandons Stöhnen nach zu urteilen, genießt er die Aufmerksamkeit, mit denen ich mich den süßen Knöpfchen widme, mindestens genauso sehr. Als die Nippel steinhart und von meiner Zuwendung recht empfindlich geworden sind, lasse ich von ihnen ab und küsse mich Richtung Süden. Bevor ich jedoch mein anvisiertes Ziel erreiche, packt Brandon mich und ehe ich es mich versehe, liege ich unter ihm.

„Ich bin dran."

Da ich damit nicht gerechnet habe, ziehe ich erschrocken Luft ein, als Brandons Mund die empfindliche Stelle hinter meinem Ohr findet. Verunsichert sucht er meinen Blick.

„Darf ich?"

Gott, du darfst alles! Ich nicke und Brandon senkt erneut seinen Kopf, um gleich darauf die weiche Haut zwischen seine Zähne zu nehmen und daran zu saugen. Ein hilfloses Wimmern entweicht meiner Kehle.

„Fuck, ist das … ich liebe es."

„Mehr davon?"

„Gott, ja."

Mit Inbrunst widmet sich Brandon jedem Zentimeter meines Körpers, küsst jede Stelle, die er zuvor gestreichelt hat. Seltsam ergriffen blinzele ich gegen die Tränen an, die mir bei seiner liebevollen Behandlung unwillkürlich in die Augen schießen, lege meine Hände in seinen Nacken und ziehe ihn zu mir nach oben.

„Bitte!", flehe ich ihn an, als er geradezu andächtig den glasklaren Tropfen von meiner Spitze geleckt hat.

„Worum bittest du mich, *mo chroí*?"

Mein Herz? Hat er mich tatsächlich gerade 'mein Herz' genannt?

„Küss mich!“, bitte ich erstickt, ehe ich hier wahrhaftig noch in Tränen ausbreche und werde augenblicklich mit dem Druck seidenweicher Lippen auf meinem Mund belohnt. So süß der Kuss auch beginnt, so schnell wird er intensiver. Wenn ich nicht wieder unerwartet und, nebenbei bemerkt, viel zu früh kommen will, muss ich das jetzt stoppen.

Brandons silberne Augen sind verdunkelt. Zärtlich lächelnd streicht er mir durch das Chaos auf meinem Kopf. Meine Frisur ist sowieso kaum zu bändigen und ich weiß nur zu gut, wie ich aussehe, wenn ich morgens aufstehe. Aber das ist mir im Moment sowas von Latte. Als läse er meine Gedanken, flüstert er: „Du siehst wunderschön aus, Les.“

Mir ist eh schon heiß, aber ich weiß, dass meine Wangen sich gerade dunkelrot verfärben. Meint er seine testosteroninduzierten Worte etwa ernst? Ich bin nur ein 08/15-Kerl; einer unter Tausenden. Brandon ist es, der aussieht wie eine lebendig gewordene Götterstatue. Schließlich war es sein Aussehen, das mir zuerst auffiel, ehe ich ihn näher kennenlernen durfte und mich in den wundervollen, sanftmütigen Mann, der in diesem schönen Körper steckt, verliebte.

„Les?“

„Hm?“

„Bitte, sag mir, was du willst! Was soll ich tun?“

Ich schlucke, als Brandon mir einen leichten Kuss auf den Mund haucht.

„Ich … ich will dich spüren, Bran! Ganz tief in mir drin. Ich … brauche dich, Bran. Jetzt.“

„Wenn es das ist, was du willst, mo chroi ...“

Wie bei einem Jack-in-the-box hüpft mein Kopf auf und ab, so heftig nicke ich.

„Dann sollst du es bekommen.“

Brandon macht Nägel mit Köpfen, öffnet die Kondompackung und streift sich den Schutz ohne großes Brimborium über. Danach reißt er einige der Portionspäckchen mit dem Gleitgel auf und verteilt eine angemessene Menge auf seinen Fingern. Das alles sieht so sexy aus, dass meine Schenkel ohne mein Zutun auseinanderklappen.

„Gott, Les“, zischt Brandon, bezieht Position zwischen meinen gespreizten Beinen und lässt seine gelbenetzten Finger, beginnend am empfindsamen Perineum, langsam zwischen meine Backen gleiten. Ich kann ein erwartungsvolles Seufzen nicht unterdrücken, als er mit sanftem Druck meinen Eingang bearbeitet. Obwohl ich nichts lieber möchte als Brandon endlich zu spüren, werde ich nicht ungeduldig, sondern genieße die liebevolle Art seiner Vorbereitung. Nicht nur um des Genießens willen, sondern auch, weil der leichte Schmerz, der sich einstellt, sobald Brandons erster Finger den Weg in mein Inneres findet, mir klarmacht, dass es seit Dustin doch schon eine ganze Weile her ist, seit ich dort Besuch bekam.

„So eng“, haucht Brandon einmal mehr mit Ehrfurcht in der Stimme und lässt augenblicklich einen zweiten Finger folgen. Unablässig küsst er jede Stelle, deren er habhaft wird, und während seine andere Hand mich streichelt, dehnt er mich weiterhin sorgfältig und aufmerksam.

Da sag noch mal einer, wir Männer seien nicht multitaskingfähig!

Plötzlich fühle ich mich leer und registriere nur nebulös, dass Brandons Finger aus mir verschwunden sind.

Ehe ich beleidigt protestieren kann, spüre ich jedoch seine Spitze, die, ordentlich verpackt in gelbefeuchtetem Latex, an meinem Eingang anklopft.

Wir sehen uns tief in die Augen. Mit einem Nicken beantworte ich wortlos Brandons ebenso stumm gestellte Frage, ob ich bereit für ihn bin. Gott, ja, das bin ich!

So entspannt, wie ich nur sein kann, öffne ich mich für ihn, komme ihm entgegen, genieße, wenn Brandon innehält. Ob er es tut, um mir die Möglichkeit zu geben, mich an ihn zu gewöhnen, oder ob die Angst, sofort abzuspritzen dahintersteckt, entzieht sich meiner Kenntnis. Ist mir aber auch ziemlich egal. Ich genieße jede Sekunde, jeden Zentimeter, der uns einander näher bringt, bis wir schließlich nach Äonen ganz und gar miteinander verbunden sind.

Ich liebe dich, oh Gott, ich liebe dich, Brandon! Aber das sage ich nicht. Ich darf es nicht sagen. Auch wenn das hier längst nicht mehr als Männlichkeitstest angesehen werden kann, heißt es noch lange nicht, dass Brandon ähnlich für mich empfindet. Dass er mich mit ausgesuchter Zärtlichkeit behandelt, bedeutet rein gar nichts. Es lässt lediglich darauf schließen, dass er das Ganze hier ebenso sehr genießt wie ich. Gefühle müssen dabei keine Rolle spielen. Und wenn man überhaupt von Gefühlen sprechen kann bei Brandon, dann ist es wohl Dankbarkeit.

„Les?“

Shit! Er ist aufmerksamer als ich vermutet habe. Herrgott, natürlich ist er das. Schließlich stellt er das seit dreißig Minuten bereits unter Beweis. Dass ausgerechnet ich es bin, dessen Standfestigkeit nachlässt, dürfte ihm nicht entgangen sein. Einmal mehr schlucke ich. Wenn ich jetzt etwas sage, muss ich heulen.

„Les? Alles in Ordnung?“

Brandons verunsicherte Stimme schafft es endlich, zu mir durchzudringen. Was, zum Kuckuck, tue ich hier eigentlich?

„Fass … bitte, fass mich an!“

„Willst du lieber ...“

„Fass mich an, Brandon! Bitte, tu es. Und dann ...“ *Kann ich das so sagen?* „... fick mich in den Himmel!“

Brandons tiefes Stöhnen und nicht zuletzt seine Hand, die sich fest um meinen Schwanz schließt und ihn zu pumpen beginnt, holen mich endlich zurück aus den trüben Gedanken, die hier und jetzt nicht das Geringste zu suchen haben.

Der Rhythmus der Faust um meinen Schwanz steigert sich in selbem Maße wie der seiner Stöße, mit denen er in mich hineindonnert. Vergessen ist all das, was mich bedrückt. Immer höher steigt meine Lust, klettert mit jedem Keuchen, jedem Stöhnen, das aus Brandons Kehle steigt.

Im Rausch der Sinne biege ich meinen Rücken durch, presse ihm meinen Leib entgegen, als wolle ich ihm noch näher kommen als ohnehin schon. Meine Beine schlingen sich um seine Taille, meine Fersen pressen sich auf seine prallen Backen, ändern an dem Stakkato, mit dem Brandon seinen Schwanz in mich hineintreibt, jedoch kein bisschen. Das will ich auch gar nicht, denn ich bin kurz davor.

„Gleich“, keuche ich außer Atem, denn mit jedem Stoß presst mein fantastischer Liebhaber ein bisschen mehr Luft aus meinen Lungen. „Nur noch … ein paar … ich bin gleich ...“

„Komm für mich!“

Und das tue ich augenblicklich und so ausgiebig, als hätte ich den gesamten Spermavorrat eines ganzen Lebens extra für diesen einen Moment aufgespart.

Eine schwere Entscheidung

Brandon

Wunderbar erschöpft und befriedigt sinke ich für einen kurzen Moment auf Les, ehe ich mich zur Seite rolle, wobei ich den Kleinen kurzerhand mitnehme und auf meine Brust ziehe. Dass mein, zum Glück noch verpackter, Schwanz dabei aus ihm herausrutscht, hinterlässt ein taubes Gefühl in meinem Herzen, über das ich später nachdenken werde. Jetzt sind andere Dinge wichtiger. Zum Beispiel, dass Lesley nicht die geringste Ahnung davon hat, was dieser Akt für mich bedeutet … was ***er*** für mich bedeutet.

Habe ich überhaupt jemals mit einer solch zärtlichen Intensität geliebt?

Lustvoll, ja gewiss. Ganz bestimmt bin ich auf die Wünsche meiner Sexpartner auch eingegangen, habe nicht wild drauf los gerammelt. Und mit Sicherheit habe ich mich zu ihnen auch hingezogen gefühlt; niemals wäre ich einfach nur um der schnöden Lust willen in einen Club gegangen, um dort einen wildfremden Kerl im dunklen Kämmerlein zu vögeln. Gefühle waren also durchaus immer im Spiel. Für Malcolm sogar tiefere – jedenfalls dachte ich das. Weshalb sonst hätte mich sein Handeln so unglaublich verletzen können, dass ich mich von der ganzen Welt zurückzog, um in der Abgeschiedenheit Brandonbury-Castles meine Wunden zu lecken und, ohne es bewusst zu merken, immer tiefer in mein selbstgegrabenes Loch fiel.

Aber den Wunsch, meinen Partner vor was auch immer zu beschützen, ihn über alles zu stellen, was mir bisher wichtig erschien, ja, ihn geradezu anzubeten … dieses Verlangen verspüre ich zum ersten Mal bei Lesley.

„Bran?“

Gott, ich liebe es, wenn er mich so nennt.

„Hm?“ Eine anständige Antwort kann ich ihm gerade nicht geben. Einfühlsam wie er ist, würde er sofort bemerken, dass ich heule.

„Du warst wundervoll.“

Mein Herz stolpert. „Wirklich?“, presse ich hervor. „Das sagst du nicht einfach so dahin?“

Les rückt ein Stück von mir ab, aber nur, um mir in die Augen sehen zu können. Seine glatte Stirn legt sich in Falten, als er das feuchte Rinnsal auf meinen Wangen bemerkt. Und gleich verliebe ich mich noch ein bisschen mehr in ihn, als er kein Wort darüber verliert.

„Natürlich würde ich dir niemals sagen, wenn du Scheiße gewesen wärst“, sagt er mit einem Lächeln. Dann wird seine Stimme weich. „Dann hätte ich zu dieser Aktion geschwiegen und mich nach einem Kuss in mein Zimmer zurückgezogen und das Ganze abgehakt.“

„Und ...“, ich schlucke angestrengt, „... das wirst du nun nicht tun? Also, in deinem Zimmer verschwinden?“

„Nicht, wenn du mich nicht fortschickst“, kommt es kaum verständlich von irgendwo unterhalb meiner Kehle. Lesleys Körper verrät sein Gefühl. Er ist angespannt wie eine Bogensehne.

Niemals!

„Das werde ich nicht tun“, erlöse ich meinen kleinen Bettgefährten und werde für meine Worte umgehend belohnt, indem er sich wieder zurück in meine Arme kuschelt. Es ist purer Reflex, dass ich ihn näher zu mir heranziehe und seinen schmalen Rücken streichle.

Gott, Lesley ist so wunderbar anschmiegsam und er genießt in vollen Zügen meine Streicheleinheiten. Es würde mich nicht wundern, wenn er gleich zu schnurren beginnt.

„Bran?“

Les klingt schläfrig. *Habe ich ihn so ausgepowert?*

„Hm?“

„Noch nie wurde ich so liebevoll behandelt und gleichzeitig so wahnsinnig gei... äh … heiß gemacht, wie von dir.“

Der Kloß in meinem Hals nimmt Melonengröße an. „Schlaf jetzt!“, quetsche ich heraus und genieße den süßen Kuss, den er mir, schon halb schlafend, irgendwo an die Seite meines Halses drückt.

„Nacht!“, murmelt er und nur Sekunden später künden seine ruhigen und gleichmäßigen Atemzüge davon, dass er eingeschlafen ist.

--*

Auch ich bin kurz eingedöst, lange wohl aber nicht. Denn obwohl mein Körper wunderbar entspannt und befriedigt ist, arbeitet mein Gehirn auf Hochtouren.

War es für Lesley wirklich so schön oder hat er das nur gesagt, weil ich ihm leid tue? Tief in mir drin weiß ich, dass es nicht so ist, denn er hat abgespritzt. Da war nix mit Vortäuschen. Aber vielleicht wäre er auch bei jedem anderen gekommen, schließlich hockt er seit Wochen hier auf der Burg und ich kam da gerade recht.

Was, wenn er jetzt genug von mir hat? Oder mich ebenso ausgenutzt hat wie Malcolm. Letztlich kann Lesley nicht viel vorweisen: keine großartigen Arbeitszeugnisse und auch sonst nichts außer seiner wunderbaren Art. Doch was, wenn mir meine verfickte Psyche genau das vorgaukelt? Nämlich erneut einem Hochstapler aufgesessen zu sein, der mich und meinen Namen nur dazu benutzt, um einen Fuß in die Tür wohin auch immer zu bekommen? Traue ich ihm das zu?

Niemals! Meine Menschenkenntnis ist zwar unterirdisch miserabel, aber Lesleys Wut auf Malcolm und das, was er mir angetan hat, war definitiv echt. Genau so wie die Blicke, mit denen er mich bedenkt. Die Zärtlichkeit in seiner Stimme. Die Küsse und das sanfte Streicheln. Das Vertrauen, mit dem er sich in meine Arme gekuschelt hat und noch immer, ein süßes Lächeln im Gesicht, an meiner Brust ruht.

Gott, ich liebe ihn bereits so sehr, dass ich meinen Kopf am liebsten so fest gegen die Wand schlagen möchte, damit diese fiesen Gedanken aufhören. Das tun sie auch … dafür kommen andere, noch tausendmal Schlimmere.

Was passiert, wenn ich mich auf eine Beziehung mit Lesley einlasse? Kann ich ihm geben, was er braucht? Was, wenn der geringste Zwist, der kleinste Streit dazu führt, dass ich keinen mehr hochkriege? Kann ich mit einer solchen erneuten Schmach leben? Will ich, dass *Lesley* damit leben muss? Er ist noch jünger als ich gewesen bin, als ich impotent wurde. Er hat noch sein ganzes Leben vor sich. Will ich wirklich, dass er sich aus falschem Pflichtgefühl heraus genötigt fühlt, sich an einen Schlappschwanz wie mich zu binden, der nicht in der Lage ist, die sexuellen Bedürfnisse seines Partner zu stillen?

Das alles sind *Wenns*! Keines davon muss eintreffen. Aber was, wenn doch?

Kann ich das mit ruhigem Gewissen und mit meinem Herzen vereinbaren?

Darauf gibt es nur eine Antwort und die lautet: Nein!

Ich liebe Lesley bereits viel zu sehr, um ihm ein solches Leben zuzumuten. Daher gibt es nur eine einzige Lösung. Sie wird mir das Herz brechen, aber Lesleys hoffentlich schützen.

Mit tränennassen Wangen befreie ich mich aus der Umklammerung des Mannes, der es geschafft hat, nicht nur mein Herz wieder zum Leben zu erwecken, und hauche mit bebenden Lippen einen leichten Kuss auf seinen Mund.

Ich schnappe meine Klamotten und stehle mich leise, damit Lesley nicht erwacht, aus meinem Schlafgemach, um ins Arbeitszimmer zu gehen und mein Herz darauf vorzubereiten, erneut zu zerbrechen.

Böses Erwachen

Lesley

Habe ich alles nur geträumt? Falls ja, möchte ich nicht aufwachen.

Blinzelnd hebe ich zunächst ein Lid an, dann das zweite. Nein, das ist nicht mein Schlafzimmer. Ich hab nicht geträumt. Es ist wahr. Ich habe mit Brandon geschlafen und es war … der Wahnsinn!

Meine Hand tastet zur Seite und findet nichts. Das Laken ist kalt. Auch wenn alles nach Brandon riecht, fehlt mir seine Wärme. Ich vergrabe meine Nase im Kopfkissen und sauge tief seinen würzigen Duft ein. Dann springe ich aus den Federn.

Nur weil ich mit ihm geschlafen habe, bedeutet das nicht, dass ich nicht arbeiten muss. Rasch sammle ich meine Klamotten ein und husche, nach einem schnellen Blick über den Flur in mein Zimmer, um mich für die Arbeit fertig zu machen.

Nach einer ausgiebigen Dusche, schlüpfe ich in frische Klamotten. Inzwischen habe ich es sehr eilig, kann kaum erwarten, Brandon endlich wiederzusehen. Auch wenn sich ein unangenehmes Gefühl der Angst in mein Hochgefühl schleicht. Ja, Brandon hat mich liebevoll behandelt. Nicht eine Sekunde lang hatte ich das Gefühl, er würde mich nur benutzen. Aber was ist, wenn er jetzt, wo er weiß, dass er wieder seinen Mann zu stehen in der Lage ist, kein Interesse mehr an mir hat? Wenn er sich nach einem, hm, standesgemäßen Partner umsieht? Kann ich damit umgehen, wenn er plötzlich einen Kerl anschleppt, in den er sich so richtig verliebt hat?

Mit wilder Entschlossenheit verdränge ich die negativen Gedanken, atme noch einmal tief durch und verlasse mein Zimmer.

Ein wenig enttäuscht bin ich, dass Qhuinn und Blay nicht wie sonst immer vor meiner Tür sitzen, um mich nach unten zu begleiten. Klar, finde ich den Weg inzwischen auch alleine, aber ich habe mich bereits sehr an die beiden irischen Wolfshunde gewöhnt und liebe es, wenn sie mir offen und ehrlich ihre Zuneigung zeigen.

Während ich die Treppe hinabsteige, überwiegen dann auch endlich wieder die Erinnerungen an die vergangene Nacht. Ich wünsche mir nichts sehnlicher, als dass wir sie wiederholen werden, dass dies kein einmaliges Erlebnis bleiben wird.

Auch wenn Brandon meine Gefühle nicht erwidert, so hoffe ich dennoch, dass letzte Nacht ihm bewiesen hat, dass er wieder – oder noch immer – ein ganzer Mann ist und dies von mir aus gerne bei mir unter Beweis stellen darf. Am besten für die Ewigkeit. Aber ich bin auch schon mit der Dauer meines Aufenthaltes hier zufrieden. Man soll ja nicht gleich übertreiben. Und wer weiß: Vielleicht gelingt es mir ja, Brandon für mich zu gewinnen.

Mein Kopf ist so voller Ideen, wie ich meinen Plan in die Tat umzusetzen gedenke, dass ich beinahe Brandons Stimme überhört hätte, die … aus dem Arbeitszimmer zu mir dringt. Wieso ist er nicht im Esszimmer?

„Lesley, kommst du bitte kurz zu mir? Wir müssen reden.“

Mein bis eben anhaltendes Hochgefühl verabschiedet sich mit Lichtgeschwindigkeit.

Wir müssen reden … damit ist eigentlich schon alles gesagt, oder nicht?

Schlagartig wird mir schlecht. Falls überhaupt möglich, wird mir noch übler, als ich mit bleischweren Füßen den Raum betrete und Brandon nicht, wie erwartet, hinter seinem Schreibtisch sitzen sehe, sondern stehend, den Rücken mir zugewandt, aus dem Fenster blickend.

Bin ich es noch nicht mal mehr wert, angesehen zu werden?

„Wenn es … wenn es wegen heute Nacht ist ...“

Brandon dreht sich langsam zu mir um. Ich bilde mir ein, kurz so etwas wie Traurigkeit in seinem Blick zu erkennen. Aber ich muss mich getäuscht haben, wie seine folgenden Worte mir klar machen.

„Heute Nacht? Das hätte nie geschehen dürfen, Lesley. Es war … ein Versehen … ein Fehler.“

Ein Versehen? Uns zu lieben war ein Versehen? Ein Fehler?

„Solltest du dir Hoffnungen auf … mehr gemacht haben, muss ich dich enttäuschen.“

Brandons Stimme klingt so kalt, wie ich sie nur ein einziges Mal gehört habe. An jenem Nachmittag, als sein Ex hier aufgetaucht ist.

„Ich habe bereits vor ein paar Tagen beschlossen, nicht an meiner Biografie weiterzuschreiben“, eröffnet er mir. „Wie du bereits bemerkt hast, bin ich ein miserabler Autor und ...“

„Das habe ich nie behauptet.“

„... und ehe ich mich in der breiten Öffentlichkeit lächerlich mache, beende ich dieses Projekt hier und heute.“

Er schmeißt mich raus ... einfach so.

„Und das fällt dir ausgerechnet jetzt ein?“

Keine Ahnung, ob ich so leise gesprochen habe oder ob Brandon es nicht für nötig hält, meine Frage zu beantworten. Ist wohl auch egal. Es ist alles gesagt.

„Es tut mir leid, dass du erneut deinen Job verlierst.“

Oh, ist da doch sowas wie ein schlechtes Gewissen?

„Selbstverständlich werde ich dir deinen Verdienstausfall ersetzen. Ebenso kannst du vorerst hierbleiben, bis du eine neue Stelle gefunden hast.“

Mein Herz hat aufgehört zu schlagen. Meine Kehle ist wie zugeschnürt. Hierbleiben? Wo ich ihm tagtäglich begegnen werde? Selbst wenn wir uns nicht über den Weg laufen sollten, was angesichts der Größe Brandonburry-Castles kein Problem sein dürfte, könnte ich es nicht ertragen, auch nur unter demselben Dach mit dem Mann zu sein, der soeben mein Herz zerquetscht.

Ich warte einen Moment, bis ich mir sicher bin, meiner Stimme einen festen Klang zu verleihen.

„Das ist nicht nötig ... *Sir!*“ Mit Genugtuung bemerke ich Brandons Zusammenzucken. „Ihre bisherige Bezahlung war großzügig genug, um mir fürs Erste ein Hotelzimmer leisten zu können. Ich werde Brandonburry-Castle noch heute verlassen.“

„Du musst nicht ...“

„Doch, Sir, ich muss und ich werde.“

Brandon vermeidet es, mich anzusehen. „Dann lass dich wenigstens von Gilderoy fahren.“

„Nein, Sir! Ich werde diesen Ort auf dieselbe Weise verlassen, wie bei meiner Ankunft. Zu Fuß!“

Das Absacken seiner Schultern bilde ich mir vermutlich nur ein. Entmutigt schließe ich meine Augen, senke meinen Kopf.

„Und nun entschuldigen Sie mich bitte, Sir! Sie werden verstehen … oder auch nicht … dass ich Ihre Gastfreundlichkeit nicht mehr länger in Anspruch nehmen kann.“

Auch wenn es unfassbar schwer für mich ist und ich weiß, dass ich es bitter bereuen werde, sehe ich Brandon an, suche in seinem Blick etwas, das mir verrät, dass es ihm nicht leichtfällt, mich gehen zu lassen.

Doch alles, was ich sehe, ist sein breiter Rücken, als er sich unter meinem intensiven Starren umdreht.

Meine Kraftvorräte, so ich denn welche hatte, sind erschöpft. Ich kann nicht mehr, fühle mich wie eine leere Hülle, also drehe ich mich um und fliehe vor dem Mann, dem es gelungen ist, mich innerhalb weniger Stunden vom Himmel direkt in die Hölle zu befördern, ehe ich an Ort und Stelle in Tränen ausbreche.

Mit wackligen Gliedern laufe ich in mein Zimmer, reiße meine Kleidung aus dem Schrank, suche alles zusammen, was ich in den letzten Wochen im Bad, auf Regalen, in Kommode und Nachttisch verteilt habe, stopfe es in meinen Trolley und schaffe es irgendwie – auch wenn ich im Nachhinein nicht mehr sagen kann, wie – Brandonburry-Castle zu verlassen.

Gilderoy

Brandon

Mehr als einmal verlangt es mich danach, Lesley nachzulaufen, ihm zu sagen, dass ich ein Idiot, ein verdammter Feigling bin, dass ich alles, was ich gesagt habe, nur erfunden habe, um mich und nicht zuletzt ihn zu schützen.

Die Fassungslosigkeit auf seinem wunderschönen Gesicht, die tiefe Trauer, die Verletzlichkeit … sie haben mir die Kehle zugeschnürt. Und ich bin daran schuld.

Erst als die schweren Eingangstüren der Burg zufallen, wird mir klar, dass ich ihn endgültig verloren habe. Diese Erkenntnis lässt mich zusammenbrechen. Leider muss dies noch ein wenig warten, denn mein treuer Butler erscheint auf der Türschwelle.

„Ist mir die Frage gestattet, wohin Mr Lesley so schnell verreisen muss? Ich nehme doch an, dass es eine etwas längere Reise sein wird, zumal er seinen Koffer dabei hat."

Nur mit Mühe gelingt es mir, Fassung zu bewahren und Gilderoy nicht anzufauchen oder, schlimmer noch, vor ihm zusammenzubrechen.

„Nach reiflicher Überlegung habe ich beschlossen, die Arbeit an meinen Memoiren einzustellen", setze ich meinen Butler in Kenntnis, „deshalb habe ich ...", nur mit Anstrengung will mir sein Name über die Lippen kommen, „Mr O'Connell fortgeschickt."

„Eure Lordschaft haben ihm gekündigt?"

Ich kann mich irren, aber es ist das erste Mal, dass ich Gilderoy fassungslos sehe. Selbst als ich nach der Sache mit Malcolm zutiefst depressiv war und spürte, dass Gilderoy sich aufrichtig um mich sorgte, war weder seiner Mimik noch seiner Stimme anzumerken, wie sehr ihn all das mitnahm. Weshalb muss er ausgerechnet jetzt unter Beweis stellen, dass er ein fühlender Mensch und kein Roboter ist?

„Ja, das habe ich“, beantworte ich das Offensichtliche.

„Aber … wo will er denn nun hin?“

Nur der schwelende Zorn lässt mich noch aufrecht stehen.

„Das ist nicht mehr meine Angelegenheit“, weise ich Gilderoy mit kühler Stimme, die nur ein kleines bisschen wackelt, hin.

„Wie Eure Lordschaft meinen.“

Geh! Geh endlich! Lass mich alleine!

Mit Nachdruck schließt sich die Tür meines Arbeitszimmers. Ich riskiere einen Blick und stelle mit Erleichterung fest, dass Gilderoy meinen stummen Wunsch befolgt und mich alleine gelassen hat. Und endlich gestatte ich mir, zusammenzubrechen.

--*

Als wären die folgenden Tage nicht bereits schwer genug für mich, gelingt es Gilderoy, mich Stück für Stück zu zermürben.

In den ersten drei Tagen ist der Frühstückstisch wie in den vergangenen Wochen für zwei Personen gedeckt. Auf meinen zunächst geschockten, dann missmutigen und schließlich wütenden Blick reagiert mein Butler mit einem schlecht gespielten „Verzeihung, Sir, ich vergaß, dass Mr Lesley nicht mehr bei uns weilt!“.

Erst als ich damit drohe, die Nahrung zu verweigern – Appetit habe ich sowieso keinen mehr - und ihm verboten habe, Mr O’Connells Namen jemals wieder zu erwähnen, räumt er Lesleys Gedeck ab und es herrscht Ruhe. Eisige Ruhe!

Gilderoy spricht nur noch das Nötigste mit mir. Selbstverständlich versieht er seine Aufgaben weiterhin mit der nötigen Sorgfalt. Auch vergreift er sich nicht im Ton, das würde das *Butlergen* in ihm vermutlich auch nicht erlauben. Ansonsten jedoch geht er mir aus dem Weg.

Mir war gar nicht bewusst, dass er ihn ebenso vermisst wie ich. Oder ist es nur deshalb, weil ich mich wieder in das zurückgezogene Ekel verwandelt habe, dass ich gewesen bin, als ich nach der Sache mit Malcolm auf Brandonburry-Castle gezogen bin? Ich weiß es nicht. Das Einzige, das ich weiß, ist, dass ich einen riesengroßen Fehler gemacht habe.

Es war falsch, Lesley fortzuschicken. Ich vermisse ihn wie verrückt.

Je mehr Zeit vergeht, desto schlimmer wird es. Von wegen: Die Zeit heilt alle Wunden. Oh ja, bei Malcolm hat es funktioniert, aber erst als Lesley mir vor die Füße fiel. Er hat mich mit seiner unkomplizierten Art wieder zum Leben erweckt. Alles an mir.

Wie konnte ich nur so dumm sein und mir einreden, dass er so sein könnte wie mein Ex oder dass er, falls seine Gefühle für mich echt sind, mich verlassen könnte, wenn ich nicht mehr in der Lage sein werde, ihm zu geben, was er braucht?! Und was hat mich geritten mir einzubilden, dass ich ihn aus reiner Großherzigkeit, ihn vor Herzeleid schützen zu wollen, gehen lassen muss? Was ist mit *meinem* Herzen? Wer kümmert sich um die Scherben, in die es zersplittert ist?

Gott, ich würde alles dafür geben, meine Worte ungeschehen zu machen. Nie habe ich einen Menschen mehr vermisst als Lesley. Ja, nicht mal Malcolm, obwohl er für die schlimmste Zeit in meinem Leben verantwortlich ist. Und doch schmerzt mich Lesleys Weggang mehr als Malcolms Verrat. Weil ich tief in mir drinnen spüre, dass er mich nicht belogen hat. Lesleys Gefühle waren echt … so wie meine.

Zu lange nachgedacht?

Lesley

Ich bin in einem kleinen B&B in Skibbereen untergekommen. Eigentlich hatte ich vor, direkt nach Dublin weiterzufahren, aber ich bringe es nicht über mich. Jeder Kilometer, der mich weiter von Brandon entfernt, ist ein Kilometer zu viel.

Bin ich verrückt? Ja.

Masochistisch? Definitiv!

Sieben Tage hatte ich nun Zeit über Brandons Rauswurf nachzudenken, über seine Worte, die mich so sehr verletzt haben.

Und je öfter ich mir das Hirn zermartere, desto sicherer bin ich mir, dass alles, was er mir an den Kopf geworfen hat, ein riesengroßer Schwindel ist. Auch wenn sein Mund anderes behauptet … seine Augen können nicht lügen. Seine Augen, die so unfassbar traurig auf mich blickten, während er mir eiskalt klarzumachen versuchte, dass alles ein riesiger Fehler gewesen sei: Die Idee, ein Buch zu schreiben, der Kuss ... und nicht zuletzt unsere gemeinsame Nacht.

Ich zerkrümele mein Brötchen und verbrenne mir an dem heißen Tee meine Zunge.

„Wo kommen Sie denn eigentlich her, junger Mann?“

Die Stimme von Mrs Buttercurry, der B&B-Besitzerin, holt mich aus meiner Grübelei. Ohne darüber nachzudenken, antworte ich ihr. „Von Brandonburry-Castle.“

Die gerunzelte Stirn der Pensionsinhaberin verrät mir, dass meine Antwort ein Fehler war. Ihr Jagdinstinkt ist geweckt. Ach verdammt, warum hab ich nicht gesagt, dass ich aus Dublin komme.

„Ach, vom verrückten Baron?“

„Er ist kein Baron, sondern ein Lord.“ Mein Widerspruch fällt etwas ruppiger aus. „Und er ist nicht verrückt.“

Er ist nur ein wundervoller Mann, der zutiefst verletzt wurde.

„Erzählen Sie mir nichts“, widerspricht Mrs Buttercurry. „Marybeth, meine Jüngste, arbeitet seit achtzehn Monaten dort oben als Putzhilfe, und sie hat den gnädigen Herrn noch kein einziges Mal zu Gesicht bekommen.“

Ich gestatte mir, die rundliche Dame etwas genauer anzusehen und ja, ich erkenne die Ähnlichkeit zwischen ihr und dem Mädchen, das bis auf zwei Ausnahmen tagtäglich mein Zimmer putzt und das Bett macht. Die Verwandtschaft ist gewiss nicht zu leugnen, allerdings – oder zum Glück – hat Marybeth mit der impertinenten Art ihrer Mutter nicht das Geringste zu tun hat.

Im Gegenteil: Marybeth und ich wechseln täglich ein paar Worte. Auch wenn ich ihren Namen bisher nicht kannte. Die Kleine ist zwar sehr naiv und kindlich, aber sie ist lieb und ich habe den Verdacht, dass sie aufmerksamer, nein, einfühlsamer ist als ihre Mutter. Ihr sanftes 'Sie sind so traurig, Mr Lesley' klingt mir noch immer in den Ohren.

Die ersten beiden Tage hat mich ihr Geplapper genervt, das gebe ich zu. Dann jedoch habe ich begriffen, dass sie auf ihre eigene, etwas unbeholfene Weise versucht, mich abzulenken. Sie erzählte mir von den Blumen, die sie demnächst in die bunten Blumenkästen vor den Fenstern des B&B pflanzen will. Von Miss Pennymoney, dem kleinen Kätzchen, das sie vor ihrer Mutter versteckt hält, und von den roten Schuhen, die sie im Schaufenster von Mr Furbishs kleinem Schuhgeschäft gesehen und in die sie sich verliebt hat, weil sie aussehen wie die von Dorothy, dem Mädchen aus ihrem Lieblingsfilm: Der Zauberer von Oz.

„Er lebt sehr zurückgezogen", erinnere ich mich an die groben Worte der Pensionsinhaberin und verteidige den Mann, der mich so sehr verletzt hat und den ich dennoch bis zum Wahnsinn liebe.

„Wenn Sie es sagen", meint sie schulterzuckend. „Und was machen Sie jetzt hier?"

Ja, was mache ich eigentlich noch hier? „Ich muss nachdenken."

„Aha, und wie lange müssen Sie noch nachdenken? Ich mein ja nur, nich, dass ich Sie loswerden will."

Auch wenn die Frage reichlich unverfroren und für eine Frau mit Geschäftssinn überaus dämlich ist, ist sie genau das, was ich noch gebraucht habe. Ich muss nicht mehr nachdenken. Alles was ich tun muss und werde, ist zurück nach Brandonburry-Castle zu gehen und Brandon mit meinen Vermutungen konfrontieren. Ihm zu sagen, dass ich ihn liebe und seinen Worten nicht länger Glauben schenke. Dass ich weiß, dass er sich nur schützen will, um nicht erneut verletzt zu werden. Aber ich werde ihm niemals weh tun.

Vielleicht will er aber auch mich schützen, weil er Angst hat, dass ihn seine Vergangenheit einholt und er mir nicht geben kann, was ich seiner Meinung nach brauche. Aber ich brauche keinen Sex. Jedenfalls nicht so dringend wie er denkt. Außerdem gibt es unzählige andere Möglichkeiten, sich zu befriedigen. Es muss nicht immer ein Schwanz sein, der in meinem Hintern steckt, um mir einen Orgasmus zu verschaffen.

Nein, ich brauche keinen Sex. Ich brauche *ihn*. Brandon, den Lord of Brandonburry-Castle. Und ich werde keine Minute länger warten.

Allerdings werde ich den anstrengenden Weg zur Burg nicht noch einmal zu Fuß gehen. Ich springe auf und Mrs Buttercurry, die noch immer auf eine Antwort zu warten scheint, hüpft erschrocken zur Seite.

„Wo wollen Sie denn jetzt hin?"

Ich bin schon halb aus der Türe, als ich mich zu ihr umdrehe. Obwohl es sie nichts angeht, rufe ich ihr zu: „Machen Sie mir bitte die Rechnung fertig. Ich werde nur gerade gegenüber ein Taxi bestellen, bin gleich wieder da."

Das „Tsss" der Pensionsinhaberin juckt mich nicht die Bohne. Ich habe einen Entschluss gefasst und wenn ich ihn nicht sofort in die Tat umsetze, beginne ich möglicherweise wieder zu zweifeln.

Der Besitzer des kleinen Taxi-Unternehmens verspricht mir, in einer halben Stunde zu meiner Verfügung zu stehen. Mein Herz klopft vor Aufregung. In nicht mal sechzig Minuten werde ich Brandon wieder sehen.

Als ich das kleine Büro verlasse, entdecke ich Marybeth, die Tochter der penetranten Pensionsinhaberin, die gerade den Gehweg vor dem B&B fegt. Sie winkt mir zu und ich erwidere ihren Gruß. Soeben will ich dic Straße überqueren, als sich ein PKW nähert. Ich trete einen

Schritt zurück und signalisiere dem Fahrer somit, dass ich ihn gesehen habe. Zu meinem Schrecken ändert der Wagen seine Richtung und hält direkt auf mich zu. Ich bin wie erstarrt. Je näher das Auto kommt, desto mehr kann ich erkennen. Es handelt sich um einen alten Nissan mit einem Dubliner Kennzeichen. Aber wieso kommt er auf mich zu? Hat der Fahrer einen Herzinfarkt erlitten?

Im letzten Moment gelingt es mir, zur Seite zu springen, aber zu spät. Das Fahrzeug erwischt mich an der Hüfte und ich werde voller Wucht mit dem Kopf voran gegen eine Straßenlaterne geschleudert. Ich versuche mich abzustützen, was sich als furchtbarer Fehler herausstellt.

Der Schmerz, der mich durchfährt, lässt mich Sterne sehen … und noch etwas: Nämlich das Gesicht des Fahrers, der in diesem Moment Gas gibt und flüchtet.

Ich höre Marybeth erschrocken aufschreien. Im nächsten Moment ist sie neben mir.

„Mr Lesley! Mr Lesley! Oh Gott, Mr Lesley! Ich … soll ich einen Krankenwagen rufen?“

Ja, um Himmel willen! Ruf sofort den Rettungsdienst an, sonst sterbe ich hier!

Aber das sage ich nicht. Warum auch immer erscheint mir etwas anderes in diesem Moment viel wichtiger.

„Malcolm …“, keuche ich und hoffe, dass Marybeth mich versteht, „es war … er muss es erfahren ...“

Dann wird es dunkel um mich.

Ist es zu spät?

Brandon

Ich habe keine Ahnung, wie ich die letzte Woche überlebt habe. Jede verdammte Sekunde sind meine Gedanken bei ihm … Lesley.

Nie habe ich einen größeren Fehler gemacht, als den, ihn fortzuschicken, ihn aus meinem Leben zu verbannen. Wie konnte ich auch nur denken, dass es richtig ist, was ich getan habe? Würde ich noch an meiner Biografie schreiben, würde ich meinen momentanen Zustand vermutlich mit 'dahinvegetieren' beschreiben.

Doch nicht nur ich bin es, der leidet. Inzwischen bin ich zu der Überzeugung gelangt, dass ich Lesley falsch eingeschätzt habe. In allem. An der Idee, er könne mich ebenso ausnutzen wollen wie Malcolm, habe ich sowieso nur festgehalten, um mich besser zu fühlen. Gebracht hat es nichts, nur die Erkenntnis, dass ich ein feiges Arschloch bin. Als wenn ich das nicht schon geahnt hätte.

Immer und immer wieder habe ich mir Lesleys trauriges Gesicht vor Augen gerufen und bin mir inzwischen sicher, dass nicht mal der beste Schauspieler es schaffen würde, mir diese Trauer und Verletztheit nur vorzugaukeln.

Keine Ahnung, wie oft ich das Handy schon in der Hand hatte, wie oft ich seine Nummer gewählt, wie oft ich eine Mail verfasst … und dann nichts davon zu Ende gebracht habe.

In meine Gedanken hinein klingelt der Festnetzanschluss. Nach dreimaligem Klingeln höre ich Gilderoy, der den Anruf entgegennimmt. Für einen Wimpernschlag hege ich die irrige Hoffnung, dass es Lesley sein könnte. Den Gedanken verwerfe ich schleunigst wieder. Wenn er, was wohl kaum geschehen wird, mir noch etwas zu sagen haben sollte, würde er auf meinem Handy anrufen.

Dennoch bin ich neugierig, obgleich ich mir zu sagen versuche, dass es wohl jemand vom Reinigungspersonal ist. Jemand anderes hat seit Ewigkeiten nicht mehr angerufen. Vielleicht ist jemand krank geworden und kann morgen nicht kommen.

Nachdem ich Gilderoy nicht mehr hören kann, nehme ich an, dass das Gespräch beendet ist.

„Gilderoy? Wer war das?“, rufe ich aus meinem Arbeitszimmer, in das ich mich vor einer Woche verkrochen habe und das ich nicht mal zum Schlafen verlasse. Die Nächte verbringe ich auf der winzigen Couch, die ich in Lesleys ehemaliges Büro stellen ließ. Die Rückenschmerzen nehme ich als Teil einer gerechten Strafe in Kauf. Aber ich kann es einfach nicht ertragen, in dem Bett zu liegen, in dem wir …

Wütend beiße ich mir auf die Innenseite meiner Wange bis ein anderer Schmerz den in meinem Herzen wenigstens für eine Millisekunde vertreibt.

Von meinem Butler erhalte ich indes keine Antwort. Ob er mich nicht gehört hat? Schwerfällig wie ein alter Mann erhebe ich mich von meinem Stuhl und begebe mich in den Flur, von wo ich Geräusche vernehme, die mir verraten, dass mein treuer Diener hier irgendwo steckt.

„Gilderoy? Wer hat angeru... Gilderoy? Wo willst du hin?“

Mein guter alter Butler zieht soeben seinen Burberry-Mantel an und greift nach seinen Autoschlüsseln.

„Die Klinik“, antwortet er mir und ich bin nicht sicher, ob sein Ton konfus oder abweisend ist. „Sie hat sowohl angerufen als dass es sich bei selbiger auch um das Ziel handelt, zu dem ich nun fahren werde.“

„Die … welche Klinik? Was ist passiert?“

Eiswasser fließt augenblicklich statt Blut durch meine Venen. Ich weiß, dass Gilderoy keine Angehörigen mehr hat. Er pflegt zwar zu unserem Gärtner eine lockere Freundschaft, doch ich bezweifle stark, dass er so aus dem Häuschen wäre, wenn diesem, oder auch einer anderen Person aus unserer Reinigungstruppe, etwas zugestoßen wäre, das einen Krankenhausaufenthalt erforderlich macht.

„Ich bin sicher, dass Seine Lordschaft an einer Antwort nicht interessiert ist, da ich, was ich nur ungern zugebe, zu nervös bin, mir eine solche zurecht zu legen, in welcher er, dessen Name nicht mehr genannt werden darf, nicht vorkommt.“

Ja, definitiv distanziert, geradezu eisig klingt er. Noch niemals in all den Jahren hat er sich einen solchen Ton mir gegenüber erlaubt.

„Würde ich sie nicht wissen wollen, hätte ich dich nicht gefragt. Gilderoy!“ Und plötzlich, als begreife ich erst eben, *was* er da gesagt hat, trifft mich die Erkenntnis mit der Wucht einer Abrissbirne. „Ist etwas … bitte, sag mir nicht, dass … ihm … etwas zugestoßen ist ...“

Die Art, wie Gilderoys Schultern nach unten sinken, wie seine Miene sich in pure Besorgnis verwandelt, ist bereits Antwort genug.

„Mr Lesley hatte einen Unfall“, flüstert er dennoch, als habe er die Hoffnung, es ungeschehen zu machen, wenn er es nur leise genug ausspricht.

Ohne darüber nachzudenken – als ob es dessen bedarf - übernimmt mein Körper. Ich schlüpfe in meine Jacke und greife mir einen der Autoschlüssel am Schlüsselbrett neben der mit prachtvollen Schnitzereien verzierten Garderobe, für die ich zum jetzigen Zeitpunkt keinen Blick habe.

„Ich fahre“, verkünde ich Gilderoy, der seinen eigenen Schlüssel sofort zurücklegt. Auf keinen Fall werde ich neben ihm in seinem Mercedes Benz 220 Baujahr 1951 mit 25 km/h durch’s Gelände schaukeln. „Wir nehmen den F-Pace.“

Widerspruch ist vollkommen zwecklos, das weiß auch Gilderoy, der ohne ein weiteres Wort mit einer der Hundeleinen, die ebenfalls neben der Garderobe hängen, klimpert. Achtbeiniges rasches Trippeln kündigt Qhuinn und Blay an, die sich uns mit hechelndem Atem anschließen. Fast renne ich zur Garage, öffne noch im Lauf die Heckklappe und meine beiden Jungs krabbeln brav ins Heck des Jaguar, wo sie einen Platz auf einer weichen Decke haben. Ein Hundegitter schützt sowohl sie als auch uns. Obwohl wir bisher nur wenige Male mit dem Auto unterwegs waren, erinnern die Jungs sich, denn nachdem sie sich mehrmals um die eigene Achse gedreht haben, finden sie einen Platz, der ihnen genehm ist und machen Platz. Sanft schließt sich die Klappe wieder und als ich auf der Fahrerseite einsteige, stelle ich beinahe überrascht fest, dass Gilderoy bereits auf dem Beifahrersitz Platz genommen hat.

Keine Sekunde später sind wir auf dem Weg nach …

„In welches Krankenhaus müssen wir denn überhaupt?“

„Killarney Community Hospital, Sir.“

Gott, das sind mindestens eineinhalb Stunden Fahrzeit über die N22. Ich schnaube. Mal sehen, ob ich die nicht unterbieten kann.

..*

Kaum haben wir das zum Teil unwegsame Gelände meines Privatbesitzes hinter uns gelassen, stelle ich die Frage, von der ich nicht weiß, ob ich die Antwort überhaupt wissen will.

„Was … was haben sie gesagt?“

Immerhin tut Gilderoy mir den Gefallen, nicht mit einer Gegenfrage zu antworten.

„Dass ein junger Mann ohne Papiere nach einem Unfall eingeliefert worden sei und ...“

„Wenn er keine Papiere bei sich hatte, woher wissen die dann, dass es sich um Lesley handelt?“, falle ich ihm ins Wort und wage es kaum, dem zarten Pflänzchen Hoffnung, das in mir keimt, es könne sich nicht um meinen Lesley handeln, allzu viel Beachtung zu schenken.

„Mit Verlaub, Sir, Sie sollten mich ausreden lassen.“

Ich beiße mir auf die Lippe. Eigentlich ist damit bereits alles gesagt.

„Marybeth Buttercurry war bei seiner Einlieferung zugegen und ...“

„Marybeth Butter... wer zur Hölle ist Marybeth Buttercurry?“, unterbreche ich Gilderoy erneut und obwohl ich meinen Blick stur auf den Weg richte, weiß ich genau, dass mein Butler mir einen missbilligenden Blick zuwirft. „Entschuldige bitte!“, nuschele ich. „Sprich weiter!“

„Marybeth ist eines der Mädchen, die bei uns putzen", werde ich belehrt und ja, ich höre den Tadel durchaus, dass ich nicht mal die Namen der Leute kenne, die auf meiner Gehaltsliste stehen. *Außer diesem einen, der für immer in mein Herz gebrannt ist.*

„Falls ich die Dame aus der Klinik, ich nehme an, es handelt sich um eine Krankenschwester, leider habe ich ihren Namen nicht verstanden", Gilderoy redet nun ohne Punkt und Komma, „also falls ich sie richtig verstanden habe, wohnt Mr Lesley zur Zeit in einem kleinen Bed & Breakfast, das von Marybeth' Mutter betrieben wird. Zumindest lauten so die einzigen Hinweise, die ihr bekannt sind. Leider sind diese nicht ganz zuverlässig, da die Informationen von einem der Erstretter stammen, der sie wiederum von einem recht aufgeregten Mädchen erhalten haben soll."

Ein B&B? In Skibbereen? So nah war Lesley die ganze Zeit?

Ich verarbeite die mir gegebenen Informationen zähneknirschend. „Sonst haben sie nichts gesagt? Welcher Art die Verletzungen sind? Um welche Art Unfall es sich handelt?", bohre ich nach. Herrgott, es kann sich um alles mögliche handeln. Einen Autounfall? Ziemlich ausgeschlossen, denn soweit ich weiß, besitzt Lesley kein Auto. Gut, er könnte sich eines ausgeliehen haben. Da es in Skibbereen, soweit mir bekannt ist, keine offizielle Leihwagenfirma gibt, müsste er sich einen Wagen bei einer Privatperson geliehen haben. Kennt er dort bereits jemanden gut genug, der ihm sein Auto anvertraut? Der Gedanke versetzt mir einen Stich.

Vielleicht ist es aber auch etwas anderes? Möglicherweise wollte er jemandem bei was auch immer behilflich sein und ist von einer Leiter gefallen.

Nein, es muss etwas Schlimmeres sein als ein Sturz von der Leiter. Wenn die von der Klinik bei uns angerufen haben, heißt das doch, dass Lesley nicht in der Lage ist, zu sagen, wer er ist und …

Ich verbiete mir, diesen Gedanken weiterzuspinnen.

„Nein, Sir, keine weiteren Informationen." Gilderoy klingt angespannt und müde. „Nur, ob es möglich ist, ob jemand vorbeikommen könnte, um die Aussage von Miss Buttercurry bestätigen."

Vor Schreck verreiße ich das Lenkrad und nur mit Anstrengung gelingt es mir, uns nicht in einen Graben zu fahren.

„Was?"

Bedeutet das etwa, Lesley ist … tot … und ich soll ihn … identifizieren?

Aber … das darf nicht sein. Ich muss ihn doch um Verzeihung bitten für meine Dummheit, muss ihm sagen, dass ich ihn liebe, ihn bitten, zu mir zurückzukommen, ihn, falls nötig, anflehen zu bleiben …

Ich spüre Gilderoys zitternde Hand auf meiner, die krampfhaft das Lenkrad umschließt. „Bringen Sie uns einfach nur heil zum Hospital, Mylord!", sagt er mit bebender Stimme. „Für Spekulationen haben wir keine Zeit."

Ich nicke. Er hat Recht. Auch wenn die bösartige Stimme in meinem Kopf keine Ruhe gibt und mir ein ums andere Mal zuflüstert, dass ich zu spät komme, um meinen Fehler zu korrigieren.

--*

Siebzig Minuten später, in denen ich gegen jede jemals erlassene Verkehrsregel verstoßen habe, stoppe ich den Jaguar vor dem Eingang der Notaufnahme des *Killarney*. Bei noch laufendem Motor springe ich aus dem Wagen und überlasse es Gilderoy, der während unseres Höllenritts um zehn Jahre gealtert sein muss, sich um einen geeigneten Parkplatz zu kümmern.

Noch im Laufen halte ich inne und werfe einen schuldbewussten Blick über meine Schulter. Mein Betragen lässt sehr zu wünschen übrig, das ist mir klar. Ich benehme mich unmöglich. Doch Gilderoy, der soeben den Beifahrersitz verlassen hat, um auf die andere Seite zu wechseln, schaut mich mit wissendem Blick und gütigen Augen an, während er mit seinen Händen jene Bewegung macht, die mich antreiben, ja fortscheuchen soll.

„Nun geh schon, mein Junge!“, sagt er so leise, dass ich es eher von seinen Lippen ablese, als dass ich es tatsächlich gehört habe.

Durchaus darüber im Klaren, dass dies das erste Mal ist, dass Gilderoy mich nicht mit *Euer Lordschaft, Sir* oder *Mylord* anspricht, quetsche ich mit Tränen in den Augen ein heiseres *Danke!* hervor, ehe ich im Laufschritt das Hospital entere. Ich weiß, dass Gilderoy sich nicht nur um einen anständigen Parkplatz kümmern wird, sondern auch um Qhuinn und Blay, die von meinem Mörderfahrstil nichts mitbekommen, sondern die Fahrt über selig gepennt haben.

Ohne nach links und rechts zu sehen durchquere ich die Notaufnahme. Ich weiß, wohin ich mich wenden muss, da ich in meiner Kindheit und Jugend zweimal das Vergnügen hatte, hier ein paar Tage verbringen zu dürfen. Mit zehn Jahren wurde mir in dieser Klinik der Blinddarm entfernt und mit Fünfzehn hatte ich einen Beinbruch. Der wurde auf der chirurgischen Orthopädie gerichtet und genau diese ist nun mein Ziel.

Auf den Fahrstuhl kann ich nicht warten, deshalb nehme ich immer zwei Stufen auf einmal – ich schlucke, weil mir natürlich ausgerechnet jetzt einfällt, bei welcher Gelegenheit Lesley diese Worte zu mir gesagt hat -, um in den zweiten Stock zu gelangen.

Reichlich außer Atem komme ich dort an. Zum Luft holen verschwende ich jedoch keine Zeit, sondern peile umgehend das Schwesternzimmer an. Dort wird man mir hoffentlich Näheres über Lesleys Verletzungen und den Stand der Dinge mitteilen. Noch ehe ich dort angelangt bin, werde ich von einer grauhaarigen Matrone ausgebremst.

„Stopp!“

Sie schlägt mir ihr Klemmbrett vor die Brust und für ein paar Sekunden bleibt mir die Luft weg.

„Junger Mann, was glauben Sie, wo Sie hinwollen? Sie sind hier nicht auf der Rennbahn, sondern in einem Krankenhaus“, schleudert sie mir giftig entgegen,

Ich atme tief durch, während ich in Gedanken bis Zehn zähle. Na gut, eher bis Drei, alles andere dauert definitiv zu lange.

„Mir ist durchaus bewusst, wo ich mich befinde“, antworte ich mit angestrengt höflicher Stimme. Viel lieber möchte ich diesem impertinenten Drachen tüchtig meine Meinung geigen. Aber da ich hoffe, von ihr zu erfahren, was mit Lesley ist, bemühe ich mich um einen netten Ton. „Ich suche jemanden, der mir Auskunft über Mr Lesley O'Connell geben kann.“

„Und warum sollte das jemand tun?“

Hat die Alte einen Riss in der Birne? Meine Geduld hängt nur noch an einem seidenen Faden.

„Weil ich es wissen will.“

„Natürlich“, bescheidet sie mir von oben herab. „Da könnte ja jeder kommen.“

Mir ist klar, dass sie nur Dienst nach Vorschrift macht, aber das hält mich nur mit Mühe davon ab, ihr den Hals umzudrehen. Dienst nach Vorschrift geht nämlich auch höflich.

„Können Sie mir wenigstens sagen, wie schwer seine Verletzungen sind?", gebe ich klein bei … zunächst jedenfalls.

„Das steht mir nicht zu, schließlich weiß ich nicht, in welchem Verhältnis Sie zu dem Patienten stehen", keift mich die freche Person an.

„Ach, aber anrufen konnten Sie mich?", fauche ich, nicht länger gewillt, in diesem Theaterstück mitzuspielen.

Immerhin wird sie rot, weil sie nun zumindest begreift, wen sie vor sich hat. „Das war nur weil, nun, irgendjemand muss schließlich ..."

„Die Kosten übernehmen?", unterbreche ich sie und kann meine Wut kaum kontrollieren. „Wenn es um die Bezahlung geht, scheißen Sie also auf die Schweigepflicht. Verstehe ich das richtig?"

Natürlich sehe ich das richtig. Lesley verfügt nicht über eine Medical-Card, weil er weder über kein Einkommen verfügt noch unter die Geringverdiener fällt. Das Gehalt, welches ich ihm gezahlt habe, war hoch genug, um ihn aus den staatlichen Krankenversicherungsmaßnahmen auszuschließen.

„Ich übernehme sämtliche bereits angefallenen und künftig noch anfallenden Kosten seines Aufenthalts", verkünde ich. „Weiterhin verlange ich, dass Mr O'Connell ein Einzelzimmer und die damit verbundene bestmögliche Pflege erhält."

Schwester Innogen, als die das Schild an ihrem Kittel sie ausweist, hat meine kurzzeitige Unsicherheit genutzt, um ihre Überlegenheit wieder aufzufrischen.

„Wollen Sie damit etwa andeuten, dass unsere Patienten auf der“, sie spricht das nächste Wort dermaßen sarkastisch aus, dass mir für einen Moment der Atem stockt, „*normalen* Station nicht nach bestem Wissen und Gewissen gepflegt werden?“

Den Verdacht habe ich angesichts dieses Dragoners durchaus, behalte es jedoch für mich. Ich weiß immer noch nicht, wie es Lesley geht. Wie schwer er verletzt ist. Ob er … überhaupt noch lebt.

Die Kratzbürste nutzt meine Fassungslosigkeit und wirft mir an den Kopf: „Wer sind Sie denn überhaupt, um sich hier aufzuführen wie der Scheich von Indien?“

„Ich bin ...“ *ein verdammter Idiot.*

„Er ist ...“ *das Glück, das mir unvermutet vor die Füße gefallen ist.*

„Ich habe ...“ *ihn weggeschickt, weil ich ihn beschützen wollte und nun liegt er hier und ich weiß nicht, wie schwer er verletzt ist.*

Es ist alles meine Schuld!

„Ich bin ...“

„Was zum Teufel ist denn hier los?“

Unvermittelt öffnet sich eine Tür neben uns und ein Weißkittel kommt herausgestürzt. „Sr Innogen, was ist …“ Der Weißkittel wird meiner ansichtig, hält augenblicklich inne und wendet sich mit offensichtlichem Erstaunen an mich. „Cedric? Bist du es wirklich?“

Überrascht erkenne ich in dem aufgebrachten Arzt Professor McDougal, meinen Patenonkel. Er war ein sehr guter Freund meiner Eltern und früher beinahe jedes Wochenende bei uns zu Gast. Ich kann mich nicht mehr sehr gut daran erinnern, aber immerhin war er meinen Eltern so viel wert, dass sie ihm die Patenschaft über mich angetragen haben.

„Onkel Jonathan", seufze ich und möchte vor Erleichterung am liebsten heulen. Endlich, so hoffe ich zumindest, werde ich erfahren, was mit Lesley geschehen ist. Mit einigen wenigen Worten erkläre ich ihm den Grund meines Hierseins.

Mein Patenonkel legt den Arm um mich. „Komm mit, mein Junge, ich will nachsehen, was ..."

„Aber Herr Professor", schaltet sich meine ganz persönliche Nemesis mit Namen Innogen doch wahrhaftig wieder ein, „wir haben immer noch nicht geklärt, in welchem Verhältnis dieser Mann mit unserem Patienten steht."

Voller Zorn drehe ich mich zu ihr um. Am liebsten würde ich schreien: *Ich bin derjenige, der die Rechnungen und somit Ihr Gehalt bezahlt.* Nichts dergleichen tue ich jedoch.

„Er ist mein Partner", knurre ich sie an wie ein tollwütiger Hund.

Aber auch das scheint ihr nicht zu genügen. Mit gerümpfter Nase sieht sie mich an. „Partner wie ..."

„Lebensgefährte", flüstere ich und weiß, dass Lesley diese Aussage, von der ich nichts lieber möchte als dass sie wahr wird, als Lüge entlarven kann. Ich weiß auch, dass ich es nicht nur gesagt habe, um endlich Klarheit über Lesleys Verletzungen und seinen Gesundheitszustand zu bekommen. Ich habe es gesagt, weil ich es mir wünsche und ich hoffe, dass es nicht zu spät ist, um es ihm zu sagen.

Onkel Jonathan legt mir seine warme Hand in den Rücken und drängt mich in sein Büro. Ehe er die Tür hinter uns schließt, höre ich, wie er zischt: „Schwester Innogen, Ihr Verhalten wird noch ein Nachspiel haben."

Ich hoffe wirklich, dass er dieser furchtbaren Frau die Stirn bieten kann und lasse mich auf einen der unbequemen Besucherstühle vor seinem ausladenden Schreibtisch sinken. Als mein Patenonkel Platz nimmt, erfahre ich endlich etwas über den Zustand des Menschen, den ich liebe und für immer in meinem Leben haben will.

Wach ich oder träum ich?

Lesley

Ich befinde mich in einem seltsamen Zustand zwischen Wachen, Träumen und Schlafen und so dauert es ein Weilchen, bis ich mir darüber klar werde, wo ich mich befinde und was geschehen ist. Das beständige Piepsen hilft mir dabei auf die Sprünge. Ich bin in einem Krankenhaus. In welchem weiß ich nicht. Ich weiß nur, dass ich einen Unfall hatte, angefahren wurde. Wie es dazu kam, bekomme ich gerade nicht zu fassen.

--*

Bei meiner Einlieferung in die Klinik bin ich bewusstlos. Wach werde ich erst wieder im Aufwachraum, wo ich von einer netten Krankenschwester darüber informiert werde, dass man mich operiert habe und sie sofort einen Arzt rufen werde, ehe man mich auf Station bringt.

Ich döse sofort wieder weg, da mich das monotone Piepsen des Überwachungsmonitors einlullt. Hm, vielleicht auch die Drogen, die man mir hier verabreicht hat.

„Hallo Mr O'Connell", höre ich, kaum, dass ich eingepennt bin, eine angenehme Stimme, die mir irgendwie suggeriert, dass ich mich in besten Händen befinde. „Ich bin Professor McDougal und habe Sie gerade operiert. Sie hatten einen Unfall, erinnern Sie sich?"

„Mhm." Krampfhaft versuche ich, das Gesicht zu der netten Stimme auszumachen, aber es will mir nicht gelingen.

„Strengen Sie sich gar nicht erst an, Mr O'Connell, es macht keinen Sinn." Eine warme Hand legt sich auf meine Schulter. „Sie sind, wie Ihr jungen Leute wohl sagen würdet, volle Möhre mit Ihrer Rübe gegen einen Laternenpfahl geknallt."

Na, ich bin mir fast sicher, dass ich das *so* nicht ausdrücken würde, aber ...

„Sie hatten wahnsinniges Glück." Der Herr Professor scheint einen Moment zu überlegen, ehe er mit einem Lächeln in der Stimme – zumindest kommt es mir so vor, als lächele er - weiterspricht. „Oder auch einen verdammten Dickschädel."

Das wiederum kann ich nur unterstreichen.

„Außer einer exorbitanten Beule auf Ihrer Stirn und zwei phänomenalen Veilchen, die übrigens der Grund für Ihr Unvermögen sind, die Augen zu öffnen, hat Ihr Kopf nichts weiter abbekommen. Also werden Sie ohnehin noch etwas warten müssen, ehe Sie mich in all meiner Pracht und Schönheit sehen können."

Ein leises Lachen begleitet seine Worte und ich beschließe sofort, diesen Mann zu mögen. Ich bin zwar ziemlich hinüber, was meine Fähigkeit zu denken angeht, doch bilde ich mir ein, dass da noch was kommt.

„Was man vom Rest Ihres Körpers nicht sagen kann."

Aha, da ist es auch schon.

„Zudem haben Sie sich einen Schien- und Wadenbeinbruch linksseitig sowie eine komplizierte Fraktur des linken Handgelenkes zugezogen, um es verständlich auszudrücken. In der medizinischen Terminologie sprechen wir von einer distalen Radiusfraktur", werde ich informiert, was mir zwar nicht wirklich etwas sagt, aber gruselig genug klingt, um sofort dazu zu führen, dass das Piepsen, das in seiner Eintönigkeit eine beruhigende Wirkung auf mich hat, vollkommen ausflippt.

„Ganz ruhig, Mr O'Connell! Es wird eine Weile dauern, bis Sie wiederhergestellt sind, doch ich verspreche Ihnen, dass Sie wieder ganz gesund werden und auch wieder Klavier spielen können."

Ich kann überhaupt nicht Klavier spielen, will ich sagen, doch irgendwo in meinem Hinterkopf erinnere ich mich an den lahmen Witz. Also schweige ich. Das tue ich sowieso, fällt mir auf. Irgendwie hat es auch sein Gutes, denke ich so bei mir. Wenn meine Frakturen alle linksseitig sind, kann ich mich wenigstens mit der rechten Hand auf Krücken abstützen und bin nicht etwa auf die Hilfe Dritter angewiesen. Was mich umgehend daran erinnert, dass ich eine solche ohnehin nicht hätte, weil ich ja alleine bin.

„Wir werden Sie nun gleich auf die Station bringen", teilt der Professor mir mit, bevor ich in Selbstmitleid ersaufe. „Dort wird man Ihnen ein hübsches Schlafmittel injizieren. Dieses wird Sie in eine Art Dämmerschlaf versetzen, damit Sie ruhig bleiben und keine Schmerzen haben. Wir werden Sie für circa 24 Stunden in diesem Zustand halten, Mr O'Connell, dann wird man Sie wieder aufwecken. Vertrauen Sie mir, wir kriegen Sie wieder hin."

*_*_*

Tja, und nun liege ich hier, bin angenehm müde und erschöpft, verspüre keine Schmerzen und bin dennoch irgendwie unruhig. Aber ich kann nicht genug Elan aufbringen, um die Augen zu öffnen. Was ohnehin keinen Sinn machen würde, wie ich mich dunkel erinnere.

Ich taumele zwischen Tiefschlaf und halbwachem Zustand hin und her, habe tausend Gedanken im Kopf und bekomme keinen zu fassen, als ich plötzlich die Stimme des Professors vernehme.

„Höchstens fünfzehn Minuten, Brandon, hast du verstanden?"

Brandon! Mein Brandon? Er ist hier?!

Scheiße, und ich krieg meine verfluchten Augen nicht auf. Warum sagt er denn nichts?

Bitte, bitte sag was, damit ich weiß, ob du wirklich hier bist oder ich mir nur einbilde, deinen Namen gehört zu haben.

Doch alles, was ich vernehme, ist ein Schluchzen, gefolgt von … Weinen?!

„Gott, Lesley, was habe ich dir nur angetan?"

Du? Mir?

„Hätte ich dich nicht fortgeschickt, wäre das alles niemals passiert."

Da ist was Wahres dran.

„Es war falsch."

Oh nein, nicht das wieder. Warum kannst du diese Nacht nicht als etwas Wundervolles betrachten?

„Nicht unsere gemeinsame Nacht, Les. Sie war die Schönste, die ich je erlebt habe."

Warum hast du mich dann belogen und rausgeworfen?

„Ich war so dumm, zu glauben, dass ich zuerst mich – ja, ich bin ein elender Feigling – und schließlich dich, schützen müsste. Mich, um nicht erneut das Herz gebrochen zu bekommen und dich, weil ich nicht von dir verlangen kann, dich mit einem nervlichen Wrack zu belasten, das dir womöglich nicht immer bieten kann, was du brauchst."

Von was redest du da? Alles, was ich brauche, bist du!

„Aber ich bin ein verfluchter Egoist, mo chroi, und ich will dich unbedingt wieder zurückhaben. Denkst du … glaubst du, dass ich noch eine Chance habe, meinen Fehler wieder gutzumachen?"

Ja, verdammt!

„Ich kann dir nicht versprechen, dass ich nie wieder in alte Verhaltensmuster zurückfallen werde. Ganz sicher wird es Tage geben, an denen ich zweifeln werde."

Ich werde alles dafür tun, es niemals so weit kommen zu lassen!

„Aber ich kann dir versprechen, dass ich alles dafür tun werde, es gar nicht erst so weit kommen zu lassen, sondern immer mit dir zu reden, sobald Argwohn an mir nagt."

Argwohn? Du lieber Himmel …

„Die letzte Woche war die schlimmste in meinem Leben. Ja, sogar schlimmer noch als die Ereignisse, die dazu führten, dass ich in Schwermut verfiel."

Stimmt, da war doch was. Der Auslöser für Brandons Depression … wer war das nochmal?

„Diese sieben Tage und Nächte ohne dich … nie mehr will ich das erleben."

Ich auch nicht, oh, ich auch nicht!

„Ich … ich liebe dich, mo chroi!"

Oh. Mein. Gott!

„Ja, ich nenne dich *mo chroi*. Das bedeutet 'mein Herz' auf irisch-gälisch, weißt du?“

Ich habe Sprachwissenschaften studiert. Schon vergessen?

„Denn das bist du, Lesley O’Connell, mein Herz! Du hast den Scherbenhaufen in meiner Brust zusammengekehrt und ihn Stück für Stück wieder zusammengesetzt zu einem Herzen, das wieder zu lieben bereit ist. Dich zu lieben, mo chroi. Und ich brauche dich, damit es auch künftig heil bleibt.“

Ich werde es hegen und pflegen, das verspreche ich dir!

Unsere stumme Zwiesprache hat zwar etwas, hm, Romantisches, aber Brandon tut mir leid. Es zerreißt mich beinahe, dass er sich solche Vorwürfe macht und ich nicht wenigstens einen klitzekleinen Kommentar dazu abgeben kann, der ihm sagt, dass alles wieder gut wird. Es kostet mich unfassbar viel Mühe, doch endlich gelingt es mir, etwas zu sagen … okay, eher zu nuscheln.

„Nchml!“

„Oh Gott, Les, Liebling, du … du bist wach?“

Nicht wirklich, aber ich bemühe mich!

„Nchml“, wiederhole ich.

„N... Nochmal? Ich soll etwas wiederholen?“

Ich drücke Brandons Hand. Zumindest versuche ich das. Da ich mich fühle wie ein Päckchen Watte, weiß ich es nicht. Aber es scheint zu funktionieren.

„Äh, ich brauche dich, weil nur du es schaffst, mein Herz ...“

„Ds ndere.“

„Das … oh, das.“

Auch wenn ich meine Augen nicht öffnen und nicht verständlich sprechen kann, kapiert Brandon, was ich meine. Und ich weiß verflucht nochmal genau, dass er sein wunderschönes Gesicht gerade zu einem Schmunzeln verzieht.

„Ich liebe dich, Lesley, mehr als irgendjemanden zuvor."

„D... ito!"

„Dito? Du, du, du ..."

Erneut drücke ich seine Hand und es gelingt mir endlich, ein einziges Wort verständlich herauszubringen.

„Kuss!"

Ein erstickter Laut dringt an meine Ohren, ehe ich Brandons so lange entbehrten, weichen Lippen auf meinen spüre. Hauchzart, als wolle er mir nicht wehtun. Dabei bin ich fest davon überzeugt, dass seine Küsse mich ganz schnell wieder gesund machen werden.

Brandons Wangen berühren meine. Sie sind nass; er weint. Gerne würde ich die Tränen wegstreicheln, aber ich habe nicht die Kraft dazu. Auch nicht dazu, ihn wegzuschieben, als mir einfällt, dass ich bestimmt nicht nach Rosen und Pfefferminze dufte. Dass er mich dennoch küsst, sollte mich überzeugen, dass es ihm egal ist und er sein Liebesgeständnis ernst gemeint hat, oder nicht? Vielleicht muss er es mir nochmal sagen. So zwei, drei, ganz viele Male.

„Nie wieder, hörst du, nie wieder werde ich zulassen, dass dir etwas geschieht, mo chroi. Ich liebe dich, mein Herz."

Hach ja, genau das meinte ich!

Über Brandons gehauchten Worten und seinem erneuten süßen Kuss dämmere ich erneut weg und falle schließlich in einen tiefen Schlaf.

Dafür wird er büßen

Brandon

Am liebsten würde ich die ganze Nacht an Lesleys Bett verbringen, aber mein Pflichtgefühl gegenüber dem alten Mann, der mit mir gekommen ist, lässt mich schließlich aufstehen und Lesley weiterschlafen.

Während ich erschöpft und gleichzeitig glücklich – Lesley hat mir verziehen, zumindest glaube und hoffe ich das – nach unten schlurfe, habe ich noch immer Onkel Jonathans Auflistung der Verletzungen im Kopf. Herrgott, es ist ein verdammtes Wunder, dass er überhaupt noch lebt.

Als ich Gilderoy erblicke, der auf einem der an der Wand angebrachten Stühle sitzt, regt sich mein schlechtes Gewissen einmal mehr. Keine Ahnung, wie lange ich weg war, aber ich habe nicht ein einziges Mal an ihn oder meine Jungs gedacht. Lesley war und ist wichtiger, verteidige ich mich vor mir selbst, was meine Gewissensbisse nicht verstummen lässt. Müde sieht Gilderoy aus und zum ersten Mal begreife ich, dass er tatsächlich so alt ist wie sein Ausweis behauptet. Davon ist jedoch nichts mehr zu bemerken, als er mich sieht, aufspringt und auf mich zueilt.

„Wie geht es dem Jungen?“

Ich schlucke, denn es ist das erste Mal, dass er Lesley nicht Mr O’Connell oder Mr Lesley nennt. Es beweist mir endgültig, dass er ihn ebenso ins Herz geschlossen hat. Natürlich nicht auf dieselbe Art und Weise wie ich, eher wie ein Großvater. Auch wenn er das niemals deutlich zum Ausdruck gebracht hat und – so vermute ich wohl nicht zu Unrecht – es auch künftig nicht tun wird. *Künftig*, wenn Lesley wieder bei uns sein wird.

„Er wird wieder gesund“, teile ich Gilderoy das Wichtigste zuerst mit. Das für ihn Wichtigste zumindest. Obwohl es auch für mich von größter Bedeutung ist, dass Lesley wieder ganz genesen wird, ist die andere Sache wesentlich relevanter für mich. „Und er wird wieder zu mir … zu uns … zurückkommen“, platze ich gleich darauf heraus, „und … Gilderoy … er, er … Lesley wird mir noch eine Chance geben“, beende ich nahezu tonlos mein Geplapper.

Dass Lesley das nicht wirklich gesagt hat – um bei der Wahrheit zu bleiben, hat er nur ein einziges wirklich verständliches Wort gesagt – verrate ich meinem treuen Diener nicht. Für den Feigling, der ich bin, war unsere stumme Zwiesprache eine Erleichterung. Auch, dass Lesley mich nicht ansehen konnte. Herrje, das klingt, als würde ich Lesleys Verletzungen begrüßen; was ich definitiv nicht tue. Wenn es eine Möglichkeit gäbe, an seiner Stelle in diesem Zimmer zu liegen, seine Schmerzen auf mich zu nehmen, würde ich sie sofort und ohne auch nur eine Sekunde darüber nachzudenken ergreifen. Da dies nicht der Fall sein wird, frisst mich mein schlechtes Gewissen nahezu auf. Es ist meine verdammte Schuld, dass er da oben liegt, und ich werde alles dafür tun, damit er die bestmögliche Pflege enthält – was Schwester Innogen definitiv ausschließt – und er ganz schnell wieder gesund wird.

„Dann vermasseln Sie es nicht gleich wieder, Sir!“, empfiehlt mir Gilderoy trocken und ich grinse ihn unter heftigem Kopfnicken an, froh, dass meine schlimmen Gedanken unterbrochen werden.

Da ich bereits ahnte, dass die Sache vorhin nur ein Ausrutscher war, sein *Nun geh schon, mein Junge!* werde ich auf ewig in Erinnerung behalten, gehe ich auf sein 'Sir' nicht näher ein. Gilderoy wird wohl immer der vornehme Butler bleiben und auch wenn er seine Zuneigung nicht immer zeigt, so hat er dennoch ein gutes Herz.

In knappen Worten berichte ich ihm von Lesleys Verletzungen und über die vermutliche Dauer seines Aufenthaltes im Hospital. Sollten keine Komplikationen auftreten, wird er an seinem Geburtstag wieder bei mir sein. Obwohl es Lesleys Geburtstag ist, bin *ich* es, der an diesem Tag beschenkt werden wird. Ein schöneres Geschenk kann ich mir nicht vorstellen.

Onkel Jonathan erwähnte eine nahtlos an den Krankenhausaufenthalt anschließende Rehabilitation. Lesleys Schien- und Wadenbeinbruch ist, wie er mir erklärte, eine glatte Fraktur, die problemlos wieder zusammenheilt. Die Fraktur seines Handgelenkes dagegen ist wesentlich komplizierter und bedarf einer langwierigen und fraglos schmerzhaften Therapie, was ich mir schon gedacht habe, als ich die gruselig aussehende Konstruktion an Lesleys Unterarm gesehen habe. Onkel Jonathan ließ jedoch durchklingen, dass eine anständige Rehabilitation durchaus auch auf Brandonburry-Castle durchgeführt werden könne, wenn sein Patient sich damit einverstanden erkläre. Und das hoffe ich von ganzem Herzen.

„Lass uns nach Hause fahren, Gilderoy", schließe ich meinen Bericht mit einem müden Lächeln.

„Sollten wir nicht zuvor noch in Mrs Buttercurrys B&B fahren, um dort einige Kleidungsstücke für Mr Lesley zu holen?"

Bewundernd sehe ich meinen Diener an, der auch in den extremsten Situationen einen kühlen Kopf bewahrt.

„Ich dachte mir, dass er die nächsten Wochen gewiss nur ungern in diesen unsäglichen Krankenhaushemden verbringen möchte."

Lächelnd lege ich Gilderoy eine Hand auf die Schulter. „Du hast, wie immer, Recht."

Als wir uns dem Jaguar nähern, erwartet uns freudiges Bellen. Herrje, der ganze Wagen wackelt. Ich begrüße ausgiebig Qhuinn und Blay, lobe sie überschwänglich dafür, dass sie so brave Jungs waren und verspreche jedem von ihnen einen besonders großen Knochen, sobald wir wieder zuhause sind.

*_*_*

Mrs Buttercurry, die Inhaberin des Bed & Breakfast, lässt mich, nachdem ich mich ausgewiesen habe, ohne große Erklärungen in Lesleys Zimmer, wo ich seine Habseligkeiten rasch in den reichlich ramponierten Koffer räume. Die Ereignisse der letzten Stunden und nicht zuletzt der Schock, als ich Lesley im Krankenhausbett liegen sah, holen mich ein.

Sein gebrochenes, bis über das Knie eingegipste Bein, ruhte erhöht auf einer Unterlage und war das Erste, das mir ins Auge fiel. Einige schrecklich aussehende Schrauben ragten aus einer Kombination aus Gips und Verband aus seinem Handgelenk. Onkel Jonathan hatte mich bei unserem Gespräch bereits darauf hingewiesen, aber so wirklich auf den Anblick vorbereiten konnte er mich nicht. Er sagte mir auch, dass die Schrauben und Nägel bald entfernt werden würden, das Handgelenk aber für mindestens eineinhalb bis zwei Jahre noch mittels Platten fixiert werden müsse. Erst danach könne man darüber nachdenken, die Platten wieder zu entfernen, was aber kein Muss sei. Manchen Patienten vermittelten diese Platten ein beruhigendes Gefühl.

Das Schlimmste für mich jedoch war Lesleys Gesicht, das von zwei tiefvioletten Hämatomen vollkommen entstellt wird. Ich wusste, Onkel Jonathan hatte mich auch hierauf vorbereitet, dass es kein schöner Anblick sein würde und auch, dass Lesley wieder völlig gesund werden wird. Aber darauf war ich nicht gefasst und es hat mir einmal mehr das Herz gebrochen.

Traurig lasse ich meinen Blick durch das kleine Zimmer schweifen, in welchem mein Liebster die vergangenen sieben Tage und Nächte verbracht hat, ehe der schreckliche Unfall dazu führte, dass wir wieder zueinander fanden. Dann schließe ich die Tür hinter mir. Dieses Kapitel soll ein für alle Mal beendet sein.

Unten werde ich von Mrs Buttercurry empfangen. Unaufgefordert bezahle ich die Gebühren für Lesleys Aufenthalt, lege noch ein großzügiges Trinkgeld obendrauf und gehe zurück zum Wagen, in dem Gilderoy, Qhuinn und Blay mittlerweile friedlich schlummern. So leise wie möglich, um die Schlafenden nicht zu wecken, stelle ich Lesleys Trolley auf den Rücksitz und schließe die Wagentür.

„Mr Brandonburry … Lord … Sir.“

Eine schüchterne Stimme erklingt hinter mir und als ich mich umdrehe, sehe ich mich einem pausbäckigen, rothaarigen Mädchen von etwa 15 oder 16 Jahren gegenüber, das nervös von einem Bein aufs andere dribbelt. Ich brauche nur eine Sekunde, um zu erkennen, mit wem ich es hier zu tun habe.

„Ja, Marybeth?“

Ich hoffe, dass der Name stimmt, denn es kann sich nur um die Tochter der Pensionsinhaberin handeln. Nur zögerlich kommt sie auf mich zu. Ihre Wangen sind so rot wie reife Erdbeeren, als sie ihre Hände knetet und sich endlich traut, mir ins Gesicht zu sehen.

„Wie geht es dem Mr Lesley?“

Es ist niedlich zu erkennen, dass auch die Kleine sich Sorgen macht. Im Gegensatz zu ihrer Mutter, die nicht mit einem Wort nach Lesley gefragt hat.

„Er wird wieder gesund werden, Marybeth“, teile ich ihr mit. Alles andere würde wohl zu weit führen und, wenn ich ihre etwas seltsame Art, mich anzusprechen, richtig einschätze, würde sie es vermutlich auch nicht verstehen, sondern heillos überfordern.

„Dann hab ich es richtig gemacht?“ Sie strahlt mich zufrieden an und ich begreife.

„Du hast den Rettungswagen angerufen?“

„Aye, Sir, weil … ich hab nämlich gesehen, wie ’s passiert is.“

Die Erleichterung im Gesicht des jungen Mädchens gibt Auskunft darüber, dass sie tatsächlich Angst davor hatte, etwas falsch gemacht und womöglich ihre Stelle als Putzkraft bei mir verloren zu haben.

„Ich wollt ja auch auf’m Castle anrufen, aber … ich kenn die Nummer nich und ich kann doch nich so gut lesen.“

Marybeth’ Wangen leuchten vor Verlegenheit in einem so hellen Rot, dass es sich auf geradezu groteske Weise mit ihrer Haarfarbe beißt. Ehe ich etwas sagen kann, fährt sie fort.

„Aber die Nummer vom *Killarney*, die hängt über’m Telefon und da hab ich halt da angerufen und denen Bescheid gesagt, dass die auf der Burg anrufen sollen, wenn der Mr Lesley eingeliefert wird."

Nun, das erklärt zum einen, weshalb sie im Krankenhaus so schnell Lesleys Identität klären konnten, obwohl er, wie Onkel Jonathan mir versicherte, keine Papiere bei sich trug, und zum anderen, dass diese unmögliche Schwester Innogen die Auskunft Marybeth' genutzt hat, um die Kostenübernahme zu sichern.

„Es war doch okay, dass ich denen gesagt hab, dass der Mr Lesley auf die Burg gehört, oder?"

Ich benötige einen Moment, um ihre Worte in einen für mich verständlichen Kontext zu bringen, dann nicke ich ihr lächelnd zu. „Das war es, Marybeth. Ich danke dir, du hast alles richtig gemacht."

Und ja verdammt, Lesley gehört auf die Burg.

„Das is gut, wissen Sie, äh, Sir, ich hab gesehen, wie traurig der Mr Lesley war und ich, äh, es geht mich nix an ..."

Die Kleine ist jetzt so rot, dass ich befürchte, sie wird gleich platzen.

„... aber bevor der Mr Lesley ohnmächtig geworden is, da hat er Ihren Namen gesagt. Also gekeucht oder gestöhnt. Und da hab ich gedacht, es wär nicht falsch, wenn ..."

„Er hat meinen Namen genannt?"

„Aye, Sir, Mr Brandonburry, das hat er." Marybeth nickt so heftig, dass ihre dicken feuerroten Locken nur so um ihren Kopf fliegen. „Er hat zwar Schmerzen gehabt, aber ich hab ihn ganz deutlich 'Malcolm' sagen hören."

Augenblicklich fühle ich mich, als fließe Eiswasser über meinen Rücken. Ich spüre, wie die feinen Härchen auf meinem Unterarm sich aufstellen.

„Ich werde dich dort treffen, wo es dir am meisten weh tut, Cedric ... und zwar dann, wenn du es am wenigsten erwartest!“

Die Worte meines Ex klingen in meinem Kopf, als stünde er direkt neben mir.

„Weißt du“, ich muss meine Kehle klären, bevor ich weitersprechen kann, „weißt du noch, was genau … Mr Lesley gesagt hat?“

Es ist, als ginge die Sonne in dem kleinen Gesichtchen auf.

„Aye Sir, Mister Lord, Sir, das weiß ich noch ganz genau. Ich kann vielleicht nicht so gut rechnen und lesen, aber meine Mama sagt immer zu mir: 'Du musst ganz genau hinhören, wenn die Leute dir was sagen, weil, es könnt' wichtig sein'. Und das ist doch wichtig, oder Mister Lord, Sir?“

Am liebsten würde ich das Mädchen schütteln, aber als ich sehe, wie aufgeregt das kleine Ding ist, übe ich mich, auch wenn es noch so schwerfällt, in Geduld, und nicke ihr beruhigend zu.

„Ja, Marybeth. Es ist sehr, sehr wichtig, dass du dich an alles erinnerst, was Mr Lesley gesagt hat.“

Das pummelige Mädchen klatscht vor Freude in die Hände und strapaziert meine ohnehin kaum noch vorhandene Geduld. Ihre mit Sommersprossen übersäte Stirn legt sich in Falten und ich halte die Luft an, um nichts zu sagen, was ihr Nachdenken stören könnte. Inzwischen bin ich mir sicher, dass sie geistig etwas zurückgeblieben ist.

„Mr Lesley hat gesagt … 'Malcolm … es war … er muss es erfahren'.“

Für Marybeth ergibt das keinen Sinn, Herrgott, für niemand anderen ist diese Aussage von Nutzen. Aber ich weiß, welch ungeheuerliche Bedeutung hinter Lesleys Worten steckt.

„Ist das wichtig gewesen, Mister Lord, Sir?“

Marybeth' Frage holt mich wieder zurück. „Ja, Marybeth, das ist sehr, sehr wichtig“, wiederhole ich meine Worte von vorhin. „Du hast mir und Mr Lesley sehr geholfen. Vielen Dank.“

Ich nehme mir vor, ihr ein kleines Geschenk zu machen, wenn sie wieder zum Putzen auf Brandonburry-Castle kommt. Keine Ahnung, ob eine finanzielle Zuwendung sinnvoll wäre – ich hege den wohl nicht unberechtigten Verdacht, dass ihre Mutter diese sofort einfordern würde -, aber ich glaube, sie würde sich über eine Schachtel Pralinen mehr freuen. Gerade will ich ihr mitteilen, dass sie sich bei Gilderoy melden soll, wenn sie das nächste Mal zum Dienst erscheint, als ich feststelle, dass sie bereits weg ist.

Also steige ich in den Wagen, um so rasch wie möglich nach Brandonburry-Castle zu kommen. Es gibt viel zu tun.

Während meiner Zeit als Rechtsanwalt in Dublin pflegte ich einige lockere Kontakte; unter anderem zu Polizei und Staatsanwaltschaft, die sehr eng zusammenarbeiten. Wir haben einander oftmals gegenseitig Tipps zukommen lassen und mehr als einmal war ich es, der dem Staatsanwalt die nötigen Informationen liefern konnte, die letztendlich über Schuld oder Unschuld eines Mandanten entschieden.

Damals bot er mir an, sich zu revanchieren, wenn es einmal nötig sein sollte. Und genau dies ist nun der Fall.

Da wäre noch eine Sache

Lesley

Drei Tage dauert es, bis ich endlich in der Lage bin, meine Augen zu öffnen. Zwar nur einen winzigen Schlitz breit, aber genug, um den Mann endlich sehen zu können, der von frühmorgens bis spätabends an meinem Bett sitzt und der nicht müde wird, mir seine Liebe zu gestehen und mich zu küssen, wann immer ich es wünsche. Oh, und ich wünsche es mir sehr, sehr oft.

Inzwischen bin ich auch wieder klar im Kopf, und das bedeutet, dass ich mich an jedes Detail meines Unfalls erinnere. So sehr ich es vermeiden möchte, Brandon damit zu belasten, so sehr ist mir klar, dass er es wissen muss.

„Bran, es gibt da etwas, dass du wissen solltest", sage ich leise und wage es nicht, ihm dabei in die Augen zu schauen. „Meinen … Unfall betreffend."

Für einen Moment herrscht Schweigen zwischen uns. Dann stößt Brandon zischend Luft aus, sieht mich furchtbar traurig an und meint ebenso leise wie ich zuvor: „Ich glaube, ich weiß es bereits. Und ich muss dir auch etwas sagen."

Ich werde weiß wie die Wand. Bereut er es schon, dass er mich zurücknehmen will?

„Du zuerst!", quetsche ich heraus und werde mit einer Antwort belohnt, die ich nicht im Geringsten erwartet habe.

„Marybeth hat es mir erzählt."

Einen Augenblick verstehe ich nicht, doch dann dämmert es mir und ich frage verwundert: „Sie hat es dir gesagt? Sie hat es sich gemerkt?“

Brandon lächelt. „Ja, das hat sie.“ Sein Ausdruck wird plötzlich grimmig. „Und ich habe mich bereits darum gekümmert.“

„Du hast … wie?“

Mein Liebster nimmt meine rechte Hand zwischen seine beiden Hände und streichelt mit dem Daumen unablässig meinen Handrücken.

„Ich habe dir doch erzählt, dass ich vor meinem … Zusammenbruch … als Anwalt in Dublin tätig war.“

Daran erinnere ich mich, ja.

„Aus jener Zeit habe ich noch Kontakt zum Staatsanwalt. Ich habe mich an Arthur gewandt und ihn gebeten, seine Beziehungen spielen zu lassen, um herauszufinden, ob man Malcolm nachweisen kann, dass er den Unfall mit Körperverletzung und anschließender Fahrerflucht begangen hat oder auf welche Weise auch immer er in dieses Delikt involviert ist.“

Ich bin froh darüber, nicht mehr an die Überwachung angeschlossen zu sein, denn mein Herzschlag spielt komplett verrückt.

„Und? Kann man? Du glaubst mir doch, oder?“

„Oh Gott, natürlich glaube ich dir, mo chroi. Ich habe nicht eine Sekunde am Wahrheitsgehalt gezweifelt.“ Brandon holt tief Luft. „Und ja, man konnte es ihm nachweisen.“

Wie viele Steine mir gerade vom Herzen fallen, kann ich gar nicht sagen. Brandon glaubt mir und Malcolm wird hoffentlich seine gerechte Strafe bekommen. Auch wenn mir vor einer Gegenüberstellung graut.

„Ich frage mich, wie ich jemals übersehen haben kann, wie dumm er ist."

Ich bin nicht sicher, ob Brandon diese Frage laut aussprechen wollte. Mich irritiert, dass er Malcolm als 'dumm' bezeichnet. Ich hätte 'mordlüstern' bevorzugt.

„Als die Polizisten ihn aufsuchten und mit der Tatsache konfrontierten, dass sie ihm nachweisen können, was er getan hat, und du ihn einwandfrei identifiziert hast, stritt er es nicht etwa ab, sondern schrie wütend aus: 'Dann hat das kleine Arschloch überlebt?'"

Geschockt lasse ich mich zurück in die Kissen sinken. Die Tatsache, dass er mich nicht nur verletzen, sondern töten wollte, ist ein noch größerer Schock für mich als gedacht.

„Er sitzt bereits im Gefängnis und wartet auf seinen Prozess. Malcolm hat zwar einen festen Wohnsitz, aber es ist offensichtlich, dass bei ihm Fluchtgefahr besteht." Brandon schiebt mir einen Arm unter den Oberkörper und bringt mich sanft wieder in eine halbwegs aufrechte Position. Mit leichtem Druck zieht er mich an seine breite Brust. „Er wird dir nie mehr wieder etwas zuleide tun, mo chroi. Von nun an werde ich dich nicht mehr aus den Augen lassen."

Vorsichtig hebe ich ihm mein Gesicht entgegen und werde mit einem langen, sinnlichen Kuss belohnt, der erst durch zaghaftes Anklopfen unterbrochen wird.

Ein Strahlen breitet sich über mein Gesicht aus, als ich Gilderoy erkenne, der hinter einem riesigen Blumenstrauß auftaucht.

„Mr Gilderoy!", rufe ich erfreut.

„Mr Lesley", entgegnet er in seiner furztrockenen Art und ich muss laut lachen. „Ich bin erfreut, nun auch mit eigenen Augen zu sehen, was mir Seine Lordschaft bereits verkündet hat."

Wie gerne würde ich jetzt meine Augen verdrehen, das klappt allerdings noch nicht.

„Und das wäre?", frage ich daher.

„Dass es Ihnen wieder besser geht", bekomme ich zur Antwort.

„Ja, Mr Gilderoy, langsam werde ich wieder. Auch wenn ich noch einen langen Weg vor mir habe." Ich schaue bezeichnenderweise auf meine eingegipsten Gliedmaßen. Dann fällt mir etwas ein. „Wo sind Qhuinn und Blay? Sie haben Sie doch nicht etwa alleine gelassen?"

„Selbstverständlich nicht, Mr Lesley", empört sich der alte Herr. „Marybeth hat sich einverstanden erklärt, sie für die Dauer meines Krankenbesuches bei Ihnen zu beaufsichtigen."

„Ach ja, sie ist ein liebes Mädchen. Ich wünschte, man könne mehr für sie tun, außer einer Schachtel Pralinen", sinniert Brandon neben mir und plötzlich habe ich eine Idee.

„Was das betrifft, habe ich schon eine Vorstellung, womit du ihr eine wirkliche Freude machen kannst", wende ich mich zwinkernd an Brandon. „Und was alles andere angeht ..."

„Sprich dich aus, Les!"

„Nun ja." Wäre ich dazu in der Lage, würde ich jetzt meine Finger miteinander verknoten. „Dazu bräuchte es nicht nur dein Einverständnis, sondern auch das von Mr Gilderoy."

„Meines?" Der Butler wirkt ehrlich verblüfft.

„Was meinst du?“, fragt nun auch Brandon.

„Na ja, ich habe ja nun eine Woche in Mrs Buttercurrys Pension verbracht und gesehen, wie die alte Schreckschraube ihre Tochter behandelt. Wenn das Mädchen nicht auf Brandonburry-Castle arbeitet, schuftet sie im B&B. Ich weiß es zwar nicht genau, aber ich bin mir sicher, dass Marybeth ihren gesamten Lohn abgibt. Das arme Ding hat gewiss nichts zu lachen und dabei ist sie so lieb und ...“

„Komm zum Punkt, Lesley!“

Brandon unterbricht mich, aber ich erkenne am Funkeln in seinen silbernen Augen, dass er bereits weiß, worauf ich hinauswill. Und auch Gilderoy scheint zu ahnen, was Sache ist. Zumindest seine folgenden Worte machen dies deutlich.

„Um ehrlich zu sein und um die Sache hier abzukürzen, Mylord, könnte ich tatsächlich etwas Hilfe im Haushalt gebrauchen. Ich bin wohl doch nicht mehr der Jüngste und ein wenig Unterstützung beim Kochen wäre nicht das Schlechteste.“

Die beiden Männer an meinem Bett wechseln einen kurzen Blick und sehen mich dann an. Einer grinsend, der andere mit ausdrucksloser Miene.

„Dann ist es also abgemacht? Marybeth kommt zu uns?“

Brandon nickt. „Das ist das Mindeste, was ich tun kann.“

„Oh, und vielleicht können wir ja ein Zimmer in diesem Bedienstetentrakt für sie herrichten. Dann müsste sie gar nicht mehr zu ihrer furchtbaren Mutter zurück. Dem alten Drachen fällt es am Ende noch ein, das arme Mädchen abends noch zu Gott weiß welchen Arbeiten zu verdonnern.“

„Da dürfte Mr Lesley vermutlich gar nicht so Unrecht haben“, lässt Gilderoy sich vernehmen.

„Ich denke, das lässt sich einrichten, was meinst du, Gilderoy?“, wendet sich Brandon an seinen dienstbaren Geist.

„Mit ein wenig Hilfe dürfte es kein Problem sein.“

Am liebsten würde ich jetzt jubelnd aus dem Bett hüpfen und durchs Zimmer tanzen. Aus hinlänglich bekannten Gründen wird daraus jedoch nichts. Also muss einmal mehr Brandon herhalten, den ich reichlich kraftlos zu mir heranziehe, um ihm mit einem innigen Kuss meine Dankbarkeit zu zeigen. Wirklich schwer gemacht hat er es mir nicht.

Als wir uns voneinander trennen, haben wir beide geschwollene Lippen und dunkel glänzende Augen.

Gilderoy greift nach Hut und Mantel. „Ich verabschiede mich dann, Mr Lesley.“ Er wendet sich Brandon zu. „Sir? Wenn Sie gestatten, werde ich Marybeth die freudige Botschaft übermitteln.“

Ich kichere, während Brandon so ernsthaft wie möglich seine Erlaubnis erteilt und Gilderoy uns mit den besten Wünschen für eine rasche und schnelle Genesung verlässt. Kaum ist er zur Tür draußen, liege ich wieder in Brandons Armen, um mich erneut um den Verstand küssen zu lassen und Zeit und Raum zu vergessen.

Es ist schon dunkel, als auch Brandon sich auf den Heimweg macht. Er ist schon fast zur Tür draußen, als mir noch etwas einfällt.

„Bran?“

„Ja, mo chroi?“

„Denkst du, dass Qhuinn und Blay sich mit Katzen vertragen?“

Endlich daheim

Brandon

Heute ist Lesleys Geburtstag. Und das größte Geschenk für ihn – und mich - ist, dass er nach Hause darf. Zu mir. Denn dort gehört er hin.

Beinahe hätte es nicht geklappt. Nachdem die furchtbare Konstruktion an Lesleys Handgelenk operativ entfernt worden war, entzündeten sich zwei der Einstichkanäle derart, dass eine zehntägige Antibiotikum-Gabe vonnöten war, um eine Sepsis zu verhindern.

Mein Liebling hatte hohes Fieber und war sogar an einem Tag nicht ansprechbar. Onkel Jonathan, der sich auch weiterhin um Lesley kümmerte, erklärte mir, dass das Fieber schließlich dazu beigetragen habe, dass sein Körper sich gegen die bösartigen Eindringlinge wehrte. Mir ist noch immer übel, wenn ich nur darüber nachdenke, dass ich Lesley beinahe noch durch eine Blutvergiftung hätte verlieren können.

Nun jedoch ist alles gut, na ja, so gut es eben sein kann.

Lesleys Handgelenk liegt in einer Schiene, die bei Bedarf, das heißt bei der Krankengymnastik, die er durchführen wird, abgenommen werden kann. Seinen Unterschenkel ziert inzwischen ein Gehgips. Dennoch soll er mehrmals am Tag sein Bein hochlegen. Die Fraktur ist zwar gut verheilt, aber es könne noch immer zu einem sogenannten Ermüdungsbruch kommen, den allerdings niemand von uns will. Und ich werde aufpassen wie ein Luchs, damit Lesley sich auch an die vorgegebenen Ruhepausen hält.

Wenn es sein muss, werde ich ihm aus meinem todlangweiligen Manuskript vorlesen, das dürfte ihn einschläfern.

Sowieso wird es noch eine ganze Weile dauern, bis auch sein Handgelenk wieder voll funktionstüchtig ist. Gott, Lesley bringt nicht mal die Kraft auf, ein Brötchen mit Butter zu beschmieren. Davon, ein Steak zu schneiden, ist er noch Lichtjahre entfernt. Er ist zwar als Rechtshänder nicht ganz so beeinträchtigt, allerdings muss er das Brötchen oder wahlweise das Steak irgendwie fixieren, was mit seinem Gipsarm nahezu unmöglich ist. Aber schließlich bin ich ja auch noch da. Wobei ich mir fast sicher bin, dass es in nächster Zeit eine Menge Gerichte geben wird, bei denen ein Messer unnötig ist. Hierfür wird Gilderoy schon sorgen.

Überhaupt wird sich künftig alles um Lesley drehen, auch wenn ihm das wenig gefällt. Ich habe bereits deutlich gemacht, dass er für mindestens weitere sechs Wochen keine Stufen hochklettern wird. Seine Frage, ob er fortan mittels Treppenlift von Stockwerk zu Stockwerk transportiert würde, verneinte ich grinsend, da ich es höchstpersönlich übernehmen werde, meinen Liebling in unser Schlafzimmer zu tragen.

Ja, richtig: *Unser* Schlafzimmer!

Unter gar keinen Umständen wird Lesley woanders als neben mir schlafen. Davon weiß er allerdings noch nichts und ich fühle mich gerade so unsicher wie ein kleiner Junge an seinem ersten Schultag, weil ich nicht weiß, wie ich es ihm beibringen soll. Was, wenn er mir eine eiskalte Absage erteilt?

Während wir noch vor der Tür stehen, eilt Gilderoy auf uns zu, begrüßt Lesley mit einem knappen Kopfnicken – nur wer ihn kennt, weiß, wie sehr er sich darüber freut, dass er wieder zuhause ist – schnappt sich die Reisetasche vom Rücksitz des F-Pace und stellt in seiner unnachahmlichen Art klar: „Ich werde Mr Lesleys Tasche dann mal in Ihre Gemächer bringen, Sir.“, und verschwindet, ohne eine Antwort abzuwarten.

Manchmal ist er mir echt unheimlich. Weiß er, was mir gerade durch den Kopf ging? Und … ist das Problem gelöst oder wird Les den Zickenaufstand proben? Der steht mit geröteten Wangen neben mir und inspiziert äußerst interessiert den Kies unter seinen Chucks.

Ich räuspere mich. „Ist … das okay für dich?“

„Ich denke mal, angesichts der Kosten, die für meine Physiotherapie anfallen, ist es nur gerecht, wenn wir zumindest die Heizkosten für mein Zimmer einsparen“, erklärt er mir trocken, doch seine leuchtenden Augen und sein glückliches Gesicht erzählen mir etwas anderes. Mir fällt ein Stein vom Herzen und ich beuge mich zu ihm, um ihm einen kurzen Kuss auf seine kalten Lippen zu drücken.

„Glaub bloß nicht, dass ich die Sache mit der Physio so einfach auf sich beruhen lasse“, raunt er mir zu, „ich werde, na ja, wenigstens einen Teil der Unkosten übernehmen und den Rest irgendwie abarbeiten.“

Abarbeiten? Gute Idee, ich weiß auch schon wie. Dazu muss er aber erstmal wieder völlig gesund werden. Oder wenigstens auf dem Weg dorthin. An dieser Stelle kommt dann auch die angesprochene Physiotherapie beziehungsweise Lesleys persönlicher Physiotherapeut ins Spiel, den ich auf Onkel Jonathans Empfehlung hin engagiert habe.

Mein Süßer ist fast ausgeflippt, als er rasch in seinem Kopf die hierfür anfallenden Kosten überschlug, ließ sich letztendlich aber davon überzeugen, dass es für alle Beteiligten die beste Lösung war.

Dass im Rahmen dessen gewisse Umbaumaßnahmen erforderlich waren, die eine wirklich erfolgversprechende Rehabilitation gewährleisten, weiß Lesley noch nicht und ich fürchte mich bereits vor seiner Reaktion. Noch ist es jedoch nicht soweit, denn soeben haben auch die beiden Jungs mitbekommen, dass ihr *Spielkamerad* wieder zurück ist, und ich habe alle Hände voll zu tun, Qhuinn und Blay davon abzuhalten, meinen Liebling vor Liebe aufzufressen. Ich habe keine Ahnung, ob Hunde eine Art siebten Sinn haben und instinktiv wissen, dass ein geliebter Mensch krank oder gehandicapt ist. Die Jungs zeigen Lesley zwar schwanzwedelnd ihre Zuneigung, lecken seine Hand, die die Krücke hält, ab, aber sie springen ihn nicht an. Selbstverständlich loben wir beide sie für ihr rücksichtsvolles Verhalten.

Nachdem die Hunde ausreichend gestreichelt und gelobt wurden, greife ich mir noch die kleine, hübsch verpackte Schachtel vom Rücksitz und wir machen uns endlich auf den Weg ins Haus. Lesley stützt sich mit dem rechten Arm auf seine Gehhilfe und ich halte die Eingangstür für ihn auf.

„Das ist jetzt nicht wahr, oder?“

Lesley blinzelt, gleichermaßen überrascht und gerührt.

Gilderoy und Marybeth haben eine 'Herzlich-Willkommen-Happy-Birthday-Girlande' aufgehängt. Nun, ich denke eher, es war Marybeth, da mein vornehmer Butler für solcherlei Firlefanz nicht zu haben ist. Wobei … Lesley hat auch ihn ein wenig lockerer gemacht und seit das Mädchen vor drei Wochen samt ihrer Katze Miss Pennymoney in ein eigens für sie hergerichtetes Zimmer im Bedienstetentrakt eingezogen ist, habe ich ihn bereits mehrfach laut lachen gehört, wenn sie in der Küche gemeinsam Gemüse schnippeln oder was auch immer tun.

Qhuinn und Blay haben Marybeth' hübsche grau-weißgetigerte Katzenlady sofort adoptiert und teilen sogar ihren Fressnapf mit ihr.

Gilderoy kommt soeben die Treppe herab. „Ich wusste nicht, ob ich die Tasche auspacken soll", informiert er Lesley, der etwas verwirrt auf diese Aussage reagiert. „Nun", konkretisiert Gilderoy sofort, „ich erinnere mich noch daran, dass Sie sich am Tage Ihrer Ankunft vehement dagegen gesträubt haben, dass ich Ihren Koffer auspacke."

Lesleys Ohren verfärben sich hübsch rosa, aber Gilderoy ist noch nicht fertig.

„Jener steht übrigens auch noch unausgepackt in den Gemächern Seiner Lordschaft. Ich kann aber gerne Marybeth anweisen ..."

„Nein!"

Lesleys geschockter Ausruf hallt durch die Diele und seine eben noch rosafarbenen Ohren verlieren ebenso ihre Farbe wie seine Wangen.

„Nein", schiebt er um einiges leiser, aber nicht weniger entsetzt, nach, „das … ist nicht nötig."

Im Gegensatz zu Gilderoy, der sich auf Lesleys seltsames Benehmen keinen Reim machen kann, weiß ich ganz genau, was in meinem Liebling vor sich geht, und ich beeile mich, ihn zu beruhigen.

„Keine Sorge", flüstere ich ihm ins Ohr, „ich war es, der sich um deine Sachen aus dem B&B gekümmert und den Koffer gepackt hat."

Natürlich stand mir zu dem Zeitpunkt ganz gewiss nicht der Sinn danach, den drei bunten Dildos, die in einer hübschen Box ruhen, mehr als nur kurze Beachtung zu schenken. Die Sorge um Lesley ließ alles in den Hintergrund treten. Jetzt, da ich meinen Schatz wieder habe, sieht die Sache schon ganz anders aus.

„Ich weiß nicht, ob ich hierüber erleichtert sein soll“, wispert Lesley zurück.

„Solltest du und kannst du!“, versuche ich, ihn zu beruhigen, kann mir ein süffisantes Grinsen allerdings nicht ganz verkneifen. „Die … äh … sie sind hübsch. Besonders der Dunkelblaue mit den Rillen und ...“

„Brandon!“, quietscht Lesley und presst entsetzt sein jetzt dunkelrotes Gesicht an meine Brust. Seine funkelnden Augen verraten mir jedoch, dass er nur halb so geschockt ist, wie er vorgibt. Sofort spielen sich Szenen in meinem Kopf ab, die mir vorgaukeln, wie mein Süßer sich mit einem der Dildos selbst verwöhnt. Ich gebe zu, dass ich die Vorstellung äußerst anregend finde, und in meiner Hose wird es ziemlich eng – was ich ganz und gar wundervoll finde.

Gilderoy macht meinen erotischen Gedanken ein Ende. „Wenn das dann alles ist, hole ich eben Marybeth.“

Oh, Marybeth, genau.

Auf dem Heimweg hielten wir noch kurz in Skibbereen, um das Geschenk für das Mädchen zu besorgen, von dem Lesley behauptet, es wäre das absolut Richtige für die Kleine.

„Mr Lesley, Mr Lesley, Sie sind wieder gesund!“

Marybeth eilt auf uns zu und ich habe schon die Befürchtung, sie fällt ihm um den Hals. Was sie glücklicherweise nicht tut. Ich drücke Lesley die Schachtel in die Hand.

„Marybeth“, sagt er und lächelt sie an, „so richtig gesund bin ich noch nicht, aber es wird wieder. Dank dir.“

Die Kleine schaut reichlich verwirrt. „Aber … aber … ich hab doch garnix gemacht“, stammelt sie verlegen.

„Doch, hast du. Du warst es, die den Krankenwagen gerufen hat. Durch deine rasche Hilfe konnte mir rechtzeitig geholfen werden.“ Lesley hält ihr das Päckchen hin. „Und dafür möchte ich ...“, er schaut zu mir und ich nicke, „möchten *wir* uns gerne bei dir bedanken.“

Marybeth starrt auf das Päckchen in Lesleys Hand. Sie sieht aus, als ob sie sich nicht entscheiden könne, ob sie das Geschenk annehmen darf. Herrgott nochmal, man könnte denken, dass sie noch niemals etwas geschenkt bekommen hat. Ist das etwa so?

Lesley beginnt verdächtig zu wackeln. Ich nehme ihm die Schachtel ab und drücke sie Marybeth in die Hand. Mit einem dankbaren Lächeln stützt Lesley sich wieder auf seine Gehhilfe.

„Nun mach schon auf!“, fordert er das Mädchen lachend auf.

Akribisch entfernt Marybeth die hübsche Schleife und drückt sie Gilderoy, der stumm daneben steht, in die Hand. Ebenso sorgsam verfährt sie mit dem Geschenkpapier, von dem sie vorsichtig die Haftstreifen löst, ehe sie die kleine schmucklose Schachtel in Händen hält, diese etwas ratlos anschaut, den Deckel abnimmt … und plötzlich, als sie den Inhalt erkennt, vollkommen überwältigt losplappert.

„Oh … oh Mister Brandonburry … Lord … Sir … woher ...“ Ihr vor Freude strahlendes Gesicht fällt auf Les. „Oh, Mr Lesley, Sie waren das. Sie haben sich daran erinnert.“ Freudentränen funkeln in ihren wasserblauen Augen.

„Genau so, wie du dich daran erinnert hast, was du Seiner Lordschaft ausrichten solltest“, gibt mein kleiner Liebling ernsthaft zurück.

Mitanzusehen, wie Marybeth die roten Schuhe in dem schmucklosen Karton nahezu ehrfürchtig betrachtet, wärmt mein Herz.

„Nun zieh sie schon an!“, fordert Lesley in diesem Moment.

„Aber … ich kann doch nicht … ich muss doch ...“

„Das einzige, das du tun musst, ist, diese Schuhe sofort anzuziehen“, *befehle* ich ihr, was sie mit bebenden Händen und glückseliger Miene umgehend tut.

Staunend betrachtet sie ihre Füße, die nun in leuchtendroten, mit einer großen Schleife versehenen Ballerinas stecken. Als habe sie alles um sich herum vergessen, stellt sie ihre Füße ganz dicht nebeneinander und schlägt anschließend ganz leicht, als wolle sie verhindern, dass der glänzende Lack der Schuhe Schaden nimmt, ihre Hacken aneinander.

Gilderoy, Lesley und ich sehen dem Mädchen gerührt dabei zu, wie sie die Szene aus dem Film *Der Zauberer von Oz* improvisiert, denn darum handelt es sich bei ihrem seltsam anmutenden Tun.

„Sie sind wunderschön“, stammelt sie, als sie Minuten später wieder aus *Oz* auftaucht. „Noch nie habe ich etwas so Schönes geschenkt bekommen.“

Freudentränen rinnen über ihre Pausbacken. „Danke, Mr Lord, Sir. Danke Mr Lesley. Vielen, vielen Dank.“

„Gern geschehen, Marybeth“, betonen Lesley und ich wie aus einem Mund.

Im Hintergrund räuspert sich Gilderoy, dessen Augen auch verdächtig glitzern. Aber das ist gewiss nur Einbildung und dem Sonnenlicht geschuldet, das recht ungünstig durch eines der Buntglasfenster fällt.

„Marybeth, du kannst die Schuhe natürlich anlassen, aber wir haben noch einiges zu tun."

Es ist deutlich, dass auch ihn die Szene nicht unberührt gelassen hat, und er nicht so recht weiß, wie er mit diesem Gefühl umgehen soll.

„Oh ja." Nun scheint auch die Kleine sich ihrer Aufgaben zu entsinnen. „Wir müssen den Kuchen für Mr Lesley noch backen. Oh, alles Gute zum Geburtstag, Mr Lesley!"

Noch ehe Lesley sich bedanken kann, saust das Mädchen in ihren neuen Schuhen in die Küche. Gilderoy, der noch immer das Geschenkpapier und die Schleife in der Hand hält, folgt ihr kopfschüttelnd.

Eine Weile stehen Lesley und ich da und hängen unseren Gedanken nach. Erst als Lesley leise stöhnt, besinne ich mich.

„Gott, entschuldige, mo chroi. Du musst müde sein und Schmerzen haben. Du solltest dein Bein hochlegen", plappere ich nervös, weil mir noch eine vermutlich unangenehme Aufgabe bevorsteht. „Ich bringe dich gleich nach oben, dann kannst du dich hinlegen. Aber … ich möchte dir vorher gerne noch etwas zeigen."

Neugierig schaut mein Liebling mich an. Ich atme tief durch. „Kommst du bitte?"

Ich gehe voraus, damit ich Lesleys skeptische Miene nicht ansehen muss. Ja, ich bin ein Feigling, ich weiß.

Lesley folgt mir. Zunächst in mein Arbeitszimmer und dann weiter in sein ehemaliges Büro, in dem nichts mehr darauf hinweist, dass es ein solches einmal gewesen ist.

Drei Wochen lang waren vier Arbeiter damit beschäftigt, das Zimmer in eine mit allem Nötigen ausgestattete physiotherapeutische Praxis umzubauen. Es ist alles vorhanden. Angefangen bei einer Liege für Massagen über verschieden große Sitzbälle bis hin zu einem Laufband und einem Ergometer. Nicht mal die Sprossenwand fehlt. Es war eine Heidenarbeit, all die nötigen Geräte in dem doch recht kleinen Raum unterzubringen. Jedes andere Zimmer auf Brandonburry-Castle hätte sich vermutlich besser hierfür geeignet. Aber … verdammt, ich gebe es nur ungern zu, ich will Lesley unbedingt in meiner Nähe haben. Und das am besten vierundzwanzig Stunden am Tag. Es hat auch nur ganz wenig damit zu tun, dass Gerald, der Physiotherapeut, ein sehr gut aussehender, junger Mann ist, und ich, dank Malcolm, noch immer mit meiner Eifersucht und meinem Misstrauen zu kämpfen habe.

Doch was, wenn ich mich hiermit zu weit aus dem Fenster gelehnt habe? Kann Lesley hiermit umgehen? Oder wird es ihm zuviel? Was, wenn ich ihn mit meiner Liebe erdrücke?

Lesley hat, seit wir den Raum betreten haben, noch kein Wort gesagt. Ich traue mich nicht, ihn anzusehen.

Leises Schniefen setzt meinen feigen Überlegungen ein Ende und ich drehe mich panisch zu ihm um. Tränen laufen über seine Wangen … doch seine Augen leuchten.

„Lesley, ich … wenn es dir zuviel wird … also … wir können auch ..."

Mit einem lauten Poltern fällt die Krücke zu Boden und im nächsten Augenblick halte ich meinen Liebling, *mein Herz*, im Arm. Weiche Lippen landen auf meinen. Bebende Hände umfassen mein Gesicht, streicheln meine Wangen. Ein anschmiegsamer Körper presst sich an mich und ganz langsam entspanne ich mich.

„Danke“, schluchzt Lesley und küsst mich erneut, „danke, Bran.“

Er zieht sich ein wenig von mir zurück und wischt sich mit dem Handrücken über Nase und Wangen.

„Ich kann nicht glauben, dass du das alles für mich tust“, schluchzt er und lehnt sich erneut an meine Brust, sein Kopf in Höhe meines Herzens.

Sanft streichele ich durch sein weiches Haar. „Hörst du das?“

Lesley bewegt sich keinen Millimeter. „Was?“, kommt es nuschelnd von irgendwo unterhalb meines Halses.

„Mein Herz“, hauche ich, überwältigt von den zärtlichen Gefühlen, die mich durchströmen, mich wärmen und mich wieder heil machen. „Es schlägt nur für dich, Lesley. Nur wenn du bei mir bist, ist es dazu in der Lage. Dann ist es ganz, tut, was es tun muss. Gut, ich gebe zu, dass es hin und wieder vielleicht etwas zu schnell schlägt. Aber das ist okay für mich, denn viel zu lange war es still in meiner Brust. Erst du hast es wieder zum Leben erweckt, hast *mich* wieder zum Leben erweckt. Ich … ich könnte es nicht ertragen, wenn du mich verlassen würdest. Mein Herz … es würde für immer zerbrechen ...“

Lesleys Kopf ruckt so plötzlich nach oben, dass er mir einen Kinnhaken verpasst.

„Niemals, hörst du?“

Sein Mund prallt so heftig auf meinen, dass ich Blut schmecken kann, an der Stelle, an der meine Lippe aufplatzt. Egal! Alles egal!

„Ich werde nicht gehen“, stellt er klar, „nicht … wenn du mich nicht wieder fortschickst.“

Diesmal bin ich es, der Lesleys Lippen mit einem harten Kuss erobert.

„Das wird nie wieder geschehen, Les, nie wieder!“

Tá grá agam dhuit, mo chroí

Lesley

Ein Jahr später

Seit drei Wochen ist Brandons Buch auf dem Markt. Wie ein Pfeil schoss es auf Platz 1 und hält sich dort hartnäckig im Genre 'Homoerotische Lektüre'.

Ich konnte Brandon dazu überreden, es nicht einem Verlag anzubieten, sondern es selbst zu publizieren. Keine Ahnung warum; möglicherweise erlitt ich durch die Sache mit *Brightning & Son* eine Art Verlagstrauma. Nee, Quatsch! Im Nachhinein betrachtet konnte mir gar nichts Besseres passieren, denn in Brandon habe ich meinen Mr Right gefunden und ich habe auch nicht vor, es jemals wieder soweit kommen zu lassen, dass er mich fortschickt.

Während mein Liebster seinen Erfolg überhaupt nicht fassen kann, war ich von Anfang an davon überzeugt, dass das Buch einschlägt wie eine Bombe. Na ja, nicht ganz von Anfang an, aber ab dem Zeitpunkt, zu dem wir aus den anfänglich geplanten Memoiren eine romantische Erzählung machten, die eine Mischung aus Brandons und meiner Vergangenheit enthält, also nicht zur Gänze dichterische Freiheit ist.

Der Titel des Romans lautet dann auch 'Mit schmutzigen Füßen aufs edle Parkett'. Ungewöhnlich, aber effektiv. Ebenso wie Brandons Pseudonym.

Ich dachte ja eigentlich, er lässt sich etwas einfallen, dass an seinen wahren Namen nicht im Entferntesten erinnert. Weit gefehlt. Mein Schatz entschied sich für *Bran-*

don Burry und die Tatsache, dass sich das Buch in Irland und hier besonders in der näheren Umgebung besonders gut verkauft, gibt Grund genug zum Anlass, dass die Leser zumindest eine Vermutung haben, wer sich hinter dem Autor verbirgt.

*_*_*

Mir geht es inzwischen wieder gut. Ich bin voll funktionstüchtig, was Brandon – für den dies ebenfalls uneingeschränkt gilt - und ich Nacht für Nacht unter Beweis stellen.

Gilderoy, der sich in den ersten Wochen nach meinem Krankenhausaufenthalt mit Brandon ein stummes Duell lieferte, wer mich verhätscheln darf, hat inzwischen eingesehen, dass ich kein Pflegefall mehr bin und auch bereits ein neues Opfer gefunden, dem er sich mit Hingabe widmet: Marybeth.

Mit schier unermüdlicher Geduld erklärt er dem Mädchen Dinge des alltäglichen Lebens, lehrt sie Rechnen und trainiert ihr mangelhaftes Lesen und Schreiben. Sowohl Gilderoy als auch Marybeth blühen dabei zusehends auf und auch mir geht das Herz auf, wenn ich das fröhliche Gelächter der beiden höre.

Überhaupt ist alles irgendwie lockerer geworden und ich fühle mich sauwohl auf Brandonburry-Castle. Was nicht zuletzt an dem Mann liegt, den ich bis zum Wahnsinn liebe.

Brandon!

Ich genieße seine Fürsorge und Zärtlichkeit ebenso wie unseren Sex. Und den haben wir reichlich. Okay, Brandon hat da ja auch eine ganze Menge nachzuholen und ich krieg eh den Hals respektive meinen Hintern nicht voll genug. Mein Liebster hat aber auch ein echt unerschöpfliches Repertoire und das einzige, das wir noch nicht ausprobiert haben, ist BDSM. Darauf kann ich aber auch gut verzichten. Schmerzen habe ich in letzter Zeit genug gehabt. Wobei ich mir durchaus vorstellen könnte, mich von ihm ans Bett fesseln zu lassen und mich ihm völlig auszuliefern. Nur anstatt einer Peitsche sollte er eine Feder benutzen. Wobei … besser doch nicht, ich bin irre kitzelig. Andererseits verlasse ich mich da ganz und gar auf Brandon. Mal gespannt, was er zu diesem Thema in seiner Trickkiste hat.

Ein einziges Mal in den vergangenen zwölf Monaten hatten wir einen deftigen Streit. Nicht etwa, weil er mich verdächtigte, etwas mit Gerald, meinem Physiotherapeuten angefangen zu haben – obwohl der Fünfundzwanzigjährige ein echtes Schnuckelchen, allerdings stockhetero ist -, sondern weil ich zu ungeduldig war. Die Fortschritte meiner Genesung gingen mir einfach nicht schnell genug voran. Einerseits genoss ich es, dass Brandon mich tagtäglich durch die Gegend trug, andererseits kam ich mir vor wie ein unmündiges Kind. Also nutzte ich einen der wenigen Momente, in denen ich ganz alleine war, und hangelte mich Stufe für Stufe die Treppe empor. Etwa nach der Hälfte ging mir der Saft aus und ich hockte gleichermaßen schuldbewusst und schmerzgeplagt auf dem Absatz, wo Brandon mich eine halbe Stunde später fand und ordentlich zur Sau machte.

Danach war ich nicht mehr so ungeduldig, auch wenn es mir schwerfiel und meine Genesung alles in allem gut neun Monate andauerte.

Malcolm sitzt im Knast. Dort wird er, selbst bei guter Führung, noch ein paar Jährchen verbringen. Die Anklage lautete nämlich nicht, wie von mir erwartet, Unfall mit Fahrerflucht, sondern 'Versuchter Mord'. Hierfür verantwortlich war seine Aussage gegenüber der Polizei, als man ihn verhaftete. Außerdem wurde ihm Heimtücke zur Last gelegt und keine Ahnung was sonst noch, da er mit seiner Tat eigentlich nur Brandon treffen wollte, hierfür aber eiskalt den Tod eines anderen Menschen in Kauf nahm.

Jedenfalls ist der Kerl erstmal weggesperrt, was nicht nur mich, sondern auch Brandon und Gilderoy sehr erleichtert.

*_*_*

Heute ist mein fünfundzwanzigster Geburtstag und Brandon hat mich zur Feier des Tages groß ausgeführt. Wir waren im 'The Church', ein Restaurant, das ursprünglich von 1833 bis 2003 eine Methodistenkirche war, und noch immer durch das Ambiente einer Kirche geprägt ist. Einfach wunderschön. Ich konnte mich an den bunten Glasfenstern kaum sattsehen. Auch das Essen war fantastisch, aber am geilsten war der Strawberry-Cheesecake. Gott, wenn ich mich nicht so geniert hätte, hätte ich glatt noch ein weiteres Stück davon verdrücken können.

Nun sind wir wieder zurück auf Brandonburry-Castle und ich habe einen kleinen Schwips. Nicht, dass dies meine Libido beeinträchtigen würde. Im Gegenteil.

Während Brandon im Bad zugange ist, entledige ich mich hastig meiner Kleidung. Mit gespitzten Ohren lausche ich nach nebenan, um mich genau in dem Moment, in dem Brandon ins Schlafzimmer marschiert, pudelnackt nach meinen Socken zu bücken und ihm meinen kleinen Arsch zu präsentieren.

Hach, das Geräusch, wie er zischend die Luft einsaugt, geht mir durch und durch und nebenbei bemerkt, direkt in den Schwanz.

„Lesley ...“ Brandons Stimme ist nur ein Hauch, aber laut genug, dass ich das raue Kratzen, das seine Erregung verrät, vernehme.

„Ja … Sir?“

Oh, ich weiß durchaus, wie sehr mein Schatz es genießt, wenn ich ihn mit *Sir* anspreche. Zumindest in unserem Schlafzimmer.

„Mr O’Connell, finden Sie Ihr Benehmen nicht ctwas ...“

„Geil?“

Ich wackle mit meinem Hintern und richte mich langsam auf. Ganz langsam. Dann drehe ich mich zu Brandon um. Die Beule in seinen Pants verrät mir alles, was ich wissen muss. Mit zwei Schritten überwinde ich die Distanz zwischen uns, lege meine Arme um seinen Hals, verschränke meine Hände in seinem Nacken und ziehe ihn für einen sanften Kuss zu mir heran.

„Ja, Sir, ich bin geil“, gestehe ich, nachdem wir unseren Lungen etwas frische Luft zukommen lassen müssen, „auf Sie, Sir, immer nur auf Sie.“

Brandons Hand gleitet zwischen unseren Leibern nach unten, wo er meine Erektion mit sicherer Hand umschließt und mit dem Daumen die ersten Tröpfchen auf meiner Eichel verreibt. Ein leises Stöhnen entweicht mir und ich lasse mich mit wackligen Beinen an Brandons Brust sinken.

„Gefällt Ihnen das, Mr O'Connell?"

„Oh ja, und wie."

„Sag mir, was du willst, Les!"

Herr im Himmel, Brandons Stimme hat nun dieses tiefe Timbre angenommen, bei dem alleine ich schon kommen könnte.

„Ich möchte gerne ..."

„Sag's mir, Lesley!"

Ich schicke einen bedeutsamen Blick zu seiner Körpermitte, wo sich auf dem dunklen Stoff seiner Pants bereits ein feuchter Fleck gebildet hat.

„Mein Geburtstagsgeschenk … ich hab doch heute ..." Es strengt mich sehr an, unter der sexy Massage von Brandons sanftem Daumen, einen halbwegs verständlichen Satz zu formulieren; aber schließlich schaffe ich es. „Ich möchte gerne mein liebstes Geschenk auspacken, Sir!"

Sein dunkles, leises Lachen entlockt mir ein Wimmern. Gott, wie sehr ich diesem Mann verfallen bin.

„Dann tu dir keinen Zwang an!"

Augenblicklich knicken meine Beine unter mir ein und ich falle vor ihm auf die Knie. *Darin bin ich Spezialist.* Auch wenn ich dies seit meinem Unfall erheblich vorsichtiger tue. Brandons Pants nehme ich der Einfachheit halber gleich mit auf dem Weg nach unten. Sein prächtiger Schwanz springt mir entgegen und noch ehe Brandon aus seiner Unterhose gestiegen ist, öffne ich meinen Mund und sauge das Objekt meines unstillbaren Verlangens tief in meine Kehle.

„Oh Gott, langsam, mo chroi, langsam", bittet Brandon mich beinahe verzweifelt, „du willst doch nicht, dass dies hier gleich vorbei ist, oder?"

Das will ich ganz und gar nicht, aber ich bin einfach zu … geil. Ich kann nicht aufhören. Wie sehr ich es liebe, Brandons sauberen Duft zu riechen, seinen leicht salzigen Geschmack auf meiner Zunge zu schmecken, ihm diese wundervollen Geräusche zu entlocken, zu wissen, dass ich es bin, der ihn um den Verstand zu bringen vermag.

Erst als die Tropfen auf meiner Zunge mehr und mehr werden, zwinge ich mich dazu, Brandons Schwanz aus meinem Mund zu entlassen. Ohne ein Wort werde ich am Handgelenk geschnappt und zum Bett gezogen. Übervorsichtig natürlich, trotz aller Geilheit. Brandon schnappt sich ein Kopfkissen, klopft es ein wenig auf, um sich dann in halb aufrechter Position an das Kopfende des Bettes zu legen.

„Reite mich, Les!"

Oh Gott, ich weiß ganz genau, was er möchte. Und obwohl es mein Geburtstag ist, tue ich ihm den Gefallen.

Brandon liebt es, wenn ich mich selbst vorbereite. Einmal hat er sogar abgespritzt, bevor wir überhaupt angefangen haben, weil es ihn so angeturnt hat. Zugegeben: Das war, als ich den von ihm angesprochenen dunkelblauen Dildo mit den Rillen benutzte. Das Teil ist aber auch wirklich saugeil.

Ich halte die Hand auf, warte, dass er mir eine angemessene Portion Gleitgel auf die Finger gibt und lasse mich mit gespreizten Beinen ihm genau gegenüber gegen das Fußende des Bettes sinken, nur um mir sofort einen Finger zwischen die Backen zu schieben und meinen Eingang zu streicheln.

Meine Augen sind starr auf Brandon gerichtet, dessen Blick wiederum auf meiner Rosette liegt, während seine Zungenspitze die Arbeit meiner Finger widerspiegelt. Zu wissen, dass er mich so sehr begehrt, macht mich irre und ich kann es kaum erwarten, seinen Prachtschwanz in mir zu spüren. Um dies jedoch genießen zu können, bedarf es ein wenig mehr, als der beiden Finger, die ich bis jetzt in mir habe. Aber ich will nicht mehr warten. Ich brauche ihn. Jetzt!

Mit dem Rest des flutschigen Gels und der reichlichen Menge an Praecum, das sich auf Brandons Unterleib bereits angesammelt hat, reibe ich seinen Ständer ein, ehe ich mich über ihn schwinge und zentimeterweise, Stück für Stück auf ihn herabsenke.

Das Eindringen seiner Spitze erwischt mich mit dem üblichen Brennen, vielleicht heute ein bisschen heftiger als sonst, weil ich so ungeduldig war, mich gewissenhaft genug zu dehnen. Aber das Wissen um das wohlige, lustvolle Gefühl, das mich erwartet, lässt mich den Schmerz einfach weghecheln.

Meine Schenkel zittern und ich bin dankbar für Brandons Hände, die meine Hüfte umfassen, mir Halt geben und dafür sorgen, dass ich nicht in einem Rutsch herabsinke.

Ich halte die Luft an und erst, als unsere Körper komplett miteinander verbunden sind, stoße ich sie zischend aus. Auch Brandon ist angespannt und ich bin dankbar, dass er sich keinen Millimeter bewegt, um mir Gelegenheit zu geben, mich an das Gefühl des Ausgefülltseins zu gewöhnen.

„Alles okay?“

Ich nicke. „Ja, kann losgehen.“

Um Brandons Mundwinkel zuckt ein Grinsen. „Dann los, Cowboy, reite mich!“

Und das tue ich. Zuerst lasse ich meine Hüften kreisen, genieße die sanfte Reibung in meinem Inneren ebenso sehr wie Brandons dunkles Stöhnen. Ich lasse zu, dass er mich an den Hüften packt, mich an seinem harten Schaft auf- und abgleiten lässt.

Gott, ist das ein irres Gefühl. Ich werfe den Kopf in den Nacken und greife nach meinem Schwanz, der vor Verlangen pocht.

„Weißt du eigentlich, wie wunderschön du in deiner Erregung aussiehst?“

Da ich mich noch nie beim Sex beobachtet habe, weiß ich es tatsächlich nicht. Aber unter keinen Umständen kann ich schöner aussehen als Brandon. Dessen Augen schimmern nicht mehr silbrig, sondern sind verdunkelt wie eine See bei Sturm. Seine dunklen Haare sind verschwitzt, einige Strähnen kleben an seiner Stirn. Seine Lippen sind von unseren Küssen geschwollen und feuchtglänzend.

Nein, mein Liebling, wenn hier einer wunderschön ist, dann bist das du.

Ich weiß, dass Brandon auf seine Frage nicht wirklich eine Antwort erwartet, und lege an Tempo zu, kaum, dass er seine Hände von meinen Hüften genommen und die Hand um meinen Schwanz durch seine ersetzt hat.

„Gleich“, teile ich ihm das Offensichtliche mit.

„Ja, mo chroi“, keucht Brandon. Seine Faust schließt sich enger um meinen Schwanz, reibt ihn stärker. In gleichem Maße kommt er mir mit seinem Unterleib entgegen. „Jetzt!“

Unser gemeinsames Stöhnen erfüllt den Raum, es duftet nach wildem Sex und unbegrenzter Liebe. Ich genieße es, Brandons Sperma heiß in meinem Inneren zu spüren und ebenso sehr, wenn es sich einige Zeit später wieder kitzelnd seinen Weg aus mir heraus bahnt.

Völlig ausgepowert sinke ich auf meinem Liebsten zusammen.

Es gelingt uns nicht oft, aber wenn wir es schaffen, zusammen zu kommen, ist es etwas ganz Besonderes. Ich habe das Gefühl, unsere Orgasmen dauern doppelt so lange wie sonst. Mein Herz galoppiert in rasender Geschwindigkeit und ich benötige eine halbe Ewigkeit, um wieder aus dem Weltall zurück zur Erde zu segeln.

Brandon unterstützt mich dabei, indem er mir unendlich viele Küsse gibt, mir süße Zärtlichkeiten und neckische Schweinereien ins Ohr flüstert und unablässig meinen Rücken streichelt. Ich genieße diesen schwerelosen Zustand beinahe noch mehr als den Sex. Aber nur fast!

Erst als Brandons Härte nachlässt und er aus mir herausgleitet, lasse ich mich von seiner Brust rutschen und kuschele mich an seine Seite.

„Ich liebe dich, Brandon Cedric Jonathan Charlton Patrick, Lord of Brandonburry“, hauche ich ihm ins Ohr, ahne mehr, als dass ich es sehen kann, dass er lächelt.

„Tá grá agam dhuit, mo chroi.“

Oh Gott, ich liiieeebe es, wenn Brandon mir auf gälisch seine Liebe gesteht.

Unsere Lippen finden sich zu einem Kuss, der unsere Aussagen mehr als deutlich unterstützt.

„Danke für diesen wundervollen Geburtstag“, nuschele ich herrlich müde und entspannt.

„Gern geschehen, mo chroi, aber ich habe dir zu danken.“

„Wofür?“ Eigentlich bin ich schon zu müde, um mich noch zu unterhalten. Aber ich bin auch viel zu neugierig, um nicht nachzuhaken.

„Dafür, dass du es geschafft hast, mich aus der Dunkelheit zurück ans Licht zu holen. Dafür, dass du mir verziehen hast, als ich zu blind und feige war, um zu erkennen, wieviel du mir bedeutest. Dafür, dass du bist wie du bist, weil du genau so richtig bist, und … einfach danke, dafür ...“

Brandon stockt und jetzt hebe ich doch meinen Kopf, um ihn anzusehen.

„Wofür?“

„Dafür, dass das Schicksal es doch noch gut mit mir meinte“, murmelt Brandon.

„Hat es das?“

Ich kann mir ein zärtliches Lächeln nicht verkneifen. Ich liebe es, wenn Brandon so romantisch wird, kann nicht genug davon bekommen.

„Ja“, antwortet er, „hat es.“

„Und wann genau hast du das gemerkt?“

Brandon beugt sich über mich, nimmt mein Gesicht zwischen seine Hände und küsst mich zärtlich, ehe er meine Frage beantwortet.

„In dem Augenblick, als du mir ***vor die Füße gefallen*** bist.“

Ende

Die Geschichte ist frei erfunden. Handlungsstätten und Namen entspringen (größtenteils) der Fantasie der Autorin. Ähnlichkeiten mit lebenden oder verstorbenen Personen, Handlungen oder Örtlichkeiten sind unbeabsichtigt und rein zufällig.

Cover: made by Caro Sodar

Bildmaterial: 123rf

Impressum:
Doris Lösel
Im Stockborn 5
63505 Langenselbold

21055309R00138

Printed in Great Britain
by Amazon